ラテンアメリカン・ラプソディ

Rapsodia Latinoamericana

野谷文昭
Fumiaki Noya

五柳叢書 113　五柳書院

ラテンアメリカン・ラプソディ

目次

第一章　二つの講義

第二章　ガルシア＝マルケス　中上健次

第一章　二つの講義

深読み、裏読み、併せ読み　ラテンアメリカ文学はもっと面白い

今週、火曜日〔二〇一三年一月二十九日〕の五限に原典講読という授業がありました。学生たちとロベルト・ボラーニョの短篇集『アメリカ大陸のナチ文学』を読んだのですが、本来ならばその授業が本郷での最終講義だったはずです。それを本日、ル・クレジオやバルガス＝リョサといったノーベル賞作家が相次いで講演を行った由緒ある大教室で、このように、いかにも最終講義という形でセレモニーを開催していただけたことに対し、実行委員会すなわち文学部現代文芸論研究室の同僚たち、本来なら聴いているだけでいいはずの手伝いの学生たち、そしておいでくださった皆様に、まずはお礼を申し上げたいと思います。

今、ここには様々な大学の教え子や友人知人の顔も見えるので、とても懐かしく、幸せな気持ちで一杯です。なんだか映画に出演している自分を観客として眺めているような気分でもあります。

実はここで公開講義を行うのは二度目で、三年前のオープンキャンパスで高校生を相手に模擬授業を行ったことがあります。テーマはラテンアメリカ文学でした。高校生たちは予想以上に集

中して聴いてくれ、これなら高校でラテンアメリカ文学の授業があってもいいのではないかなどと思ったものです。また別の機会ですが、現代文芸論研究室を見学に来た高校生の中に、「母が『蜘蛛女のキス』〔野谷訳で一九八三年刊行〕のファンなんです」と言ってくれた生徒がいて、嬉しいと同時に、なるほど、これが時の流れというものかといささか感じるものがありました。

私は長い間スペイン語教師を務め、ここ本郷に来て初めて文学部でラテンアメリカ文学を専門科目として教えることができました。したがって本日の講義も、ラテンアメリカ文学をテーマとしています。ただ、タイトルをあれこれ考え、最初は転倒、反逆、変革、果ては革命といった勇ましい言葉を並べようとしました。私は団塊の世代、ベビーブーマーなどと呼ばれる世代に属しますが、個人的にはビートルズ世代と呼ばれるほうが好きです。革命後のキューバではビートルズは禁止されていた時期があります。ですがキューバで友人や知人に訊いてみると、それでも実はみんなこっそり聴いていたというんですね。旧ソ連や東欧でもよく似た現象が見られたようです。ビートルズは当時、社会主義国においてさえ若者文化であり対抗文化だったということです。今思えば、同時代の感受性を刺激する何かが私にも伝わっていたのでしょう。

思い返してみると、ラテンアメリカ文学に惹かれたのは、そこにスペインをはじめ欧米に対抗する姿勢が感じられたからだろうと思います。まずはパブロ・ネルーダやオクタビオ・パスの前衛詩に出合い、続いて一九六〇年代の〈ラテンアメリカ文学のブーム〉の小説と出合ったことは、その意味で宿命的でした。オクタビオ・パスはシュルレアリスムから何よりも姿勢を学んだと言いましたが、私の場合はラテンアメリカ文学からやはり姿勢を、そして孤立や敗北を恐れない勇気を学んだ気がします。

転倒、反逆、変革、革命というのはまさに一九六〇年代のラテンアメリカ文学の特徴を表すキーワードです。とはいえ、それを並べるだけではまだ何かが足りない気がしました。それは世界的〈ブーム〉を招いた原因であるはずの、〈面白さ〉という要素が欠けているということです。その面白さを伝えようとして考えたのが、「深読み」、「裏読み」、「併せ読み」という、どことなく井上ひさしかカリブ海文学的な言葉遊びを入れたタイトルです。

私がラテンアメリカ文学に目覚めた一九六〇年代の終わりに比べると、今、ラテンアメリカ文学の翻訳書の数は、大げさに言えばそれこそ天文学的な数にまで増えた気がします。これは大進歩と言っていいでしょう。ですが、その一方で、果たして訳書は面白く読まれているのだろうかと疑問に思うことがあります。本当はもっと面白く読めるのではないか。そもそも第一読者としての訳者自身、面白さが分かっているのだろうか。今日はそのあたりについて考えてみたいと思います。

外国文学研究に携わる方なら同じようなことを経験されていると思いますが、かつてもっぱらスペイン語を教えていたときに、いわゆる講読の授業で邦訳と原文を併読してみると、原文の方がはるかに面白いということがよくありました。それは多くの場合テキストの読み込みが足りず、ユーモアや皮肉が生かされていなかったり、解釈が浅かったりすることや、日本語にうまく移し変えられていなかったりすることが原因です。おそらく時間的制約や必ずしも専門家でない人が翻訳を請け負うという状況も関係していたでしょう。これは他の訳者に対する批判というよりも、まずは自分の経験から出てきた言葉です。なぜなら、書物は時間をおいて読むごとに、それまで気づかなかったことが分かったり、深い意味や二重の意味が分かったりするからで、当たり前のことですが、訳者がまずは読者として未熟な場合、テキストの面白さを伝えきれないということです。逆に言えば、あるテキストが面白いと思えたとき、読者として熟してきたということなのかもしれません。多分、その背後には経験や理解力の増大といったことがあるのでしょう。真摯な訳者なら、改訂版を出すときに、新たな知見を盛り込みたくなるはずです。たとえば『蜘蛛女のキス』の場合、作中で主人公のモリーナが語る映画を実際に観ると、彼がどのように主観的に映画を観ているかが分かり、その語りに含まれる誘惑、告白、苦悩といった要素がはっきり見えてきます。なので、改訂版のあとがきに書きましたが、このように、実はもっと面白い読み方があるのだということを言いたくなると思うのです。よく言われることですが、作品は生きています。読者が成長すれば作品も成長するのです。なんだかボルヘスの読書論のようになってきましたね。

日本でラテンアメリカの作家といえば、おそらくボルヘスとガルシア＝マルケスの名が一番知られているでしょう。読者数からするとガルシア＝マルケスの方がはるかに多いはずです。ボルヘスの作品はどちらかと言えばインテリ向きで、彼自身多数の読者に向けて書いてはいません。

詩にせよ小説にせよエッセーにせよ、あるいはどちらにも分類できる作品にせよ、手に取ってすぐにその世界に入っていけるというタイプのものでは必ずしもありません。逆にガルシア＝マルケスの作品は、バルガス＝リョサが指摘するように、親しみやすいので、すぐに入っていける。ですが、大衆的でありながら決して軽いものではなく、大きなテーマがあり、技術面でも手が込んでいることが分かるのは、カルロス・フエンテスが言う、二度目の読みによってかもしれません。それはともかく、ガルシア＝マルケスの場合は代表作『百年の孤独』のイメージがあまりに強く、それ以外は触れたことのない読者もかなりいるのではないでしょうか。

ただし、『百年の孤独』にしても、たとえば固有名詞が多すぎると言って、最初のあたりで挫折してしまう読者がいることも確かです。もっともそういう人は『予告された殺人の記録』という中篇を読んでも同じことを言うでしょう。スペイン語圏では、人名はガルシア＝マルケス、バルガス＝リョサのように、父方の姓に母方の姓を付け足すことも少なくないし、ホセ・アルカディオとか、アウレリャノ・ホセのようなダブルネームもあるので、作品がそれこそ名前のバロック協奏曲みたいになってしまうことがあります。では、その人は、メガノベルと呼ばれるロベルト・ボラーニョの『２６６６』を読んだときいったいどう言うのでしょう。なにしろ五冊分の小説が一冊になっていますし、とりわけ第四部では女性の殺人があり、夥しい数の被害者の名前がいちいち挙げられていますからその数は半端ではない。だから言うことは分かっています。そうです、固有名詞が多すぎる。やはり名前のバロックに慣れてもらうしかなさそうです。それに人名の数を言うなら、聖書のほうがもっと多いわけですから。

ガルシア＝マルケスの小説で共同体を舞台にしたものは、宗教がカトリックであることに加えてフォークナーや中上健次の小説同様、きわめて血が濃い世界ですから、人物が固有名を主張するということもあるでしょう。またエピソードが集積していて、それぞれのエピソードが固有の世界を作っていることも人名が多いことの原因でしょう。それはボラーニョの場合も同じです。

最近亡くなった丸谷才一さんが、ガルシア＝マルケスは本質的には短篇作家だとどこかで言っていた記憶があります。その意見には反論もあると思いますが、確かにそんなに長いものは書いていませんし、量産することもありません。その理由を考えてみると、今述べたように短いエピソードを集積するタイプの作家であるとともに、言葉を一語一語選ぶ詩人型の作家だからではないでしょうか。以前、カリフォルニアでチリの作家、ホセ・ドノソにインタビューを行ったことがありますが、そのときドノソはこう言いました。ガルシア＝マルケスは「他のいかなる作家にも増して、言葉を愛している」、それも「言葉が言葉である限りにおいてそれを愛するのです」と。

ガルシア＝マルケスの短篇はそのほとんどが邦訳されています。海賊版ではありますが、一度全短篇集というのが出たこともあります。しかし、実際には彼の短篇はそれほど読まれていないという印象を受けます。短篇集には、制作順にいうと、『青い犬の目』、『ママ・グランデの葬儀』、『エレンディラ』、『十二の遍歴の物語』の四つがあり、それぞれ邦訳があります。しかし映画や舞台にもなった少女娼婦と祖母の物語『エレンディラ』や、高校の国語の教科書に載ったという「光は水のよう」は別として、どれもあまり知られていないようですし、『青い犬の目』や『ママ・グランデの葬儀』に収録された作品は、ともすれば後に書かれる長篇の習作と見られがちです。

たしかに『青い犬の目』は、様々な文体が模索されていて短篇集としては必ずしもまとまりがなく、その意味では若書きあるいは習作と言えるかもしれません。それでもいくつか、読み方次第では面白いものもあるのですが、今ここで取り上げたいのは第二短篇集の『ママ・グランデの葬儀』です。この本に収録されている作品は短いこともあって、語学の授業や文学の授業でテキストとして繰り返し使ってきました。会場の皆さんの中には一緒に読んだ方（あるいは読まされた方）もおいでではないでしょうか。しかし、繰り返し読むと、馴染んでくるということもあるのでしょう、二、三度読んでも分からなかったこと、気がつかなかったことが見えてきて、どんどん面白くなるのです。ある疑問から芋づる式に謎が解けたり、納得したり、それまでとは別物のように作品が鮮やかになって息づいてくるから不思議です。

邦訳は最初、国書刊行会から出て、その後集英社の文庫に入り、今は新潮社の「ガルシア＝マルケス全小説」という叢書の一巻である『悪い時　他9篇』の中に収められています。「他9篇」というのは『ママ・グランデの葬儀』プラス中篇の『大佐に手紙は来ない』のことですが、この扱いはちょっとかわいそうな気がします。表紙にタイトルが明示されていません。ガルシア

＝マルケス風に擬人法を使って言えば、短篇たちはこの巻の中でさぞかし肩身の狭い思いをしているることでしょう。

原作は一九五八年から一九五九年ごろにかけて、作者がカラカスで雑誌の編集に携わりながら書いたものです。出版はニューヨーク時代を経てメキシコに着いた後の一九六二年で、ベラクルス大学の出版局から出ています。草稿をジャーナリストで作家のエレナ・ポニアトウスカが失くしてしまったという話をガルシア＝マルケスはメキシコの作家、フアン・ルルフォについて書いたエッセーで披露していますが、それはどうやら彼の作り話らしく、来日したポニアトウスカに訊くと、嘘だけれど本当のことにされてしまったとぼやいていました。こういう嘘つき、ほら吹きをカリブ世界ではママドール・デ・ガヨ、すなわち雄鶏の乳呑みと言います。ありえないことを涼しい顔で言う、年中エイプリルフールをやっている人間とでも言えばいいでしょうか。

バルガス＝リョサは、ガルシア＝マルケスに初めて会ったとき、このカリブ世界的嘘つき遊びをかまされて面食らったとエッセーに書いています。一緒に乗ったカラカス行きの飛行機の中でバルガス＝リョサは真っ青になって震えていたよとガルシア＝マルケスは記者団に語ったのですが、実は震えながらお祈り代わりにニカラグアの生んだ大詩人ルベン・ダリオの詩を唱えていたのは、「飛行機嫌いのガルシア＝マルケスの方だったのです。ドノソはバルガス＝リョサが「白か黒かの人間」だと言っています。ですからバルガス＝リョサは嘘を吐かれて、それをユーモアで返せず、戸惑ったに違いありません。ずっと後になって、メキシコで、バルガス＝リョサがガルシア＝マルケスにパンチを食らわせるという事件が起きますが、政治的対立とは別に、後者がマル・ガヨをやったこと、すなわち嘘を吐いたことが引き金になっていることは想像がつきます。ですが、話がゴシップめいてくるので、これ以上触れずにおき、二人の作家の気質と帰属する文化の特徴が対照的であることを指摘するだけに留めましょう。

ことのついでに、出版ということで言えば、キューバのレオナルド・パドゥーラが、メキシコのミステリー作家タイボ二世のつてで例のベラクルス大学出版局から本を出してもらったことがあります。インタビューしたとき、彼は、国外で出してもらえたのだから文句は言えないが、装丁が実に粗末だった、と例のあけすけな調子でぼやいていました。経済事情が悪く、かつては砂糖キビの搾りかすをパルプに混ぜていたほどの粗悪な紙を使っていたキューバの作家が言うくらいですから、よほどひどかったのでしょう。もっとも私が最初に手に入れた『ママ・グランデの葬儀』は一九七二年にアルゼンチンのスダメリカーナ社から出たものですが、ポケット判のせいかやはり装丁も紙も実にお粗末でした。そういう時代だったのです。今ではアルゼンチンもメキシコも本の装丁が信じられないほどよくなったのは、出版状況がよくなったことや、グローバル化のために出版社がスペインの大出版社の傘下に入ったりすることとも関係があるかもしれません。そうなると、コピーを取ろうとして強く開いたらページがばらばらになってしまった純アルゼンチン産の版も、今やなんだか愛おしく感じられます。

さて、この短篇集『ママ・グランデの葬儀』に収められているもののうちで一番短いのは、原書でわずか四頁の作品で、タイトルはUn día de éstos、邦訳では「最近のある日」となっています。掌篇と呼べるほど短いのですが、実は評価が高い。バルガス＝リョサは浩瀚《こうかん》なガルシア＝マルケス論『ある神殺しの歴史』の中でこれを取り上げ、研究者で評論家のホセ・ミゲル・オビエドもラテンアメリカ文学史の中でこの短篇について論じています。

この短篇の特徴の一つとして、ヘミングウェイ張りのハード・ボイルド・スタイルで書かれていることが挙げられます。ヘミングウェイの文体は、ドイツ出身の建築家で、ナチスドイツを逃れてアメリカに亡命したミース・ファン・デル・ローエの建築美学に関係があります。柱と梁が剛接合している（つまり部材に外から力が加わっても接合部が変形しない）、いわゆるラーメン（これはドイツ語で枠とか骨組みの意味です）、ラーメン構造を特徴とするモダニズム建築を逸早く手掛けた彼のモットーが、Less is More（より少ないものがより多くを表す）でした。このコンセプトを文体に応用したのがヘミングウェイです。会場にもいらっしゃるアメリカ文学の専門家にとっては常識でしょうけれど、特徴として、文章は短く無駄がない、リズムは単調である、そのため背後にいる知的な作者の存在が分からない、一方で、背後に何かが隠されている、しかし作者は説明しない、出来事は時系列に沿って語られる、視線は一点に集められるといったことが挙げられます。

『ママ・グランデの葬儀』に含まれる作品の多くはこの特徴を備えています。そこには何かが隠されている。だからこそ能動的な読者は謎解きに駆られるのです。その典型が「最近のある日」ということになります。

この短篇を要約するのは屋上屋を架すというか、イメージとしてはむしろ床から床板を剝がすようなものであまり意味がないのですが、一応試みると次のようになります。

邦訳では「村」と訳されている田舎町でもぐりの歯医者が営む医院に、ある朝、頰を片方腫らした町長がやってくる。町長は軍人で、歯医者が居留守を使おうとすると、取次いだ息子にピストルをちらつかせて脅し、強引に診察させる。腫れの原因は親不知が虫歯になっていることで、歯医者はその歯を麻酔なしで抜く。その際、「あんたはこの歯でわが方の二十名の死者の償いをするんだ」と言う。町長は必死に痛みに耐える。治療が終わり、町長は料金をつけにしてドアを閉め立ち去る。

いかがでしょう。これだけのことですが、それでも歯医者が町長をとっちめたことがお分かりでしょう。歯医者のほうも机の引き出しにピストルを隠し持っていて、いざというときには使う気だったと思います。ところが、この敵味方の関係が何に基づいているのかは、作品を読んでもほとんど分かりません。何かが隠されています。しかし、舞台が同じ町と見なせる中篇の『大佐に手紙は来ない』や長篇『悪い時』を読むと、よく似た町長が現れます。しかもどちらの町長も片方の頰を腫らしている。その理由はこの短篇を読むと分かるという間テクスト的な相補い合う関係にもなっています。

必ずしも同一人物ではありませんが、この町長は保守派で自由派の人々を弾圧し、殺してもいることが分かってくる。つまり町は内戦状況にあり、戒厳令が敷かれているのです。町の雰囲気がのんびりしていながらもどこかぴりぴりしているのはそのせいでしょう。

さて、ここで一つ疑問が生じます。果たして歯医者はわざと麻酔抜きで抜歯したのかという疑問です。私は最初に読んだときからそれが気になりました。バルガス＝リョサも同じことを考えたようです。けれども、結局は分からないという結論に達しています。以前、ある新聞のコラムに書きましたが、気になった私は当時通っていた歯医者に訊いてみました（あの研究熱心なバルガス＝リョサでさえも、歯医者に訊くことまではしていません）。すると歯医者から、化膿して相当腫れていれば麻酔は効かないでしょう、という答えが返ってきました。したがって、答えは二つあるということです。町長を横暴な悪人と見て、何らかの制裁を加えてやりたいと思うタイプの読者は、意図的にやったと解釈する（あるいは解釈したい）のではないでしょうか。確かに溜飲が下がるはずです。

一方、医者の倫理と人道的立場上、悪人でも患者は患者で、苦痛を取り除いてやることこそが務めであると考えるナイチンゲール型の人は、わざとやったのではないと解釈するかもしれません。ですが、かりに語り手がそれを実は意図的行為であるというふうに明かしてしまったら、この短篇は単なる通俗的な復讐譚になってしまいます。しかしことはそう単純ではない。とにかくテキスト内に答えはないのです。

これをさきほどのように、同じ作者の別の小説を参照したり、伝記的事実に当たったりするとどうなるでしょう。たとえば革命直後のキューバに飛んでいったガルシア＝マルケスは、ハバナの球場で独裁者バティスタの臣下だった将軍の公開裁判に立ち会いますが、将軍の妻から助命嘆願の署名を請われたとき、署名を行っています。

あるいは彼がメキシコで書いた映画の脚本の中に、『死の時』というのがありますが、それはまさしく復讐劇にほかならず、舞台は古い共同体的世界です。決闘で父親を殺された兄弟が、相手が出所するとしつこく付け狙い、ついに決闘に持ち込みます。ところが今度も相手のほうがピストルの腕が上で、兄はあえなく殺されてしまう。するとそれまで決闘を回避しようとしていた穏やかな性格の弟が、背後から発砲して相手を殺してしまうのです。

なんとも空しいラストですが、何が兄弟をそこまで駆り立てたのか。誇り、マチスモ、いろいろあると思いますが、それらを総合すると、宿命に行きつかざるを得ない。それを宿命のせいにするのは簡単です。あとで触れますが、『予告された殺人の記録』も宿命劇として描かれています。しかし、作者はもつれ絡み合った物事をゆっくりと解《ほど》いていき、宿命の実態を読者にあらわにするのです。「最近のある日」もその意味では宿命の対決と見ることができますが、作者は宿命の介在について一言も語ってはいません。『予告された殺人の記録』では、語り手であり登場人物の一人でもある〈わたし〉の母親がファド（ポルトガル語で宿命という意味があります）を歌い、事件に宿命が力を及ぼすことをにおわせるのとは違っています。

「最近のある日」に戻りましょう。ガルシア＝マルケスの作品ではしばしば天気への言及が見られます。とりわけ雨季が始まる十月の雨が陰鬱さ、鬱陶しさを表すことは、舞台が「町」で同じ系列に属する『大佐に手紙は来ない』でたっぷり語られているとおりです。デイヴィッド・ロッジは『小説の技巧』（柴田元幸・斎藤兆史訳）で、小説では「感傷の誤謬」といって「自分の感情を自然界の現象に投影してしまう事態を惹き起こしやすい」と述べています。「最近のある日」も天気の話題から始まりますが、しかしここでは天気を文字通りに取るべきでしょう。桑名一博先生の訳文の書き出しは、「月曜日は夜が明けると生温かく、雨は降っていなかった」となっています。なぜ否定形なのか。普通なら降っていてもおかしくないからでしょう。やはり「町」が舞台の長篇『悪い時』には、「金曜日、夜が明けると空気は乾燥していて暖かかった」という書き出しの一節が見つかります。これも季節は雨季で、それだけに稀な現象のようです。

さて、もぐりの歯医者、エスコバールはなんと朝の六時に診療室を開けます。そして早くも作業を開始するのですが、「八時過ぎに窓から空を見ようとひと休みした」とあります。とすると、顔を窓のほうに向けるだけでは空が見えないことになります。「そして、隣の家の棟で日なたぼっこをしている思いに沈んだ二羽の禿鷹を見た」とあるので、たぶん窓際まで行ったのだろうと思います。ただし、ここを「八時過ぎにひと休みして窓から空を見た。すると隣の家の棟で日なたぼっこしながら物思いに耽る二羽の禿鷹が見えた」と訳すと、必ずしも窓辺に寄らなくても見えそうです。それはともかく、ここでは禿鷹が死の象徴であることに注意しましょう。不吉な影が忍び寄っている感じがします。

引用です。「彼は昼食前にはまた降り出すなと考えながら仕事を続けた」。昼まで三時間ちょっとありますね。そこへ町長がやってきてドラマが発生します。このときエスコバールは金歯を磨いていました。このエスコバールの風貌ですが、痩せていて、どこか手紙を待つ大佐や『百年の孤独』のアウレリャノ・ブエンディア大佐を思わせるところがあります。安部公房なら「内的亡命者」と見なすかもしれません。ブエンディア大佐が、反乱に失敗したあと小さな工房に閉じこもり、黄金細工の魚を作っては壊す作業に没頭していたことを思い出してください。金歯も言ってみれば黄金細工です。これらの人物には共通性があります。作家の中上健次は手紙を待つ大佐のことを、フォークナーの作中人物同様、偏執狂的なほどこだわる人間だと評しましたが、この歯医者も相当にこだわる人物です。

ここでいよいよ対決です。町長は必死で痛みをこらえるにもかかわらず、その目には涙が溢れます。彼は手探りでポケットのハンカチを探しますがすぐには見つからない。それを見た歯医者は、彼に布を渡し、これで拭きなさいと言います。マッチョに涙を流させたわけですから一本取ったということになりますね。

さてここでまた天気への言及があります。引用します。「歯医者が手を洗っている間に、彼は底が抜けたように晴れ渡った空と、クモの卵や死んだ昆虫がついた埃だらけのクモの巣を見た」。ここが一番不可解なところです。というのも、それまでいつ雨が降り出してもいいようなどんよりした空だったはずだからです。禿鷹の日向ぼっこも湿った羽を乾かすためだったのではないでしょうか。それに空が晴れ渡ったとして、誰がそれを見ているのでしょうか。この訳だと町長ということですね。しかし、窓辺に寄らないと空は見えないし、第一町長はまだ椅子の上で仰向けになっているはずです。だとすると、彼には窓の外が見えません。かわりに見えるのが天井 cielorraso です。つまり彼が見上げた cielorraso desfondado というのは、底抜けの空ではなく、張り板のない剝き出しの天井のことで、そこにクモの巣が張っていたということではないでしょうか。いかにも粗末な診療室です。また、ここで空が晴れ渡ってしまうと、虫歯が抜けた町長のすっきりした気分を表象しかねません。しかし、保守派が自由派を牛耳っているとしても、政治的緊張は続いています。町長だって安心はできません。治療が済むと彼は、「勘定をまわしてくれ」と言い、エスコバールが「あんたにですか、それとも役場の方に?」と訊くと、「どっちだって同じさ」と答えます。ここで町長が今は町の絶対的権力者であることがはっきりと分かります。

さて、では表題の「最近のある日」はどうなるのでしょう。英訳は One of These Days です。最近のある日と解釈すれば、年代記的物語の一挿話という感じになるでしょう。ですが、これを『悪い時』と併せて読むと、どうでしょう。この長篇のラストでは住民の不穏な動きが語られています。他の短篇にも出てくるミナという女性が神父に、前夜銃撃の音が「そこらじゅうで」聞こえていたこと、床屋の床下に武器が隠されていたこと、監獄は満員になっていることを伝えます。問題はそのあとです。高見英一先生の訳を引用します。「けれど、男の人たちはゲリラに加わるためにジャングルのなかに入って行くという話です」と彼女は言うのです。しかも un día de éstos の本来の意味は、「近いうちに」とか「そのうち」です。だとすれば、おそらく保守派の中央政府から派遣されたと思われる町長は権力者としてふんぞり返っているが、そのうち何かが起きて、権力者でいられなくなる。その何かとは、おそらく反乱でしょう。ゲリラが一斉蜂起するのかもしれません。これが書かれたのはキューバ革命や第三世界での解放運動が盛んだったころでもあり、このようにきわめて政治的な意味が姿を現すのです。『大佐に手紙は来ない』で診療所の医師が新聞を読み、スエズ動乱を話題にして、西欧に勝ち目はないと言っていることを思い出しましょう。時代を不明にして物語を神話的にする作者が、唯一時代性を示している部分です。いずれにせよ、以上を考慮すると、タイトルは「近いうちに」あたりが妥当ではないでしょうか。それは歯医者そして自由派の人々の願望を代弁しているようでもある。だとすると、この短篇はまさに Less is More で、実に大きなことを隠していたということになります。

さて、ここでもう一つ短篇を扱ってみたいと思います。ガルシア＝マルケスの短篇集『無垢なエレンディラと無情な祖母の信じがたい悲惨の物語』通称『エレンディラ』に収められている寓話風の一篇「この世でいちばん美しい水死人」で、訳者は木村榮一さんです。

海から巨大な水死体が流れ着き、海辺の村は大騒ぎになります。翼を持った老天使が海辺の村へ落ちてきて騒動を起こす「大きな翼のある、ひどく年取った男」とよく似た設定ですが、水死体ですから天使と違って生きてはいません。子供たちやがて女たちが取り囲んで、あれこれ詮索します。この情景がリリパット島に漂着したガリバーのイメージに重ねられていることは明らかです。女たちが憧れの対象にする一方、男たちは最初のうち相手にしないところが面白い。水死体はよそ者で、何しろ大きくて立派なのです。

やがて村人たちの想像の中で、水死人は甦り、名前まで与えられてしまいます。ラウタロではないかと考えた女性がいます。しかしそぐわない。ラウタロというのはチリのアラウコ戦争でスペインの植民者と戦った先住民マプーチェ族の指揮官の名前です。チリ出身の作家、ロベルト・ボラーニョが長男にこの英雄の名をつけたことはよく知られています。とにかく、水死人は先住民的な特徴を備えてはいないということでしょう。やがて誰かがこれはエステーバンだと言い出します。イギリスの植民地主義者の先駆であるサー・ウォルター・ローリーの可能性は語り手自身が否定します。実際この人物は斬首刑に遭っていますから、遺体に首はないはずです。水死人は結局エステーバンと名づけられてしまう。作者が意識的にこの名を選んだことは間違いありません。とすると、出所は。ここで私は仮説を立ててみました。以下はその仮説です。

ガルシア＝マルケスがフォークナーに学び、影響を受けていることはよく知られています。そのフォークナーに『寓話』という長篇小説があります。第一次大戦下のフランスが舞台で、ここに十二人の兵士を率いた伍長が登場します。この人物にキリストのイメージが重ねられていることはすでに指摘されています。この伍長が奇跡を起こします。彼が前線を行き来して、独仏両軍に戦闘をやめるように促して回ると、彼に感化されて、兵士たちは戦闘を止めてしまい、そこに一時的に平和がもたらされるのです。しかし彼は十二人の兵士とともに逮捕されてしまう。そして実は父親であることがわかった大将軍に取引を持ちかけられるのですが、断ったため、最後に殺されます。見方によれば殉教者となったわけです。この伍長の名がステファンで、スペイン語だとエステーバンなのです。

『寓話』はピュリッツァー賞こそ獲得していますが、あまり人気のない長篇で、フォークナーが愛、憐憫、犠牲の必要を説いた、ノーベル賞受賞記念演説に基づいて書かれています。スペイン語版がありますが、一九九九年にスペインのアギラール社から刊行されているので、ガルシア=マルケスがこの版を読んで書いた可能性はありません。ですから友人か誰かから『寓話』のプロットを聞いてヒントにしたのかもしれません。もちろん英語で読んだ可能性もゼロではありません。名前については、実はキリスト教初の殉教者である聖エステバンに由来するという有力な説があります。にもかかわらず私はエステーバンという名が『寓話』から採られたに違いないと、海辺の村人のような信念をもって思うのです。

ところで水死人のモデルがゲバラであるという説をご存知でしょうか。最近ではラテンアメリカ研究者の太田昌国さんがその説を紹介しています。ですが、私が、それがゲバラであることを知ったのは、はるか昔に遡ります。確か一九八五年か八六年ぐらいだったと思いますが、国立に住んでいたころ、作家の中上健次さんと駅前の居酒屋で飲む機会があり、談笑していると、そこに研究会を終えたグループが入ってきました。すでに顔見知りだった、現在は早稲田大学の教授である高橋敏夫さんのほかに何人かいて、その一人が今は東京経済大学教授の山崎カヲルさんでした。本人はそのときのことを覚えておいでかどうか分かりませんが、その彼が水死人はゲバラだと言ったのです。今は版元がなくなったサンリオ文庫版の『エレンディラ』が出て間もないころのことです。なるほどと思いましたが、本当にそう思えてきたのはテキストを読み込んでからのことです。

水死人は結局また海に戻されます。一箇所に定着せずさすらうところもゲバラらしい。しかし、水死人の思い出は残り、寒村に変化がきざすであろうことを語り手は予想します。思い出の中のエステーバンのために村人は家を大きくし、戸には明るい色のペンキを塗り、井戸を掘り、絶壁に花の種を蒔くことにしようと考えるだろうと。エステーバンはユートピアのイメージをもたらしたのです。この寓話の肝は、村人が覚醒し、自己変革を遂げるだろうと予想されるところでしょう。それを促したのがエステーバンことゲバラということになります。エステーバンは漂流し、またどこかの村で同じような奇跡を起こすのではないでしょうか。

この海辺の村はキューバかもしれません。あるいはアンデスの湖のそばにある先住民の村かもしれません。ネルーダは『マチュピチュの頂』でアンデスを海のイメージで歌っていますから、海と山が結びつかないわけではない。ネルーダはガルシア＝マルケスの好みの詩人です。

ここで言葉にこだわると、水死人と訳されているスペイン語ahogadoは、まずは窒息した人間のことを指します。必ずしも溺死とは限りません。するとここでゲバラがひどい喘息もちだったことが思い浮かびます。彼はゲリラ戦の最中に何度も発作を起こし、ahogadoになる、すなわち窒息寸前に陥っています。映画の「モーターサイクル・ダイアリーズ」でガエル・ガルシア＝ベルナルが演じた若き日のゲバラが、無鉄砲ぶりを発揮して、ハンセン病患者の病棟がある対岸を目指して川を泳ぎ渡る場面を思い出しましょう。彼は途中で端息の発作を起こし、窒息死してもおかしくなかった。そのエピソードは実話でガルシア＝マルケスも知っていたはずです。だとするとエステーバンは水死したのではなく窒息死し、その後、海を漂流してきたと考えてもおかしくありません。ただ、「この世でいちばん美しい窒息死人」では、〈美しい〉という形容詞と窒息という名詞が齟齬を来たして日本語のタイトルになりませんね。やはり訳語どおりでいいと思います。

ついでに言えば、作品が書かれたのがゲバラの死の翌年であることを考慮するとやや無理がありますが、水死体は同じく革命の英雄で、フィデルやゲバラに負けない人気を誇ったカミロ・シエンフエゴスとも考えられます。一九五九年、彼を乗せたセスナ機が夜間飛行中にメキシコ湾上で行方不明になり、墜落したとされています。が、機体も死体も見つからず、事故についてはいまだに謎に包まれたままです。もっとも、海に落ちたということでは例の老天使も同じで、どこか暗示的です。そうすると、『族長の秋』で主人公の大統領が複数のモデルの合成によって作られ、歴史小説であるはずの『迷宮の将軍』の主人公ボリーバル像がカストロやシーザーのイメージを付与して合成されたように、水死体も二人もしくはそれ以上のモデルの要素を合成して作られたのかもしれません。このようにいくつもの連想を誘うところが「寓話」の力であり、ガルシア＝マルケスはその力を巧みに使っています。

ここで話題を変えましょう。一般的に言えば、ボルヘスとガルシア＝マルケスは異なるタイプの作家と考えられているのではないでしょうか。前者がラプラタ幻想文学あるいは博識を特徴とする知的バロック文学の中心的存在であるとすれば、後者はカリブ海地方の魔術的リアリズム作家。政治的には前者が保守と見なされるのに対し後者は左翼。前者が落ち着いた色、つまり地味な色のスーツにネクタイを着用するのに対し後者は原色、たとえば趣味がいいとは言いがたい真っ赤なシャツで人前に現れるといった具合に、そのイメージは対照的と言ってもいいでしょう。現実を創作の基盤とするガルシア＝マルケスはボルヘスの文学を、現実と繋がりがないと評しています。その一方で、言葉の使い方については一目置いてもいます。「政治的には反対」だが、自分が「彼の飽くことを知らぬ読者」であることを認め、「スペイン語圏で最も芸術的価値が高い」作家であるとするガルシア＝マルケスによる評価は、ボルヘスが作家のための作家と言われることを裏付けてもいます。

彼らの作品を読み返していて最近気がついたことがあります。皆さんにもこういう経験があるかどうか分かりませんが、テキストが騙し絵のように、角度を変えると別のものに見えた。ある特定の箇所が浮き上がって見えたのです。それがきっかけでした。そして、そこから考えたことにより、いくつかの謎が解けた気がします。今からその経験をお話しすることにしましょう。

ボルヘスの初期の短篇集に Ficciones、ボルヘスの先駆的紹介者、篠田一士さんの訳に従えば『伝奇集』というのがあります。一九四四年に刊行されたもので、彼を世界的な作家にした、月並みな言い方をすれば、珠玉の短篇の数々が収められているのですが、そのなかに「裏切り者と英雄のテーマ」があります。それは語り手の〈わたし〉が、イギリスの推理作家チェスタトンとドイツの哲学者ライプニッツの影響のもとに思いついた筋を紹介するという形になっています。

すべてがとりあえずの設定であると断った上で、〈わたし〉はその物語の舞台となる国をアイルランドとしますが、「圧迫されながら頑強に抵抗するある国」であればポーランド、ヴェネツィア共和国、南アメリカかバルカンの一国でもかまわないとも述べている。そこで、その条件を利用したのがベルトルッチです。彼は「暗殺のオペラ」という映画で舞台をイタリアの田舎町に置き換えています。女優のアリダ・ヴァリが西瓜を食べるシーンや鉄道の線路に雑草が生い茂る幻想的なシーンが印象的な映画です。小樽を訪れたとき、運河の近くに昔使われていた鉄道の廃線があり、見た瞬間この映画のラストシーンが記憶の中で甦りました。ただし、原作にはなく、またボルヘスは描写を行いません。だから監督は自由にアダプトして撮れるのです。

この短篇の中心となる物語には、最初の〈わたし〉とは別の語り手がいます。それはある英雄の曾孫にあたるライアンという人物です。彼は曾祖父ファーガス・キルパトリックの伝記を書いているところです。キルパトリックは反乱を計画するものの、実行に移す前夜に劇場で暗殺されてしまいます。しかし警察は犯人を突き止められなかったばかりか、警察そのものが彼を殺したふしがあると、後世の歴史家たちは断言しているのです。犯罪は謎に包まれている。問題はこの先です。ライアンは考えます。岩波文庫の訳を引用してみましょう。訳者は鼓直先生です。

ライアンが気にしているのは謎のべつの側面である。それは円環的な性質のもので、遠い地方や遠い時代の出来事を反復あるいは結合するように思われるのだ。たとえば、英雄の死体を調べた警官たちが、その晩、劇場へ行くのは危険であると警告した、封の切られていない手紙を発見したことを知らぬ者はいない。ユリウス・カエサルもまた、友人たちの短刀が待ち受けている場所へおもむく途中で、一枚の紙片を受け取ったが、ついにそれを読まなかった。紙片には裏切り者たちの名前とともに、裏切りが警告されていたのだが。

このときライアンはいわば推理作家あるいは一種の探偵になっています。ここで注目したいのは、パトリック暗殺事件で封の切られていない手紙が見つかったという事実と、はるか昔、カエサルが、裏切り者の名を記し、裏切りを警告する紙片を受け取りながら、それを読まなかったという事実が重なることです。出来事の反復というのはいかにもボルヘスらしいモチーフです。ここではっとさせられるのは、この反復する出来事とそっくりなことが、実は『予告された殺人の記録』でも語られているからです。『予告された殺人の記録』は一九八一年発表の中篇です。邦訳は今は新潮文庫になっていて、訳者は駆け出しの頃の私です。フランチェスコ・ロージによって映画化されてもいるので、ストーリーをご存知の方も少なくないと思いますが、あらすじを紹介してみましょう。

コロンビアと思われる南米の国の閉鎖的な田舎町に、そこで起きた三十年ほど前の殺人事件の謎を解明しようと町の出身者である〈わたし〉が戻ってきます。事件は町を挙げての婚礼が行われた日の翌日、司教が船で訪れながら下船せず、住民の期待を裏切った後に起きます。初夜を迎えた新婦のアンヘラが処女ではなかったことが分かり、スキャンダルとなります。新郎はよそ者としてやってきた国の大立者の御曹司、バヤルド・サン＝ロマン。家の名誉が汚されたとして、アンヘラの兄である双子の兄弟が、妹の処女を奪った相手に報復することを決意し、妹からその名前を聞きだします。それは町の有力者で財産も美貌も兼ね備えた若者、サンティアゴ・ナサールでした。しかし本当に彼なのか。双子の兄弟は、殺害計画を人々に打ち明けます。それは町中が知るところとなりますが、一人サンティアゴだけは知りません。そして止める者がいなかったため、兄弟は町の広場で犯行に及んでしまうのです。なぜこれほど予告された殺人が阻めなかったのか。その謎を〈わたし〉は人々の記憶や裁判所の記録などを頼りに解こうとします。

次に引用するのは、殺されたサンティアゴ・ナサールの使用人の娘ディビナ・フロールが後年語ったことです。彼女というのはディビナ・フロールで、プラシダ・リネロはサンティアゴの母親です。

彼女は結局自分のものにはならない運命にあった男のために、万一の場合戻れるよう、プラシダ・リネロの言いつけに背いて扉のかんぬきを掛けずにおいた。その扉の下の隙間から、誰がしたのかわからないが、メモの入った封筒がさし込まれていた。そのメモにはサンティアゴ・ナサールを殺そうと待ち伏せしている者たちがいること、さらにその場所、動機、そして計画についての詳細が明らかに記されていた。サンティアゴ・ナサールが家を出たとき、その伝言は床の上にあったのだが、彼の眼にもディビナ・フロールの眼にも留まらず、見つかったのは、事件が起きて、かなり時間が経ってからのことだった。

『予告された殺人の記録』は実際に起きた事件に基づいて書かれていますが、もちろん事件をそのまま再現したわけではありません。場所にせよ人物にせよモデルがある程度存在することは確かですが、ノンフィクションではなく、文学的加工が見事に施され、神話性が付与された小説なのです。もう一人のノーベル賞作家であるバルガス＝リョサは、代表作『緑の家』の創作について語った講演『ある小説の秘められた歴史』で、創作を〈逆ストリップ〉に譬えています。実を言うと、幸か不幸か、私は六十四年の人生の中で、ストリップというものを直接目にしたことがありません。それでも想像はつきます。通常は一人の女性が、着ている衣装を少しずつ脱いでいき、殿方の目を楽しませるショーです。ところがその逆ということですから、裸体に衣装を少しずつまとわせていく。最後にはその裸体が見えなくなるというわけで、その最後に観客の目の前に現れるものが作品ということになります。

したがって、ジャーナリストの藤原章生さんのノンフィクション『ガルシア＝マルケスに葬られた女』や、詩人の田村さと子さんの紀行文『百年の孤独を歩く』などは、現地での取材によって得た貴重な情報を伝えてくれる労作ですが、事件のモデル探しを試みているという意味では、衣装の下に隠された裸体を求める本来のストリップ型の本ということになるでしょう。しかし『予告された殺人の記録』の小説すなわちフィクションとしての面白さは、むしろ衣装を着て化粧を施したモデルが演じる舞台にあります。それが実際の事件よりもリアリティーを感じさせるのはなぜなのか。その仕掛けを知ることのほうが、文学的にははるかに面白いと私は思います。そうした仕掛けの一つが読まれなかった手紙なのです。

ボルヘスの短篇に戻りましょう。キルパトリックは死の当日、一人の物乞いと話をしていますが、『予告された殺人の記録』でも言づてを頼まれる役として物乞いの女が登場しています。さらに「裏切り者と英雄のテーマ」では作者に近い上位の語り手が、物乞いのあることばが悲劇『マクベス』のなかでシェイクスピアによって予め示されていたと述べている。つまり「裏切り者と英雄のテーマ」と『予告された殺人の記録』の関係に気づくと、後者が『マクベス』にも繋がる面白さがあるのです。

『予告された殺人の記録』の殺人は広場で行われます。そこでは〈宿命の扉〉すなわちサンティアゴの家の扉が生け贄をほふるための祭壇となります。ニューヨークの小劇場で観たこの作品の舞台では、コロンビア出身の色白で美しい俳優が、扉を背に磔のようなポーズで殺され、キリストのイメージでサンティアゴを演じていました。そのとき広場は町の人々が見守る闘技場であり、劇場でもあります。殺人はスペクタクルになるのです。一方、「裏切り者と英雄のテーマ」は手が込んでいて、ライアンは謎を解き明かすのですが、それによると「キルパトリックは劇場で殺されたが、しかし同時に、全市を劇場と化した。俳優は大集団であり、彼の死によってクライマックスに達した芝居の上演は、多くの昼と多くの夜を要した」ということになります。

『予告された殺人の記録』には、検察官が調書作成のために役場にくると、町の人々は「劇的事件において自分が重要な役割を果たしたことを誇示したくて、呼ばれもしないのに、先を争って証言しようと」したとあります。人々もいわば〈劇〉の登場人物なのです。ただしサンティアゴの場合はもちろん裏切り者ではないし、殺されることを受け入れたわけではありません。ガルシア＝マルケスは、『予告された殺人の記録』を書くに当たってソポクレスの悲劇『オイディプス王』との類似、つまり誰もが知っているのに自分だけが知らないという設定について自ら言及したことがありますが、ボルヘスの短篇については語っていません。しかし、この演劇的殺人からヒントを得た可能性は大いにあります。

「裏切り者と英雄のテーマ」で語られる芝居がかった殺人を考え出したのは、キルパトリックの古くからの同志ノーランです。彼は、実はキルパトリックが裏切り者であることを暴いてしまい、その結果キルパトリックは死刑囚となります。反逆グループにとってそれはまずい。ここでノーランが、死刑囚が匿名の暗殺者の手にかかって死ぬという筋書きを考えつくのです。そしてキルパトリックは、自分が罪をあがない、自分の死が祖国解放のための手段になるように、演劇的に殺されることを受け入れるのです。

しかし曾孫のライアンはこのトリックを見破ります。ヒントはカエサルのエピソードでした。そのあたりはこのように述べられています。

カエサルの妻、カルプルニアは夢で、元老院が建立を決議した塔が倒れるのを見た。キルパトリックの死の前夜、匿名の虚報は全国に、キルガーヴァンの円塔の消失を伝えた。彼はキルガーヴァンの生まれだから、この事件は不吉な前兆とみなしえた。カエサルの歴史とアイルランドの謀叛人の歴史の、これらの（そして他の）相似はライアンに、ある秘密の時間形式や反復する線の図形を推測させた。

やはりボルヘスらしい相似という概念が見られます。ノーランはシェイクスピアの主要な戯曲をゲール語に翻訳していて、その中に『ジュリアス・シーザー』があったのです。読まれなかった手紙はそこから思いついたアイデアでしょう。ライアンはそれを剽窃と言っています。そしてその「シェイクスピアを模倣したくだりがもっとも劇的な味わいを欠いている」と評するのですが、一方でうがった見方をします。将来誰かに事件が演劇であることの尻尾を捕まえさせるためにそれを意識的に差し挟んだのだろう、そしてその誰かが自分なのだと理解するのです。若き日のボルヘスの作品だけにひねりが連続し、実に手が込んでいます。

『予告された殺人の記録』でも夢は重要な働きをしています。冒頭で、サンティアゴの母親が、息子が見た夢の意味の解釈を間違えますが、そのことが事件を防げなかった原因の一つになっています。もちろん模倣ではありませんが、夢のエピソードもガルシア＝マルケスの作品がボルヘスを介してシェイクスピアの戯曲『ジュリアス・シーザー』と繋がる要素となっていると言えるでしょう。ただし、ガルシア＝マルケスはもちろんその戯曲も読んでいます。そしてそれを、「歴史的現実よりも想像力に負っているらしい」と評しています。ついでに言えば、独裁者小説である『族長の秋』を執筆する際に、アメリカの作家ソーントン・ワイルダーの小説『三月十五日』をはじめシーザーに関する基本的な資料を読み漁ったとも語っています。

このような発想に立つと、『予告された殺人の記録』の従来語られてきたのとは異なる側面が見えてきます。三十年ほど前、まずは雑誌「新潮」のためにこれを訳したとき、とても実話とは思えない、こんな途方もない話があるかと編集者に言われました。そこで実話性を強調しなくてはと、モデルの事件のことや、共同体の力学、スケープゴートのことに力点を置くあとがきを書きました。それはそれでよかったと思っています。その後、文庫化や叢書収録の折に、サンティアゴがキリストになぞらえてあることや、神話的娼婦の存在などの文学的仕掛けについても触れました。ただ、今回、作者のガルシア＝マルケスが友人で詩人のアルバロ・ムティスのサジェスチョンによってあとから付け加えたと言っている後日譚、すなわち『コレラの時代の愛』の前触れとなる再会劇がなぜ必要だったのか、その謎が解けたのです。

事件のあとアンヘラは厳格な母親に連れられ、町を出て行き、辺鄙な海辺の村で暮らします。彼女はそこでバヤルドに宛てて手紙を書いては送ります。返事はきません。ところがある日すっかり老けたバヤルドがひょっこりやってきます。しかも彼女が書き送った二千通あまりの手紙を色つきのリボンで束ねてもってきたのです。それらはすべて封が切られていませんでした。

このロマンチックな再会劇のエピソードは何やら謎めいています。アンヘラは母親に支配され、自分の意思を持たない女性として育ってきました。ちょうど無垢なエレンディラと非情な祖母の関係に似ています。したがって自分の相手が誰かを告白するように迫られたときも、自分の意思で言ったというより何かに言わされたという気がします。私はその何かというのが、兄たちや母親だけではなく、もっと大きなものだと思います。アンヘラとは天使のことですから、エレンディラ同様無垢を意味しているので、言わせた相手は神かもしれません。古代ギリシャなら巫女は神の信託を告げます。あるいは彼女の処女を奪った犯人は神であるという仮説も成り立ちます。舞台となる古めかしい共同体はカトリック文化圏に属し、厳格な母親が男女の勝手な交際を決して許さなかったからです。

神の介在を想定すると、作品の神話性はより強まります。作家の辻原登さんもこの説を支持しているようです。ですが、舞台は古めかしいとは言え一応現代の町ですから、彼女が告げたのは、神ならぬ共同体の意思が選んだ名前だったのではないかとも考えられます。アーカイックな共同体の殺意をお告げとして語ったと考えると、やはり共同体こそが殺人の真犯人であり、双子の兄弟も同じ共同体の殺意に後押しされたということになるでしょう。しかし、答えは二つのうちのどちらか一つとはならない。むしろ、作者は、曖昧性をまとわせることで物語をよりミステリアスにしようとしたのではないでしょうか。

いずれにせよ現代の巫女は、混血でしかも肌が白いアラブ系という特殊な条件をもつサンティアゴを生け贄として名指しました。これは「この村(町)に泥棒はいない」という『ママ・グランデの葬儀』所収の短篇で、ビリヤード場に押し入ったのが、真犯人のダマソという青年ではなくよそ者であるとして、黒人に濡れ衣を着せてしまう共同体の動きとも重なってきます。なぜサンティアゴを選んだのかはアンヘラにも分からないでしょう。ガルシア＝マルケスは共同体のもつ力学を象徴的な形で描くことで批評を行っていると思います。

ここで、読まれなかった手紙についてさらに考えてみましょう。まず読まれなかった伝言です。それが町でサンティアゴを救うことはありませんでした。「裏切り者と英雄のテーマ」の場合と同じです。しかしそれではボルヘスの模倣になってしまうし、アンヘラは共同体的時間の円環という迷宮の中に閉じ込められたままになります。フランチェスコ・ロージの映画ではアンヘラは町から出ずに実家で暮らし続けます。

しかし、ガルシア＝マルケスはこの円環の迷宮からアンヘラを脱出させたのです。これは文学にしかできないことです。いや、映画にもできたはずですが、ロージは円環を壊すことは考えなかった。あるいはそうすると原作をなぞることになると考えたのかもしれません。彼は「シシリーの黒い霧」や「カルメン」でも円環の中の殺人を扱い、円環自体を壊そうとしてはいません。その意味では自己模倣を行っています。それはともかく、ガルシア＝マルケスはすでに短篇『ママ・グランデの葬儀』や『エレンディラ』、長篇『族長の秋』で円環の迷宮を壊していますから、円環の迷宮からアンヘラを脱出させたと考えてもおかしくありません。

彼女を脱出させるためにこそ、『予告された殺人の記録』では、読まれなかった手紙を別の形で使ったのだと思います。つまり報われなかった手紙が報われる。二人を再会させるからです。ガルシア＝マルケスはそうすることでボルヘスの迷宮を超えようとしたにちがいありません。したがってアンヘラとバヤルドの愛もきっと報われたはずです。

ただし、その前に一つの儀式があります。象徴的母殺しです。エレンディラのように、強い母の言いなりになってきた彼女がついに自立する。それまで自分が受け身だったことに対し呪詛の言葉を浴びせるのです。その呪詛が「ミエルダ Mierda」、つまり「クソ」という間投詞です。これが爆弾のような効果を発揮して状況を変えてしまうことは、『大佐に手紙は来ない』の印象的なラストにも見られます。どうやって暮らせばいいのか、何を食べていけばいいのかと妻に迫られた大佐は、¡Mierda!と言い放つのです。このスカトロジー的要素はガルシア＝マルケスの作品の重要な部分であって、バフチンが生きていれば、グロテスクリアリズムや民衆文化の伝統とつながる例として間違いなく触れていたでしょう。

ですがそれについては別の機会にあらためて論じることにしましょう。今日は、このように作品は読み手の中で常に成長もしくは変化し続けている、だから「深読み」、「裏読み」、「併せ読み」によって能動的に読めば、もっと面白くなる可能性があるということをお伝えしたところでお話を終えたいと思います。長い間のご清聴をありがとうございました。

短篇小説の可能性　ガルシア＝マルケスの作品を中心に

はじめに

ただ今ご紹介いただいた野谷です。先ごろ名古屋外国語大学出版会から出た『悪魔にもらった眼鏡』に亀山郁夫先生と共に編訳者として関わりました。刊行目前の三月に定年退職を迎えたのですが、本日（二〇二〇年三月）は出版会・ワールドリベラルアーツセンター設立五周年記念イベントということで招かれ、久しぶりに東京から出向いてきました。この本は欧米を中心とする地域の短篇小説のアンソロジーで、私の訳したスペインの短篇もひとつ収録されていますが、この基調講演では、私が学生時代から関わってきた、すなわち欧米の周縁地域であるラテンアメリカの文学を取り上げ、特に一九六〇年代の世界的ブームを支えたひとりで、一九八二年にノーベル文学賞を受賞した、コロンビア出身の作家ガブリエル・ガルシア＝マルケスの作品を中心に、「短篇小説の可能性」というテーマでお話ししたいと思います。

ラテンアメリカというと彼の代表作『百年の孤独』のような、長大で重厚な長篇小説ばかりが書かれていると思われがちですが、実はアルゼンチンのホルヘ・ルイス・ボルヘスのように、短篇小説に特化した創作を行う世界的作家も少なくありません。ボルヘスが典型的ですが、それは短篇が短いながらも宇宙の秘密を表現できるということがあるからです。ただし、宇宙と言ってもテクノロジーの発達とはさして関係のない、人間という小宇宙の謎を扱うものが多いのですが。興味のある方は、『伝奇集』という短篇集を読んでみてください。

世界一短い短篇小説

さて、ここで引用したいのは、たった一行からなる小説です。え、これって小説なのかと思う人も少なくないでしょう。作者はグアテマラ出身のアウグスト・モンテローソで、ボルヘスと同じく短篇作家です。政変で国を追われ、最後は亡命先のメキシコで亡くなっています。私はメキシコにいるとき、あるパーティで彼を紹介されましたが、この国に安住したのか恰幅の良い好々爺になっていました。

引用した小説のタイトルは、そのものズバリ、「恐竜」です。わずか一行なのに素材が「恐竜」というアンバランスが、早くもユーモアを誘い、同時になぜという違和感をもたらすのではないでしょうか？　タイトルから様々なことを連想した読者は、なんだか騙された気がするかもしれません。実はここに作者の狙いがあるのです。彼には『全集　その他の物語』という短篇もあります。書誌にこのタイトルを見つけたとき、一瞬本物の全集と取られかねません。つまりメタレベルの人を食ったタイトルであり、ここにもウイットが感じられます。

今、問題にしているモンテローソですが、この人は短篇（cuento）それもごく短い作品しか書いていません。ラテンアメリカには、ショートショートやサドンフィクションというジャンルはありません。しかもモンテローソの作品は、今述べたようにウイットや風刺に富んでいますが、いわゆるエンターテイメントではなく、れっきとした純文学（literatura seria）とみなされています。次に引用するのが「恐竜」の全文です。いくつか既訳がありますが、私の訳を使います。

Cuando despertó, el dinosaurio todavía estaba allí.
彼が目を覚ますと恐竜はまだそこにいた。

Augusto Monterroso, el dinosaurio,1959
アウグスト・モンテローソ「恐竜」

なんだか呆気にとられますね。この講演の準備のためにちょっと調べてみたのですが、残念ながら「世界で一番短い小説」というギネス記録は見当たりませんでした。米国のSF作家フレドリック・ブラウンの「ノック」が最短、という説もあります。「地球最後の男の部屋にノックの音がした。」というもので、ショートショートとみなされていますが、訳語で数えると十八文字になります。一方、「恐竜」も十八文字です。ただ、こちらは、「世界で一番短い小説」としてだけでなく、文学的価値を世界の作家たちに認知されているのです。

そのひとり、イタリアの小説家で評論家のイタロ・カルヴィーノは、ハーバード大学で行うはずだった講義の遺稿を本にした『カルヴィーノの文学講義――新たな千年紀のための六つのメモ』の中で、この作品を世界一の短篇小説であるとして引用しています。

また、ペルー出身のノーベル賞作家マリオ・バルガス＝リョサは、『若い小説家に宛てた手紙』という評論の中で、この短篇小説を取り上げ、いろいろな形で分析して見せます。例えば〈時間〉との関連で、スペイン語文法でいうところの「点過去」、「線過去」、「現在完了」と、時制を変えていくとどのようになるか、といった具合です。またこう述べてもいます。

完璧なお話だと思いませんか？　簡潔で奇抜、鮮やかでしかも暗示に富み、すっきりした出来上がりになっているので、大変強い説得力が備わっています。小さな宝石のような話は実に豊かで、多様な読み取りが可能です（……）。

この作家の短篇と言えば最初期に書いた『ボスたち』一冊しかなく、それこそ大長篇を数多く生んでいるにもかかわらず、たった一行の短篇について長々と論じているところがユーモラスですが、いくつかの大学での講義の経験もある彼は、大真面目に語っています。彼が言うように、多様な読み取りが可能なのです。少なくとも背景に何かありそうだという気がしませんか？

それが暗示の力です。原文のスペイン語だと三人称単数になっていますから、目を覚ましたのは「私」ではない。スペイン語では「あなた」とも取れますが、「彼」または「彼女」が、「目を覚ます」と「恐竜がまだそこにいた」と、語り手が語っていることになります。

ところで、ラテンアメリカ文学には「恐竜」というタイトルを持つ先行作品があります。作者は短篇の名手とされたウルグアイ出身のオラシオ・キロガで、物語を要約するとこうなります。ブラジルとパラグアイの国境を流れるパラナ河の上流で、語り手の〈私〉は風変わりな男から、中生代の世界で恐竜と出会いしばらく共に暮らしたが、しまいに大きな石をぶつけて殺してしまい、屍体は河に飲み込まれてしまったという話を聞かされる。それこそ夢のような話ですが、〈私〉はそれを事実として理解するのです。

モンテローソがこの短篇を読んでいた可能性は大いにあります。だとすると、彼の作品はキロガの短篇を踏まえていることになるので、例の一行は本歌取りのような性格を帯びてきます。ただ、キロガの短篇は、収録されている版によっては「夢」と改題されているものもあるようです。それはそれで興味深い。というのも、作者自身が主人公の語った話を夢とみなしていることになるからです。でも夢落ちでは、ああそうかで終わってしまって、奇異感が残りません。

さて、問題の一行に戻って、ここからどういうイメージが持てるか考えてみましょう。映画の「ジュラシック・パーク」を思い浮かべた人がいるかもしれません。あるいは恐竜がいる時代に紛れ込んでしまって、そこで恐竜に出会ってしまった人間、という風にも取れます。どちらもS

Fになりますね。それから、今述べたような夢という解釈、あるいは夢から目覚めたら実際に恐竜がいて、実は現実だったというのもあります。さらにこれは夢だったのだが、主人公は実際には目覚めずもう一回夢を見た、つまり夢の中の夢といった解釈も可能です。

しかしキロガはSFではなく、幻想的な物語としてそれを書いています。組み合わせはいくらでもできそうです。モンテローソの「恐竜」の場合は、語り手が誰かもわかりませんからさらに複雑になります。単純であることが複雑な想像を誘い、物語を豊かにするということです。受け手の読者が積極的であればあるほど、物語は膨らんで行くのです。

ではここで、少し読み方を変えてみましょう。テキストでは隠れている（可能性のある）政治的な意味合いを、この一行から読み取ろうとするとどうなるでしょうか。

そうすると、背後に強大な圧力、例えば軍事政権や独裁政権が君臨している状況が暗示されている気がしてくるかもしれません。夢だとすれば、悪夢を生む原因です。恐竜は圧政の暗喩かもしれない。ラテンアメリカなら大いにありうる状況です。でも不幸なことに、今は世界中に存在する状況でもあります。ですから読みようによっては、幻想ではなく今日的な話になってくるのです。抑圧的な政権が倒れたと思っていたら、まだ健在で、そこにあったというわけです。実は、モンテローソは母国の軍事政権に反対して身に危険が迫り、隣国のメキシコに亡命しています。ですから、彼はこの短篇で出身国の政権を恐竜に喩えて批判を行っている、と解釈することもできます。

一方、亡命先のメキシコでは、七十年間にわたりＰＲＩ（制度的革命党）政権が続いていたのですが、名前によらず保守化したこの長期政権が選挙ではなかなか倒れず、独裁化していきます。そのイメージがまるで恐竜のようだとも言えるのです。目覚めたら、まだ独裁政権が続いていたというわけです。したがって、グアテマラからメキシコに来てみたらここにも恐竜がいた、という意味合いがあるかもしれません。

短い作品ですが、このように様々な寓話性を帯びてくるので、読者一人ひとりがここから感じ取る印象も変わるはずです。短篇であることで、余計な説明をせず無駄な形容詞もないことが、暗示の力、読みの喚起力を生むからです。ここが、論理的説明や解説が付加される長篇小説と、大きく異なるところです。

ガルシア＝マルケスの短篇

このあたりで本題に入りましょう。まず、スクリーンに映っているのはガルシア＝マルケスの写真です。壮年期ですがかっこいいですね。若い頃はもっと痩せていて、アラブ系に間違えられたそうです。アルジェリアでフランスからの独立運動が盛んだった頃、彼は一時期パリで貧乏暮らしをしていて、警官にアルジェリア人に間違えられ、危ない目に遭ったというエピソードもあります。ここから、ガルシア＝マルケスの作品について話を進めていきたいと思います。

ガルシア=マルケス
©CSU Archives/Everett Collection/amanaimages

長篇小説というのは、極端にいうと何でも入れることができる袋、あるいは箱のようなもので、延々と続けることが可能だと言われます。日本の代表的作家である中上健次がボルヘスと対談を行ったときに、長篇が夾雑物を入れられることを肯定的に捉えたところ、ボルヘスは夾雑物はいらないと言って反論しました。タイプの違う作家同士のやり合いが面白い対談です。

日本では中里介山作の未完の小説『大菩薩峠』は、それこそ延々と続く長篇の例としてよく引き合いに出されますが、大衆小説とみなされているし、ボルヘスからすれば無駄だらけのとんでもない作品ということになるでしょう。ラテンアメリカの文学にはそのような大長篇、あるいは一族の歴史を何巻にもわたって語る「サーガ」的な作品は、ガルシア＝マルケスの〈マコンド物〉を別とすれば、ほとんど見当たりません。

ガルシア゠マルケスの作品には、バルザックの小説に見られる人物再出法に似た手法が使われ、例えば、登場人物が共通していたり場所がどこかで通底していたりして、作品同士が関わりを持っています。フォークナーの作品にもこういう特徴がありますね。それを「間テクスト性」といいますが、先に書かれた作品に、のちに書かれる作品の登場人物がすでに出ている、ということもあります。

では、文体はどうでしょうか。彼の習作時代の『青い犬の目』という短篇集は邦訳が出ていますが、そこにはヘミングウェイ、フォークナー、カフカなど、その頃彼が読んだ作家の文体が実験的に用いられています。したがって、まだ彼らしさや彼の声がはっきりとは聞こえません。それでも、のちの作品に出てくる土着的な要素を、モダニズムの前衛的な文体で書こうとする若者らしい姿勢が見られます。

刊行順は逆になりますが、この短篇集に続くのが『ママ・グランデの葬儀』で、そこに収録されている作品のひとつが、今日資料として配布した*Un día de éstos*です。このスペイン語のタイトルは、既訳では「最近のある日」となっていますが、本来の意味は「近いうちに」とか「そのうち」です。私は、夏に出したガルシア゠マルケスの中短篇アンソロジーに含めるさい、「ついにその時が来た」というニュアンスを出すために、「ついにその日が」という訳語を当てました。非日常性を強調したかったからです。

しがない田舎町で診療所を開いている歯医者と、そこを訪れる町長の二人が、基本的な登場人物です。この町長は軍人でもあります。この診療所を舞台に、丁々発止というほど派手ではありませんが、宿敵同士が手に汗を握る対決をすることになるのです。『恐竜』にはもちろん及びませんが、短篇集『ママ・グランデの葬儀』に収録されているものの中では、これが一番短い作品です。書き出しはこうです。

「月曜日の夜明けは生暖かく、雨は降っていなかった。」

実は、ここにガルシア＝マルケスらしさがすでに出ています。というのは、「曜日」や「天気」という要素に触れているからです。ですが、何の前提もなくいきなり「雨は降っていなかった」と、否定形になっているのはいささか奇妙だと思いませんか？　つまり、その日の朝は曇っていたということですが、単純にそうは言わない。なぜなら、普通だったら雨が降っていてもおかしくないからです。しかも「昼飯前にまた降り出すだろう」と歯医者は考えているのです。ということで、この時期が実は十月に始まる雨季である、という情報が隠されていることがわかります。雨季の重苦しい雰囲気は、中篇『大佐に手紙は来ない』に最も顕著に現れていますが、彼の作品では否定的な意味を持っています。冒頭の天気に触れた文で、この短篇のトーンが決まるわけです。

ガルシア＝マルケスの前期、すなわち『百年の孤独』までの作品の舞台は大きく二つに分けられ、ひとつは彼が生まれたアラカタカをモデルとする〈マコンド〉という共同体です。もうひとつは、彼の学生時代に家族が移り住んだスクレという共同体で、作中では名前のない〈町〉として登場します。『百年の孤独』の舞台は〈マコンド〉ですが、「ついにその日が」では、単に〈町〉となっています。この〈町〉は共同体のネガティブな性格を備えていて、抑圧的な社会に見られるような事件がしばしば生じます。

次にこの短篇の文体に注目すると、ほとんどの作品に短いセンテンスが用いられている。フォークナーの詩的文体ではなく、ヘミングウェイ的な電文体、見方によればジャーナリスティックな文体で書かれているのが特徴で、一文が短く、余計な要素は省かれています。現れているのは氷山の一角なのです。あるいは逆に、大部分が隠されていると言い換えることもできるでしょう。そこから多くの謎が発生します。

物語自体は「町長が歯医者に知歯《おやしらず》を抜いてもらう」という、ごくありふれた出来事を語っています。ところが、ありふれた日常的な物語が事件になってしまう。そしてその前に、読者に「何かが起こりそうだ」と思わせるのです。そのために、他の作品にも登場する横暴な町長の存在と、物語の舞台の殺伐とした雰囲気、その背後にある社会的・歴史的状況を暗に語っています。

また、もう一点、ガルシア＝マルケスによってよく用いられる〈宿命〉という要素についても言及しておきましょう。ここに宿命という補助線を引いてやると、見え方に変化がおきます。

彼の母方の祖母のルーツであるガリシア文化、さらには隣のポルトガル文化に根ざしている宿命感は、中篇『予告された殺人の記録』で、語り手の母親がファドを口ずさむという形で暗示されます。ファドとはポルトガルで生まれた民族歌謡ですが、本来は〈運命〉あるいは〈宿命〉のことです。それらを考慮すると、歯医者と町長が出会うことは実は〈宿命〉であり、二人は対決せざるをえないと見ることもできるのです。

一九五〇年代から六〇年代にかけて、メキシコで西部劇映画が流行っていた頃、彼の一家はニューヨークを後にしてこの国にたどり着きます。しかし作家としてだけでは食べていけないので、商業広告や映画の脚本を手がけます。彼は当時、映画に大きな可能性を見ていたようです。脚本の中で成功したもののひとつが『死の時』(一九六六年)で、決闘で父親を殺された兄弟が復讐を試みるのですが、相手のガンマンは素人相手に戦いたくない。それでも対決せざるをえなくなる。それは〈宿命〉が介在するからです。『予告された殺人の記録』でも、宿命がもたらしたとみなせる復讐劇が描かれています。あるいは『百年の孤独』も、宿命がマコンド崩壊の歴史を超えた原因と考えられます。

少し読み進めると、この内省的なこだわりの歯医者は、自分の仕事に自信を持っていて、入れ歯を磨いたり、道具をきちんと並べたりして、大変几帳面です。自意識過剰と言えるかもしれません。また大袈裟に言うと、マッドサイエンティスト的なところもあり、明らかに世間とはずれている人物です。

一方、町長がやってきたのを伝えるのは歯医者の息子です。まだ声変わりしていないらしいので、そのくらいの年頃だと言うことがわかります。無邪気で周囲の状況を考慮しない。自分だけの判断で状況を捉える。こういう子供の使い方も、ガルシア＝マルケスは得意としています。『百年の孤独』にこんなエピソードがあります。家長のホセ・アルカディオ・ブエンディーアが家に籠もりきりになり、錬金術に凝っているのですが、鍋底の焦げつきから金を分離しようと試み、ついに黄色っぽい塊を取り出します。喜んだ彼がそれを息子に見せると、息子は「犬のくそだろ」と本気で答えるのです。すると父親は腹を立て、息子を力一杯殴りつけるというものです。父親のホセ・アルカディオは夢想家で、一方子供は無邪気な現実家《リアリスト》として描かれます。

一般にガルシア＝マルケスの作品では、女性が現実家として描かれ、家を支えていることが多いのですが、「ついにその日が」に女性は登場しません。知歯で頬が腫れ上がり、髭も剃れないでいる男というのが滑稽である一方、その顔はグロテスクで怖くもあります。それを歯医者が治療するという単純な話なのですが、その表面的見かけにもかかわらず、重層的な読みを可能にしています。

さらに深読みをしていきましょう。キーワードは〈暗示力〉です。どんよりした天気は、重苦しい雰囲気を表現しています。また、作品では直接語られず、他の作品と読み合わせてみるとわかることですが、この時期、〈町〉は戒厳令下にあり、夜間外出禁止令が敷かれているのです。短篇では隠されていますが、コロンビアでは十九世紀から内戦が続き、この時期は保守派が実権を握っていました。対抗する自由派は弾圧されているという状況です。そのため、弾圧されている自由派に属する歯医者は、保守派の政府から送られてきた町長と対決せざるをえない。しかも町長は、歯医者の「同志二十人」の命を奪っているのです。それがわかってくると、この話は歴史の重みが加わってきます。そしてこの小説が実は個人のレベルを超えた、武器を使わない復讐譚になっていることに気がつくのです。

しかも、自由派が不遇な目に遭っていることは、診療室の描写からも想像できます。天井板がなく、柱が剥き出しに見えている。蜘蛛の巣が張っていて、使っている器具も古い。貧しさが浮き彫りになります。天気も青い空ではなく、どんよりとした空模様が続いている。そう描くことで、いつ暴力事件が起こるかわからない不穏な雰囲気を醸し出してもいる。そしてその背景には、内戦という状況があるのです。

その中で二人は対決することになります。歯医者は麻酔を使わずに知歯を抜きます。町長はマッチョらしく必死に堪えますが、さすがに痛みのために涙が溢れたのでしょう。歯医者が彼に涙を拭くための布を渡します。したがって、ここでは歯医者が一本とったと見ることができそうです。

このような書き方の〈暗示力〉は、エピソードの日常性を突き破ることになります。アルゼンチン出身の作家フリオ・コルタサルはキューバで行った講義で、短篇について、必要なのは「凝縮性」と「緊張感」だと言っています。「ついにその日が」は、緊張感の原因を明らかにせず、それを匂わせるだけで終わりますが、余計なものを一切削ぎ落とし、電文体を巧みに用いて、その「凝縮性」と「緊張感」を作品にもたらしているのです。

現実の詩的置き換え

「ついにその日が」は、ガルシア＝マルケスの創作活動の初期である一九六〇年代の作品ですが、その後彼は、大きく異なる文体を用いるようになります。『ママ・グランデの葬儀』の最後に置かれた表題作で用いられる、バロック的とも言われる饒舌な文体です。

短篇集『純真なエレンディラと邪悪な祖母の信じがたくも痛ましい物語』の、表題作を始めとする作品にはこの文体が使われ、さらに長篇『族長の秋』では、それが切れ目なく続きます。この作品についてガルシア＝マルケスは、いわゆるリアリズムに対して「現実の詩的置き換え」であると言っています。途方もないエピソードが引っ切りなしに語られるのですが、そこでは噂も、誇張された表現も一緒くたになっていて、解きほぐすのが困難なため、事実や真実が見えにくい。しかし、今の世界はフェイクニュースやポスト・トゥルースに溢れていて、まるで『族長の秋』の混沌とした世界のようです。

それはともかく、最後に紹介する作品は『十二の遍歴の物語』所収の「光は水に似る」で、少年二人を主人公にしています。

カリブ地域出身の一家は、今はマドリードのアパートに住んでいて、子供たちはクリスマスプレゼントにボートが欲しいと言い出します。それに対し、父親が、学校の成績が良ければ買ってやると約束します。すると兄弟は優秀賞を獲ってしまい、ボートを買ってもらいます。そしてそれを部屋に浮かべるのですが、何に浮かべるのかというと、なんと光の海の上なのです。そもそも父親が、光は水のようなものだと言ったことから生じた現象です。その言葉が魔術的呪文となって引き起こした奇跡と言えるかもしれません。

電球を割ると、光が流れ出します。その流れ出した光が部屋から溢れ出し、窓から滝のように流れ落ちていく。映画にでもしたい詩的な情景です。CGを使えば表現できるでしょうか。『ママ・グランデの葬儀』にこのような情景はありませんでした。これは別の短篇集『純真なエレンディラと邪悪な祖母の信じがたくも痛ましい物語』所収の短篇に見られるお伽話的なファンタジーを、カリブから都会に移し替えたと見ることも可能でしょう。

作中、「詩」や「詩情」という言葉が出てきますが、読者には幻想と思えるようなことを、彼自身は先に引用した「現実の詩的な置き換え」であるという言い方をしています。ジャーナリスト出身のガルシア＝マルケスは、初期には現実を現実として小説作品を書きました。それは社会的動乱期にあって、社会参加が要請されたからだと彼は言っています。

その後、詩的な文体を積極的に用いることで暗示力が生まれ、表現に複数の意味を持たせることができるようになります。初期の文体からの変化ですが、十年ほどの間にこれほど大きく文体が変わる例は、あまりないようです。暗喩に満ちた文章に、長々とした説明は伴わないのが普通です。そのため、ときには誤読されることもあります。ですが、それは単に事実を事実として伝える文章ではないからです。

ガルシア＝マルケスほど、ひとつひとつの言葉の選び方にこだわる小説家はそうはいません。

彼はボルヘスについて、政治的には嫌いだが、言葉の使い方には学ぶところが多いと言っています。ご存知のように、ボルヘスは短篇作家である前に詩人です。ガルシア＝マルケスが共鳴するのは、ボルヘスの文章の詩的なところでしょう。それはガルシア＝マルケスに詩心があるからに他ならないと思います。彼はこう言っています。「私は詩を書かない。けれども自分が書くことのすべてに詩的な解決を与えようとしている。」これは短篇ばかりでなく長篇にも通じる、彼の創作の原理と言えるでしょう。


（参考文献）

Juan Luis Cebrián *Retrato de Gabriel García Márquez*, Círculo de Lectores,1989.

ガブリエル・ガルシア＝マルケス『百年の孤独』鼓直訳、新潮社、二〇〇六年。

――『ママ・グランデの葬儀』桑名一博訳、新潮社、二〇〇七年。

――『純真なエレンディラと邪悪な祖母の信じがたくも痛ましい物語』野谷文昭編訳、河出書房新社、二〇一九年。

――『族長の秋』鼓直訳、新潮社、二〇〇七年。

――『予告された殺人の記録』野谷文昭訳、新潮文庫、新潮社、二〇〇八年。

――『グアバの香り』木村榮一訳、岩波書店、二〇一三年。

アウグスト・モンテローソ『全集　その他の物語』服部綾乃、石川隆介訳、書肆山田、二〇〇八年。

フリオ・コルタサル『対岸』寺尾隆吉訳、水声社、二〇一四年。

オラシオ・キローガ『野性の蜜』甕由己夫訳、国書刊行会、二〇一二年。

ホルヘ・ルイス・ボルヘス『伝奇集』鼓直訳、岩波書店、一九九三年。

マリオ・バルガス＝リョサ『若い小説家に宛てた手紙』木村榮一訳、新潮社、二〇〇〇年。

イタロ・カルヴィーノ『カルヴィーノの文学講義――新たな千年紀のための六つのメモ』米川良夫訳、朝日新聞社、一九九九年。

第二章　ガルシア＝マルケス
中上健次

予告された殺人の語り方　ワイルダーとガルシア＝マルケスの小説をめぐって

1

『わが町』など三つの戯曲がピュリッツァー賞を受賞したことで知られる米国の作家ソーントン・ワイルダーに、『三月十五日』（一九四八年）という小説がある。ユリウス・カエサル暗殺までの八か月を、大部分を書簡、その他報告書、日誌、戯曲、告知などを用いて描いたもので、全知の語り手の不在を特徴としているところなど、のちのマヌエル・プイグの作品に通じるところがあるが、それ以上に興味深いのは、ガルシア＝マルケスがこれを繰り返し読んでいることだ。

ガルシア＝マルケス自身がワイルダーの小説について直接触れているのは、一九八一年九月三十日付けのスペインの新聞「エル・パイース」紙に寄稿した『三月十五日』という題のエッセーにおいてで、それによると、この小説を初めて読んだのはその年から遡ること二十五年とあり、彼の言葉を信じれば一九五六年ということになる。そのころ彼はジャーナリストとしてパリに駐在していたが、実際に読んだのはもう少し後のようだ。彼の記憶によれば、丁寧に訳されたものではなかったらしいその翻訳書を、それでもその後何度となく読み返し、そのつど最初と同じ面白さを味わってきたという。さらにこの小説をいくつか他の翻訳でも読んでいる。ガルシア＝マルケスには『生きて、語り伝える』という自伝があるが、残念ながらヨーロッパ時代の始まりまでが語られている第一巻が出ただけであり、結局完結しなかったため、彼とワイルダーの小説との出会いについてはついに語られないままになった。

ガルシア＝マルケスから公式伝記作家として認められたジェラルド・マーティンによる『ガブリエル・ガルシア＝マルケス　ある人生』でも、パリで出会ったスペイン出身の女優、タチア・キンターナとの同棲については、彼女が『大佐に手紙は来ない』の登場人物のモデルであることから、その話題についてかなり紙幅が割かれているのに対し、ワイルダーの本との出会いに関する記述はわずかしかない。一般にスペイン語圏の書き手による伝記や回想録は美辞麗句が多く、記述が不正確だったり曖昧だったりすることが多いが、マーティンは英国人のラテンアメリカ文学研究者だけあってむやみにレトリックを駆使したりしないので、彼が記す事実関係はおおよそ客観的と言える。だがその彼の記述でさえも、このあたりの事実関係となるといささか曖昧になる。

2

一九五五年から一九五七年にかけてジャーナリストとしてヨーロッパにいたガルシア＝マルケ

スは、その折に友人たちと東欧諸国をめぐり、モスクワでスターリンとレーニンの遺体が保存されている霊廟を見学する。このときの印象は、ベネズエラの雑誌に書き送った東欧諸国訪問のルポルタージュを集めた『社会主義諸国探訪―鉄のカーテンの内側で九十日間』から窺うことができる。伝記的事実によれば、属していた母国コロンビアの新聞社が政治的原因で閉鎖され、給料の送金が途絶えたために、彼はその日暮らしの身となる。だがその後、ジャーナリストの職を得てベネズエラの首都カラカスに赴く。そして一九五八年初頭、その地で独裁者マルコス・ペレス＝ヒメネス将軍の政権が崩壊するのを目撃するのだ。その劇的体験について彼は前述の「エル・パイース」紙のエッセーで、「権力の不可解さに対する気掛かりの発端」はそのときのエピソードにあると述べている。

マーティンによると、ガルシア＝マルケスはそれらの出来事に遭遇してから間もなくワイルダーの小説『三月十五日』を読み、この本がモスクワでしばらく前に見た、防腐処理を施されたスターリンの遺体を思い出させたという。スターリンの手の特徴はその後『族長の秋』の独裁者の女性的な手を描写するときに用いられることになる。しかしこのあたりの前後関係については本人の記憶が不確かなこともあり、「しばらく前に見た」という曖昧な表現にならざるをえないのだろう。というのもガルシア＝マルケス自身、カラカスでの体験が先か、初めて『三月十五日』を読んだのが先かは正確にはわからないと言っているからである。だがどうやら少なくともモスクワ訪問のあとらしいことだけは確かだ。

ガルシア＝マルケスにとってワイルダーの件の小説との出会いが重要だったことは、『族長の秋』を執筆中、権力の偉大さと悲惨さを知る源泉としてそれを常に座右に置いていたという事実からも窺える。権力者の栄光と末路を語る『三月十五日』の主人公が貴族であるのに対し、『族長の秋』の主人公がそれを反転させたような卑しい出自の人物に設定されているあたりは、ヨーロッパ的価値の転倒を、ときに皮肉をこめて試みてきた作家にふさわしいと言えるが、一方その設定は決して奇をてらったものではなく、むしろラテンアメリカの現実を踏まえていることにより、作品にリアリティを付与している。また物語の展開の時間の構造を直線ではなくらせん状にしたのも、英雄の暗殺を描いたシェイクスピアの『ジュリアス・シーザー』や、英雄に仕立て上げるための裏切り者暗殺の舞台をとりあえずアイルランドとしたボルヘスのひねりのきいた短篇『裏切り者と英雄のテーマ』を意識してのことかもしれない。

3

ところで、独裁者を扱っているために『族長の秋』との関係に目を奪われがちだが、『三月十五日』はその設定や要素が、のちに書かれた『予告された殺人の記録』に使われている節がある。しかしそのことは筆者の知る限りこれまで指摘されていないようだ。ワイルダーの小説の二〇〇三年版にはカート・ヴォネガット・Jrが「序言」を寄せていて、そのなかでヴォネガットはワイルダーの一九二七年に出版された『サン・ルイス・レイの橋』を挙げ、「全員ではなくともある種の人間には、避けられない運命があるという可能性」について触れている。そして、ユリウス・カエサルはその種の人間であり、ワイルダーにとり、その人物像を描き出すのに『三月十五日』で用いた想像上の私的日誌という手法に勝るものはなかったと彼は言う。ちなみに『予告された殺人の記録』に日誌という手法は使われてはいない。だが、殺人の対象となる青年サンティアゴ・ナサールが避けられない運命を背負っているかのように描かれていることに注目したい。彼は「町」の外からやってきた父親の死後、その遺産によって、若くして名士となる。ガルシア＝マルケスは怨恨などサンティアゴが殺される理由をいくつも示唆しているが、卑近で現実的な理由と同時に、物語に神話性を纏わせることで、彼が殺される運命を背負っているかのごとく描いていることを見逃してはならない。その神話的要素に占いや夢、予兆などがあり、彼はその効果を巧みに用いている。また古代ローマの伝記作者スエトニウスの『ローマ皇帝伝』で語られる、殺人の計画を予告する手紙を殺される当人が読まなかったという偶然を、シェイクスピア、ボルヘス、ワイルダー、ガルシア＝マルケスのいずれもが採用しているのも古典が受け継がれていくという意味で面白い。

とりわけスエトニウスの『ローマ皇帝伝』のカエサル暗殺の件には『予告された殺人の記録』の冒頭の一節に酷似した一節があることを指摘しておきたい。筆者はかつてその冒頭をカフカの『変身』やカミュの『異邦人』のそれと比較したことがあるが、あらためて読むと、ガルシア＝

マルケスが『ローマ皇帝伝』の一節を参照していることは明らかである。その部分を引用してみよう。まずは『予告された殺人の記録』である。

自分が殺される日、サンティアゴ・ナサールは、司教が船で着くのを待つために、朝、五時半に起きた。彼は、やわらかな雨が降るイゲロン樹の森を通り抜ける夢を見た。

続いて母親が、「その前の週は、銀紙の飛行機にただひとり乗って、アーモンドの樹の間をすいすい飛ぶ夢を見たんですよ」と言っている。

一方、『ローマ皇帝伝』では次のように語られているが、スエトニウスは出所を「カエサルと親交の厚かったコルネリウス・バルブスの書である」としている。

殺される日の明ける前夜、カエサルは睡眠中に、自分が雲の上を飛んでいるかと思うとユピテル大神と握手している夢をみた。

注目に値するのが、『予告された殺人の記録』の「自分が殺される日」という衝撃的な書きだしがスエトニウスに負っているらしいことである。そうだとすると、ガルシア＝マルケスはワイルダーからスエトニウスと遡って読むことでこの書き出しを思いついた可能性がある。

ワイルダーの小説は鳥占いの報告から始まる。鳥占神官団長《アウグル》がカエサルに送った書簡には、生け贄を屠った結果が記され、吉凶混じったその報告は主人公を取り巻く不穏な空気を象徴している。『予告された殺人の記録』でも、やがて犠牲となるサンティアゴが見た前述の夢を母親が占うというエピソードから始まっていて、彼女はその判断を誤ってしまう。悲劇の発端である。これを含め、ガルシア＝マルケスの小説は、迷信や噂など現代の世界に前近代あるいは中世的とも呼ぶべき要素をいくつも交え、古い世界を読者の前に提示しているが、そのなかで、自分の処女を奪った相手が誰かと問い詰められてサンティアゴであると答えたアンヘラ・ビカリオは、あたかも巫女が神託を告げるかのようにきっぱり言い切るのだ。ガルシア＝マルケスがギリシャ悲劇を好むことはよく知られているが、その目的は彼が物語の舞台を創造するときに、卑俗な現実の物語を神話化し、普遍性を持たせるためである。それはやはり名誉のための決闘という通俗的事件に元型的人物を登場させ、実話を昇華させる、ガルシア・ロルカの戯曲『血の婚礼』などにも見られる手法と言えるだろう。

4

ワイルダーの小説とガルシア＝マルケスの小説に共通点が見られることはすでに述べたが、ここで両者の関係についてさらに触れておきたい。たとえばシェイクスピアの戯曲だと、シーザーは物語の半ばであっけなく殺されてしまう。しかし、『予告された殺人の記録』では、サンティアゴが殺される場面はクライマックスとして最後に置かれ、丹念に語られている。この構成をガルシア＝マルケスは執筆当初から決めていたという。冒頭で彼が殺されるという予告があり、それが最後に実行されるわけであるが、この構成自体は費やされる紙幅の違いはあるものの、『三月十五日』に似ている。ワイルダーは件の場面を次のように描いている。

カエサルが「おい、これは暴力だぞ！」と叫ぶと、横に立っていたカスカ兄弟の一方が、喉の少し下に短剣を突き刺す。カエサルはカスカの腕をつかむと、そこに鉄筆を突き立てた。それから立ち上がろうと試みたものの、そこにもう一撃が加えられた。鞘から抜かれた短剣で、自分が四方八方取り囲まれていると悟ったカエサルは、頭を市民服で覆い、同時に左手を使って服の襞を足先まで延ばした。こうすることで、倒れた時にも下半身を隠して体面を保とうとしたのだ。

こうして、彼は二三回突き刺された。最初の一撃にうめいただけで、あとは一言も発しなかった。ただし何人かの著述家の伝えによれば、マルクス・ブルートゥスが襲いかかってきた時、カエサルはギリシア語で「お前もか、息子よ！」と言ったのだという。

陰謀者たちが全員逃げてしまったあとも、絶命したカエサルは、しばらく倒れたまま放って置かれていた。するとようやく公共奴隷が三人やって来て、遺体を輿にのせて家へと運んだ。道中、片方の腕はぶらりと垂れたままだった。
医者のアンティスティウスによれば、あれほど多くの傷のうち、胸への第二撃のみが致命傷だったと判明したという。

ワイルダーの小説はここで終わる。ただし、この場面の後半ではスエトニウスによる『ローマ皇帝伝』の一部を引用している。
他方、シェイクスピアの『ジュリアス・シーザー』はこの部分を登場人物に次のように語らせているが、以下に見る暗殺される直前のシーザーの饒舌に比べるとなんともあっけない。

シーザー おれがおまえたちであれば心を動かされるだろう、
おれが哀願によって人の心を動かせる男なら
人の哀願によって心を動かされもするだろう。
だがおれは北極星のように不動だ、
天空にあって唯一動かざるあの星のようにな。
空には無数の星屑が散りばめられておる、
それはすべて火であり、それぞれ光を放っておる、
だが不動の位置を保持する星は一つしかない。

人間世界も同じだ、この世には無数の人間がおる、
すべて血肉をそなえ、理性を与えられておる。
だがおれの知るかぎり、その数知れぬ人間のなかで、
厳然として侵すべからざる地位を保持するものは
一人しかいない、それがこのシーザーだ。
そのことを多少なりとも思い知らせよう、いいか、
おればシンバー追放の主張を断じて譲らなかった、
いまもなおその主張を断じて譲る気はないぞ。

シナ　シーザー――

シーザー　さがれ、オリンパスの山を動かす気か？

ディーシャス　偉大なるシーザー――

シーザー　ブルータスがひざまずいても
むだであったろうが？

キャスカ　返事はこのおれの手だ！

（まずキャスカが、続いて陰謀者たちが、最後にマーカス・ブルータスがシーザーを刺す）

シーザー　おまえもか、ブルータス！　死ぬほかないぞ、シーザー！

（死ぬ）

小説と戯曲の違いはあるものの、二つの作品の違いは大きい。さらに、『予告された殺人の記録』の場合、ワイルダーの小説と比べても殺人の場面の描写は圧倒的に長い。そこでは色、匂いなど肉体の有機性と物質感が表現され、犯人の双子の兄弟のひとりが吐く「人をひとり殺すのがどんなに難しいか、お前さんにゃ想像もつくまいね」という言葉を裏付けていると言えよう。

ここで指摘しておきたいのは、ガルシア＝マルケスが、ワイルダーの先行作品を解体しつつ参照しているように見えることだ。先に引用した殺人の場面で、ワイルダーはスエトニウスの伝記に倣い、カエサルが「二三回突き刺された。最初の一撃にうめいただけで、あとは一言も発しなかった」としたあと、「ただし何人かの著述家の伝えによれば、マルクス・ブルートゥスが襲いかかってきた時、カエサルはギリシア語で『お前もか、息子よ！』と言ったのだという」と書いている。シェイクスピアの戯曲では視点はひとつで、シーザーは「おまえもか、ブルータス！」という有名な科白を吐いているが、ワイルダーは、本人が「望遠鏡的視点」と呼ぶ視点を用いてこの場面を語っている。映画のシナリオも手掛けているガルシア＝マルケスはクローズアップなど映画的手法を使い、突き刺した数へのこだわりや致命傷についての解剖学的な説明などを加えて小説を拡大しているが、その根底にはスエトニウスの記述とそれを踏まえたワイルダーの記述があるようだ。

あるいはこんな場面がある。カエサルの遺体が輿にのせられて運ばれるところで、ワイルダーはスエトニウスの伝記と同じく、「道中、片方の腕はぶらりと垂れたままだった」と書いているが、このイメージをガルシア＝マルケスは、結婚に失敗し、急性アルコール中毒に罹った新郎バヤルド・サン＝ロマンが担架で運ばれていくときのグロテスクかつユーモラスな様子の描写に応用しているように見えるのだ。

ガルシア＝マルケスは『族長の秋』を執筆するにあたり、ラテンアメリカの様々な独裁者に関する本、そして独裁者の古典であるカエサルを扱った本を参考にしたという。その経験が、南米の解放者シモン・ボリーバルの晩年を描く『迷宮の将軍』にも生かされていることは言うまでもない。カエサルとボリーバルが似ていることについて実はワイルダーも着目していて、あるインタビューで、カエサルとボリーバルの間には共通点があると語っている。すなわち彼によれば、「ボリーバルの精神の働きはカエサルと似ている」のである。この言葉を何らかの形で知ったとすれば、それはガルシア＝マルケスにとり大いに参考になっただろう。いずれにせよ、彼がワイルダーの『三月十五日』から学んだことを『族長の秋』ばかりでなく『予告された殺人の記録』にも生かしていることは間違いなさそうだ。ワイルダーの小説を繰り返し読んできたと彼が語っている記事が新聞に載った一九八一年に『予告された殺人の記録』が刊行されたことは、おそらく偶然であろうが、実に象徴的である。

（参考文献）

Martin, Gerald, *Gabriel García Márquez :A Life*, Alfred A. Knopf, New York, 2009.
Martin, Gerald, *Gabriel García Márquez :Una vida*, Mondadori, Barcelona, 2009.
García Márquez, Gabriel, *De viaje por los países socialistas: 90 días en la 'Cortina de Hierro'*, La Oveja Negra, Bogotá,1980. ガブリエル・ガルシア＝マルケス『ガルシア＝マルケス「東欧」を行く』木村榮一訳、新潮社、二〇一八年。
Gabriel García Márquez, *"Los idus de marzo"*, El país, 30 de septiembre de 1981.
McGUIRK, Bernard & CARDWELL,Richard (Ed.), *Gabriel García Márquez New Readings*, Cambridge University Press,New York, 2009.
ガブリエル・ガルシア＝マルケス『予告された殺人の記録』野谷文昭訳、新潮社、一九八三年。
ガブリエル・ガルシア＝マルケス『族長の秋』鼓直訳、新潮社、二〇〇七年。
ガブリエル・ガルシア＝マルケス『予告された殺人の記録／十二の遍歴の物語』野谷文昭／旦敬介訳、新潮社、二〇〇八年。
ガブリエル・ガルシア＝マルケス『生きて、語り伝える』旦敬介訳、新潮社、二〇〇九年。
スエトニウス『ローマ皇帝伝（上）』国原吉之助訳、岩波文庫、岩波書店、一九八六年。
ソーントン・ワイルダー『三月十五日 カエサルの最期』志内一興訳、みすず書房、二〇一八年。
ウィリアム・シェイクスピア『ジュリアス・シーザー』小田島雄志訳、白水社、一九九二年。
野谷文昭「東京大学最終講義　深読み、裏読み、併せ読み――ラテンアメリカ文学はもっと面白い」『すばる』二〇一三年五月号、集英社。
藤原章生『ガルシア＝マルケスに葬られた女』集英社、二〇〇七年。

余韻と匂い

ガルシア＝マルケスの作品を読み終えたあとに味わう感情をどう表現したらいいだろう。たとえば、筆者がかつて訳した『予告された殺人の記録』を例に挙げると、主人公のサンティアゴが殺されたあとの余韻には、確かに作者が好むギリシャ悲劇のカタルシスの要素が含まれている。しかし、この小説をアダプトしたイタリアの監督フランチェスコ・ロージの映画と比較してみるとはっきりするのだが、イタリア映画とはカタルシスの質が違う気がする。

ロージの映画は、広場でサンティアゴがナイフで何回か刺されるものの、広場を出ることなくあっさり殺され、人々が死体を取り囲むシーンで終わっている。これはロージの「カルメン」のラストに見られるスペクタクル殺人と同じ構図である。あるいは彼の「シシリーの黒い霧」にも同様の構図がみられる。劇場性を強調するロージの映画においては群衆がコロスであることは明らかであり、それらがもたらすのはギリシャ発の古典的カタルシスと言える。その純化を図るためだろう、南米的猥雑さを表象するエピソードや道具立てをロージは排除した。ところが、新大陸の作家の小説では、逆に古典的性格にむしろ猥雑さをまとわせ、人間臭を強調する。サンティアゴは死んでも強烈な死臭を残し、不可視の存在をアピールし続けるのだ。この有機性こそガルシア＝マルケス作品のカタルシスの特徴ではないだろうか。

それに加え、被害者は簡単に絶命しない。サンティアゴは広場で双子の兄弟にナイフでめった切りにされて致命傷を負い、倒れる。それでも死なず、作者は事実としているが、立ち上がると飛び出た腸を腹に収め、長々と歩いた末に自宅にたどり着き、ようやくそこで斃れる。そのため読者は、歌舞伎も及ばぬほど遅延させられた死に付き合うことになり、即効的カタルシスを得られない。

その目で見れば、彼の作品の多くは、様々なスケールの遅延させられた死について語っているとも言える。『百年の孤独』のブエンディア大佐は、銃殺隊の前に立ちながら、死を迎えるのはそこではなく、ずっとあとのことだ。『エレンディラ』の無情な祖母は毒をもってしても爆薬をもってしても死なず、死ぬのは少年ウリセスにナイフで刺されることによる。『族長の秋』の独裁者は、冒頭で死んでいるはずだが、そこに至るまで何度も死を免れたり死んだように見せかけたりするのであり、『予告された殺人の記録』同様、冒頭で死んだことが告げられながら、本当に死ぬのは小説の最後に至ってだ。『迷宮の将軍』の主人公ボリーバルは、冒頭で浴槽に浸かり、その姿は死体のように見える。ところが、病に倒れ、実際に死ぬのはやはり最後においてである。

こうして見ると、ガルシア＝マルケスの作品では、死は生と同じ重さを持っていると言えるだろう。すべての人間は生を持っているが、彼が言うように、同時に死の持ち主でもあるのだ。だから彼が死を描くとき、それは反転して生を描くことになる。さらにスケールを大きくして、一個人ではなく共同体の死というのを考えれば、『百年の孤独』は遅延させられた共同体の死と見なすことも可能だろう。

ギリシャ悲劇もある意味で遅延させられた死を物語っていると言えるが、ガルシア＝マルケスの作品では、倒叙法によって語られる死に至るまでのプロセスの中に、人が経験する生のあらゆる局面が壁画のように描き込まれ、トータルとしての生の豊饒さが際立っている。とりわけその生を人間的にしているのが、性とユーモアとスカトロジーである。かつてネルーダが、ヒメネスの純粋詩に対し、汗や悪臭をも取り込んだ不純粋詩を唱えたが、その散文版とも言えるのがガルシア＝マルケスの作品で、ボルヘスの純粋小説に対し不純粋小説と呼んでみたくなる。

『予告された殺人の記録』が悲劇であることは間違いない。母親によって望まない結婚を強いられた娘の悲劇、新居用に屋敷を強引に買い取られた老人の悲劇、新婦が処女でないことを知った新郎の悲劇、共同体の見えない意思あるいはマチスモによって復讐を強いられた兄弟の悲劇、結果的に息子を救う代わりに死に追いやってしまった母親の悲劇という具合に、無数の悲劇が物語を彩っている。にもかかわらず、作品がもたらす印象は決して暗くない。その理由はおそらく、性とユーモアとスカトロジーが、民衆文化の猥雑さやしたたかさとともに濃淡をつけているところにある。短篇『ママ・グランデの葬儀』や『族長の秋』では権力者の死がカーニバル的祝祭をもたらすが、『予告された殺人の記録』では、婚礼がカーニバルとなり、皮肉にもそれが死を招く。だが、サンティアゴの死によって、生命力を欠いた娘は彼女を縛ってきた母親を象徴的に殺し、かつての新郎と新婦は時を隔てて甦るのだ。このとき新郎はもはやエリートではなく、民衆の一人となっている。古い共同体は滅び、彼らが新たな共同体の核を作ることを予感させる結末である。その意味で、祝宴はやはりカーニバルとしての機能を果したとも言える。

　ところで、書評ではジャーナリズム的性格が強調されがちなこの小説は、必ずしも単純なリアリズムで書かれてはいない。まずは最初に披露される銃の暴発についてのエピソードで、弾丸が家の壁を突き抜け、最後には教会の聖人像を粉々に砕いてしまったとある。幼いサンティアゴの子供の目が事実を歪めたとも取れるが、語り手は事実として紹介している。ここには明らかに誇張があり、この小説が部分的には神話的リアリズムを用いていることの証になっている。それを受け入れるか否かは読者の判断による。つまり面白く読むためには、読者は語り手の共犯者になる必要があるのだ。婚礼の規模に関しても同じことが言える。食された七面鳥、豚、仔牛、飲まれた酒の数は尋常ではない。「貧富を問わず、町の人間はひとり残らず、なんらかの形で、この前代未聞の一大饗宴にあずかった」とあるが、小説を読んだ後で映画を観ると、ラブレー的誇張を欠いたリアリズム映画の祝宴はあまりにささやかで寂しく感じられるほどだ。あるいは双子の兄の凄まじい下痢も相当なもので、便器を二度まで溢れさせ、その後も手洗いに六回通っている。そして記憶に残るのが町の娼家で、『百年の孤独』のそれに勝るとも劣らぬ魅力を備えているのは、同様に神話的リアリズムで描かれているからだろう。しかもマリア・アレハンドリーナ・セルバンテスという架空の女王の名は実在する人物名から採られているのだ。

これらのエピソードを個別的に検討すれば、ありえないという印象を抱かせてしまうかもしれない。それなのに、小説の中に組み込まれたときには、その誇張のおかげで場面が生き生きとしてくる。この手法は『百年の孤独』で語られるバナナ農場の労働者のストライキの場面を思い出させる。軍隊によって虐殺される労働者の数を、作者は実際よりも大きく水増ししている。そうすることで初めて神話的リアリズムに見合う数となるのだ。もちろんここには数字のマジックがある。作者はそれを「ジャーナリズム的からくり」と称しているが、その数字が与える「客観性」と神話性がブレンドされ、見事なアマルガムを作っている。その意味で、『予告された殺人の記録』と『百年の孤独』には、意外かもしれないが、連続性があるのだ。

かつて来日したオクタビオ・パスと話したときに、『百年の孤独』のことが話題になり、神話的リアリズムで書かれていると言った彼の言葉を思い出す。だがガルシア＝マルケスの場合、その文体は作為的ではない気がする。『予告された殺人の記録』を語るときの語り手の声は、個人ではなく、しばしば複数の人々の声の混じったものになっているように聞こえるのだ。それを共同体の声と見なすことも可能だろう。殺人事件の調査をひとりの探偵が行い、その結果を報告するだけなら、事件はあれほどのスケールを持たなかったはずだ。作者はそこに噂や憶測を交え、人々の記憶が歪めた、あるいは成長させた物語としての事件を再現した。だからこそそれは、倒叙法の効果が通奏低音のように持続して余韻をもたらす一方で、強烈な匂いを放つ人間臭いドラマとなったのである。

宿命と意思

最近（二〇〇八年）大学の授業で、コロンビアのノーベル賞作家、ガルシア＝マルケスの初期の短篇を読み直す機会があった。短篇集『ママ・グランデの葬儀』に含まれる作品を黒板で学生と一緒に訳し直すという形式なのだが、精読するので、以前は気にならなかったことが気になったりする。たとえば「バルタサルの素敵な午後」は、内縁の妻と暮らす朴訥な大工が見事な鳥かごを作り、町中の噂になるという話で、針金でできた鳥かごの複雑な構造が描写される。そこに製氷工場を思わせるという表現があり、ぼくは『百年の孤独』の冒頭に出てくる、ブエンディア大佐が子供時代にマコンドで氷を見たという一節を思い出すとともに、ある疑問が湧いた。

短篇の舞台となる田舎町は、マコンドのモデルとなった彼の生地アラカタカではなく、家族が一九四一年にカリブ海の港町バランキーリャから引っ越した、カリブ海沿岸地方の内陸の町スクレがモデルになっている。すると製氷工場はどこにあったのだろうか。

そんなことを考えていた折、ガルシア＝マルケスの弟妹のうち一番年下の弟、エリヒオ・ガルシアが書いたルポルタージュ『サンティアゴ・ナサールの第三の死』のなかに、手掛かりが見つかった。一度読んだはずなのだが、ずいぶん前のことなので、すっかり忘れていたのだ。彼は、イタリアの監督フランチェスコ・ロージがガルシア＝マルケスの小説に基づく映画「予告された殺人の記録」をコロンビアで撮影したときにロケ現場を見学し、その模様を伝えている。その一方で、モデルとなった一九五一年一月に起きた事件そのものについても書いている。

それによると、スクレは砂糖キビや米の生産、牧畜で発展し、ドイツ、イタリア、アラブ系移民もかなりやってきた。ちなみに小説の中で、語り手の〈わたし〉すなわちガルシア＝マルケスがこの町でプロポーズしたという、のちに夫人となるメルセデス・バルチャのバルチャは、アラブ系の姓である。最も栄えた時期のスクレには、河を交通路としていたので鉄道こそなかったものの、空港が二つもあった。さらにその繁栄振りを示すのが、発電所とともに製氷工場が建設された国内最初の町のひとつだったことである。ついに見つかった。鳥かごの細工の素晴らしさを喩える製氷工場は、どうやらこのスクレにあったものがイメージされているらしい。

ではマコンドの氷はどうだろう。もっともその個所は、最初氷ではなくラクダとするはずだったことを作者は明かしている。それはともかく、アラカタカもバナナ・ブームで栄えた町であり、当時米国のユナイテッドフルーツ社がプランテーションを経営していたからには、当然ながら製氷工場もあっただろう。ガルシア＝マルケスの世界を紹介する「日常的なものの魔術」というドキュメンタリーのビデオを見ると、米国の電化製品の広告が新聞に氾濫していた時期もあったようだ。

しかし、アラカタカは、今はすっかり寂れてしまっている。『百年の孤独』にあるように、バナナ農園で労働者のストライキが起きると、米国の企業が撤退してしまうからだ。何もかもが錆びつき、夢の跡と化した。

一方、スクレの繁栄も失われることになる。その原因は、夏の渇水期にも水が流れるようにとバイパスになる水路を作ったことだった。豊富な水が大型船の通航を可能にし、土地を肥沃にしていたのに、河の流れが変わってしまったのだ。この変化については小説でも触れられている。ガルシア＝マルケス一家がスクレにやってきたのは、絶頂期には最新の製氷工場を誇った町の繁栄期が終わりかけているころだった。

この衰退に拍車を掛けたのが保守派と自由派が対立する国の政治状況だった。そして一九四八年に、自由派の大統領候補が首都でデモのさなかに暗殺され、それを引き金にボゴタ暴動《ボゴターソ》が起きる。やがて集会とデモが禁止され、緊張が高まる。この一九四〇年代終わりの政治および社会の暴力的状況は、疫病のように蔓延する中傷ビラ事件を語った『悪い時』をはじめ、ガルシア＝マルケスのほとんどの作品の背景に刻印されている。そんな荒んだ空気が『予告された殺人の記録』の殺人事件を引き起こしたと見ることもできる。スクレは戒厳令下にあった。経済、社会、モラルのすべてが衰退する危機的状況を見て、ガルシア＝マルケスの一家は事件の一月後に町を離れ、二度と戻ることはなかった。

予告された殺人の原因は、花嫁の処女が失われていたことで、家の名誉を傷つけられた兄たちが、彼女が相手として名指した男を人々の見守るなかで殺したのである。背後にはマチスモすなわち男性優越主義という古い思想がある。町の人々は大っぴらに予告された計画を阻もうとせず、むしろ二人を犯行に駆り立てた。したがって殺人の犯人は町全体と見ることもできる。小説ではそれを作者好みのギリシャ悲劇になぞらえて、宿命劇と呼んでいるが、読者にはその宿命が人々の見えない意思の集合であることが分かるだろう。

ところでつい最近、パキスタンのブット元首相が暗殺されたとき、ぼくは『予告された殺人の記録』のことを思った。さらに、一九八三年にフィリピンで起きた、アキノ暗殺事件のことを思い出した。あのときマスメディアはこの小説のタイトルを盛んに引用したものだった。まるで宿命劇のような事件だが、その背景には政治的対立、経済、社会、モラルの衰退する危機的状況がある。しかも今、そうした危機的状況は世界的スケールで存在し、自分が壮大な宿命劇のなかにいる気さえする。だが、背後には人々の集合的意思があるはずだ。そこから抜けるには、まずはその事実に気づくことが必要なのだろう。

ロマンティシズムのリアリティ

『コレラの時代の愛』は、『百年の孤独』、『族長の秋』と並ぶガルシア＝マルケスの三大長篇のひとつである。この作品を書き終えても、作者はまだタイトルを思いつかなかった。それがあるとき、髭を剃っている最中に突然ひらめいたのだという。コロンビアのカリブ海沿岸地方には、ほら話をでっち上げ、人を担いでは笑い合う習慣がある。その文化の住人であり、何事もエピソードにしてしまうガルシア＝マルケスのことだから、もしかすると話半分に聞くべきなのかもしれないが、彼の物語世界を楽しむためには、それを受け入れ、とりあえず信じる必要がある。いやそんな忠告をする前に、読者は彼の語りに引き込まれ、知らないうちに共犯者となっているのが普通だ。

話を戻すと、この小説にふさわしいタイトルとして、彼は、何か医学的な言葉を用いるつもりだった。とはいえ、ロマンティックな小説のタイトルにコレラと愛というのは妙な組み合わせである。しかし彼によると、コレラと恋わずらいは症状が似ているので、親近性があるということになる。

この小説の基本的構造は、ウルビーノ医師とフロレンティーノ、フェルミーナの愛をめぐる三角関係になっていて、それが物語に緊張感と変化を与えている。ウルビーノの人物像は、背景となる時代の典型的な医師で、フランス留学経験があり、老年であるという条件の下に作られた。一方、フロレンティーノとフェルミーナには、作者の両親のイメージが少なからず投影されている。彼らが必ずしもモデルそのものというわけではないのだが、二人から聞いたエピソードがいくつも溶かし込まれているからだ。

たとえば、若き日の父親はこっそり詩作を行い、バイオリンを弾いた。彼は電信士で、娘時代の母親に求婚するものの、娘の父つまりガルシア＝マルケスの祖父によって二人の仲は引き裂かれ、母親はラバに乗って遠隔の地に引きこもらなければならなかった。だが仲間の電信士が父親のメッセージを母親に伝え、二人のコミュニケーションは保たれた。このように両親から得られたエピソードは、作者によって様々な加工を施されながらも、ときに途方もなく聞こえる物語のリアリティーを支えてもいる。

ところで、映画の中にフェルミーナを称える「王冠を戴く女神よ」という表現が出てくる。これは原作小説のエピグラフに使われている、レアンドロ・ディアス作のバジェナートの一節である。バジェナートというのはコロンビアのカリブ海沿岸地方で歌われる大衆曲で、しばしばガルシア＝マルケスのインスピレーションのもとになっている。この小説で、彼がギリシャ悲劇のような文学的なものではなく、敢えてその歌詞を用いたところに、物語と彼が基盤とするカリブ海文化の強い結びつき、そして彼が民衆の側にいることが暗示されているようだ。小説の中で、同じコレラで死にながら、富裕階級と貧困階級では墓地が違うということが明確に述べられているあたりには、高校生のときに教師から学んだマルクス主義に由来するらしい、作者特有の階級意識もうかがえる。

その目で見ると、フェルミーナのエリート医師との結婚は、最初から失敗する運命にあり、ついには船舶王になるとはいえ庶民の出である、競争相手のフロレンティーノの勝利は約束されていたということになるだろう。地方の有力者である医師がなんとオウムを捕まえ損ねて梯子から落ち、頓死してしまうという滑稽なエピソードには、わずかながら作者が仕込んだ毒がある。このように権力をおちょくったり転倒させたりするところに、彼の小説が民衆や第三世界の人々に好まれる秘密のひとつがある。

映画でも十分味わえるが、原作小説『コレラの時代の愛』は、前作『予告された殺人の記録』にも見られた恋文のモチーフや、老いた男女主人公の再会など、ロマンティックな要素に満ち満ちている。これらはともすれば殺伐とした現在に背を向けた、過去へのノスタルジーと取られかねない。しかし、作者はノスタルジーの危険性は承知している。だからこそ、老いた主人公を自立させ、老人の性という古くからのタブーを打ち破るべく、ベッドで愛を交わすことをさせたのだろう。もっとも、生命讃歌とも呼べそうなこのエピソードも、実は作者が両親から聞き出した、二人が七十歳を超えても愛の営みを行っていたという証言に基づいている。そこにはかつてジャーナリストとして新聞記事やルポルタージュを手掛けた作者のリアリズム感覚が息づいている。ロマンティシズムに彩られていても、彼の作品は決して荒唐無稽ではない。

『生きて、語り伝える』ガルシア＝マルケス著

『百年の孤独』などの作品で世界を魅了してきたガルシア＝マルケスが、語り部としての本領を発揮した自伝である。祖父母の時代から、「私」がジャーナリストとしてヨーロッパに旅立つまでが、陰影の濃い無数のエピソードによって読者の前に再現される。とりわけ少年時代が鮮やかなのは、子供の幻想と「ノスタルジア」のなせる業であるだろう。これに対し、学生時代に遭遇した首都ボゴタでの暴動を語った章の迫力は、ジャーナリズムの手法に基づく、このようにリアリズムと、迷信や伝説を信じていた祖母の語りが巧みに使い分けられ、あるいは融合し、それが本書を独特な自伝にしている。

「私」の声はしばしば集合性を帯びる。それは個人であると同時に共同体や人々の記憶の総体が発するポリフォニックな声のようであり、語りに厚みと強度を与えている。たとえば性の武勇伝を嬉々として語るときの「私」は、典型的なカリブのマッチョの代表であり、娼家で男になったと言ってはばからない。それが祖父、父親と継がれ、女たちが支えてきたいわば文化だからだ。しかし興味深いのは、その文化が息子たちにも受け継がれているとは言っていないことであ

る。アーカイックな世界が遠のこうとしているようにも見え、それだけにいっそう過去の輝きが増すのだろう。

それにしても彼の人生の大半は貧しさと飢えに付きまとわれていて、自然主義流に語れば悲惨でしかない。運を求めて移住を繰り返す両親と十一人の子供たち。なのに悲惨に感じられないのは、物語的誇張法がユーモアをもたらすからだ。「人はそれぞれに、自分の痛みに応じて数字を水増ししてしまう」と彼は言う。だから数字は眉唾だ。百歳にもなる鸚鵡《おうむ》が本当にいるのだろうか。

本書の至るところで小説に出てきた人物や場面に出くわす。作者はそれを解説しないことも多く、読者は発見する楽しみを味わえる。ときには怪しいと思いつつも彼の語ることを信じたくなるのは、共犯者となったほうが面白く聞けるからである。またルポルタージュの可能性といった文学論が聞けるのも本書の大きな魅力と言えるだろう。

孤独な少年の内的独白　追悼　ガルシア＝マルケス

九歳のとき母方の祖父を失ったガルシア＝マルケスは、それ以来世界が面白くなくなったと言っている。同じように、私にとって、ガルシア＝マルケスが亡くなったことで世界は面白くなくなった気がする。祝祭性が失われたのだ。彼の写真はどれも印象的だが、中でもおかっぱみたいな髪型をした幼い子供が、カメラを見つめている写真、その丸く見開かれた目が記憶に焼き付いて離れない。両親と離れ、祖父母に育てられていた子供は、彼らの語る戦争の話や迷信、民間伝承などにわくわくしたり、ぞっとしたり、大いに感情を揺さぶられたにちがいない。その目は不安げでもあり、びっくりしているようでもある。

父と母がいずれも小学校の教員だった私は、夏休みになると長期間母の実家に預けられたものだった。二人は連れ立ってどこかへ行ってしまう。相手をしてくれるのはもっぱら祖父だった。海軍の退役軍人だった祖父は、おとぎ話の翻案を盛んに話してくれた。信心深かった祖母は、宗教的な話や迷信を道徳教育に多用した。それを聞いているときの私も、きっと目を丸くしていたに違いない。

そのためか、写真の子供が自分みたいな気がするのだ。途方もない話にびっくりし、恐怖を感じる一方、両親がいないためか、どこか不安げでさびしげな子供。彼が最初に書いた長篇『落葉』の物語は架空の共同体マコンドで展開し、祖父、母親、孫と世代の異なる三人の人物の視点で語られる。フォークナーの影響が最も濃い作品とされるが、それよりも気になるのが少年である。死というものに初めて立ち会ったのだろう。その意識が内的独白によって語られるのだが、その少年もまた自分に重なるのだ。

あるとき、祖母に連れられて、母の実家から田舎道を延々と歩いた。たどり着いたのは火葬場というより、当時の言い方で言えば、焼場だった。小さな棺が置かれていて、中を覗くと、まだ赤ん坊と言っていい女の子の遺体が横たわっている。祖母に促されて花を添えた。何の花だっただろうか。今思うと、まるでメキシコの写真集でよく見る遺体にそっくりだった。死者を見るのはそれが初めてだったのだが、『落葉』の少年のイメージがそのときの私を思わせるのだ。もちろん小説ほど饒舌ではないが、そのときの私はまさに内的独白を行っていたのを覚えている。記憶はふっつりそこで切れる。帰り道のことは覚えていない。

ガルシア＝マルケスの小説には、あのときの雰囲気と気分が埋め込まれている気がする。奔放なエロスや暴力、カーニバルに揺さぶられ、翻弄されながらも、最後にあの子供の顔がふと覗く。ノーベル賞受賞記念講演で作者は孤独について、見捨てられた大陸の孤独というように、大きなスケールで語っている。バナナ農園が発展し、取り残されてしまった者たちの孤独、アメリカの企業が撤退してさびれたバナナ農園の孤独、初期の作品は絶えず孤独を漂わせている。あるいは『予告された殺人の記録』や歴史小説『迷宮の将軍』にしても、登場人物たちや舞台に孤独が感じられる。それらの孤独は一種の病のようなものかもしれない。だが、その始まりは、あの子供、少年の感じていたであろう孤独にあるのではないか。それはエレンディラに棄てられる少年ウリセスにも病のようにとりついている。

だが、後期の作品に出てくる子供たちに孤独は感じられない。『十二の遍歴の物語』の少年たちは、ガルシア＝マルケスの息子たちに若干近い。つまり、孤独を背負ってはいないのだ。したがって、その子供たちは彼の分身ではない。むしろ『コレラの時代の愛』や『わが悲しき娼婦たちの思い出』、あるいは『族長の秋』に出てくる老人たちにこそ、その少年の孤独は宿っている。

ガルシア＝マルケスの作品を読むたびに胸に染み込んでくるあの孤独は、もちろん私だけが感じるものではないだろう。それはフォークナーの作品の登場人物の孤独とは異なる。映画に驚きスクリーンの裏に回ってみたあの少年、人が惨殺されるのを目撃した少年、ガルシア＝マルケスの作品の根底にある驚異と孤独は、様々に変奏されるが、根は一つという気がする。それは幼年期という黄金時代に起源を持っているのだ。ガルシア＝マルケスの死は世界の鳩尾に空隙を作った。それを簡単に埋めることはできない。

生の歓びあふれた「純文学」　ガルシア＝マルケスを悼む

ガルシア＝マルケスが亡くなった（二〇一四年）。この五月に、愛の四部作『En agosto nos vemos』、日本語で「八月に再会を」という新作中篇が急遽刊行されるようだが、彼自身は最後まで終わり方を考えあぐねていたという。

『コレラの時代の愛』に「人は誰でも自分の死の持ち主である」という一節がある。彼は無名時代から死の強迫観念に囚われ、その不安をカフカの生きながらの死になぞらえようとするが、舞台がそぐわない。抽象的テーマに現実味を与えるのに必要だったのが、生と死の陰影が濃い生まれ故郷だった。

あるとき彼は母親とアラカタカの実家を再訪する。それが廃屋になっているのを見たとき、そこにはすでに物語が書き込まれている気がしたという。その経験は『百年の孤独』で、ブエンディア一族の末裔が、自分たちの歴史が記された羊皮紙を解読する場面に生かされるが、その詩的イメージが表現可能になるまでには長い歳月が必要だった。

この作家の功績は、まず民衆の視座とビジョンを民衆の側から表現しえたことだ。迷信や予兆、奇跡など、合理主義が捨て去った彼の言う「疑似科学」もまた現実の一部であると実感したとき、欧米文学を相対化するラテンアメリカの民衆的文学が誕生する。

ただし、民間伝承のような素材を文学にするとなると、さらなる相対化が必要だ。高校でマルクス主義の洗礼を受けた彼はもちろん「疑似科学」の限界を知っている。しかも欧米のモダニズムを拒否せず、作品を読むことで内的独白のテクニックなどを学ぶのだ。

彼の創作の姿勢は現実模倣や大衆小説の安易な娯楽性とは一線を画し、「純文学」志向を貫いた。要望がありながらも『百年の孤独』の続編を書かず、代わりにジョイスに倣い、統辞法を破壊する実験的手法で独裁者小説を書く。このように繰り返しを嫌うところにも彼の作家としての矜持が窺える。

きわめて知的な作家でありながら、予想のつかない奔放な想像力が実に魅力的で、比喩に満ちた詩的な言葉の連続にはそれこそため息が出る。それが民衆的な俗語や卑語と混じり、知的思考と通俗的思考が混交するとき、その落差が、おおらかな性愛とともに哄笑を生む。

敗者の口承の物語が権力によって書かれた歴史を覆す。そこから生まれる祝祭的空間は人種や国境を越えて生の歓びを満喫させてくれる。

世界文学の地図を塗り替えたガルシア＝マルケス

コロンビア出身の作家ガブリエル・ガルシア＝マルケス（愛称ガボ）は、ラテンアメリカという地域に深く根ざしながらも普遍性を備えた小説を長年にわたって書き続けた。ただし、完璧主義を自認する彼は言葉の彫琢《ちようたく》にこだわったため、いわゆる多作な作家ではなかった。だが、批評家や研究者によってしばしば魔術的リアリズムと呼ばれる、現実を幻想的に感じさせる独特の語り口によってブエンディア一族の年代記を語った『百年の孤独』（一九六七年）は、インテリから大衆まで幅広い読者を獲得するという快挙を成し遂げ、その作品はスペイン語圏を越えて世界中の人々を魅了した。

代表的長編には他に、孤独な独裁者を主人公とする実験的小説『族長の秋』（一九七五年）や、若き日の恋を老年になって成就させる男女の愛の物語『コレラの時代の愛』（一九八五年）などがあるが、いずれも趣向を凝らし、発表するごとに話題を集めた。一九八二年にはノーベル文学賞を受賞し、人気のみならずその文学的価値が高く評価された。

ラテンアメリカといっても、彼が作品の舞台としたのは主にコロンビアのカリブ海沿岸地方で、スペインのアンダルシアやガリシアからの移民、アラブ系移民、奴隷の子孫であるアフリカ系黒人、グアヒラ半島の先住民ワユ族など、多人種多民族の混交文化を特徴としている。

それは同じ南米でも、たとえばアルゼンチンのボルヘスやコルタサルの作品に登場するのが白人の知識人であり、舞台が欧州的な都会であるのとは大きく違っている。あるいはコロンビア国内に限っても、どちらかと言えば閉鎖的で、秩序や厳粛さを尊ぶアンデス高地にある首都ボゴタの、伝統主義、権威主義的文化とは対照的に、無秩序や快楽主義をも享受する開放的な文化を彼の文学は基盤としている。したがってガルシア＝マルケスの作品を特徴づける官能性や哄笑性は、ボゴタでは卑猥で下品と見なされることもある。

育ての祖父母にヒント

ガルシア＝マルケスは一九二七年三月六日に、カリブ海沿岸地方の内陸部にある町アラカタカで生まれた。だが、両親は幼い彼を母方の祖父母に預け、港町バランキーリャに移る。祖父は自由派の退役軍人で、若いころに決闘で相手を殺した経験があった。祖母はガリシア系移民で、信仰心があつく、迷信を信じていた。

彼らからさまざまな話を聞かされて育ったガルシア＝マルケスは、ボゴタ大学法学部の学生時代から『家』というタイトルで一族の話を書こうと試みるが挫折する。だが、その生地をモデルにマコンドという共同体を作り、そこを舞台に、祖母の語り口にヒントを得た神話的スタイルで年代記を書くことにより、ついに『百年の孤独』を生む。そこには幼いころから聞かされてきた一族にまつわるさまざまな事柄や、迷信、うわさなどがエピソードとして取り込まれ、物語を豊かにしている。

こうした口承性や民衆性は彼の作品の大きな特徴であり、親しみやすさの源泉ともなっている。また、一九二八年に起きたバナナ・プランテーションの労働者によるストライキと軍による弾圧を、労働者の目で語るなど、その歴史観が敗者の視点に貫かれているのも大きな特徴である。

したがって『迷宮の将軍』のような歴史小説にしても、主人公のシモン・ボリーバル将軍を華々しい英雄とするのではなく、むしろ南米大陸統一に失敗した惨めな挫折者として描く。これは従来のボリーバル像を覆すものであり、このような脱構築性も彼の作品の特徴である。あるいは、少女娼婦の悲惨な物語である短編『エレンディラ』では、西欧の神話を踏まえながら、結末は逆になっているというのもその例である。

記者時代に多彩なテーマ

彼は現実との結びつきを重視したが、その姿勢は無名作家だったころに手掛けていたジャーナリズムとも無関係ではない。一九四八年に、自由派の大統領候補ガイタン氏の暗殺をきっかけに発生したボゴタ暴動で大学が閉鎖され、彼はカリブ海地方に戻る。そこで、糊口《ここう》をしのぐために新聞記事を書くようになる。さらに首都に出て「エル・エスペクタドル」紙の記者を務め、特派員として赴いた欧州から記事を書き送ったりもした。

今日、『ジャーナリズム作品集』としてまとめられているそれらの記事の数とジャンルには圧倒される。なかでも有名なのが後に『ある遭難者の物語』というノンフィクションとして単行本になった連載記事で、それは海軍の密輸を暴きスキャンダルを巻き起こした。一方で、戒厳令が敷かれ、政治的な記事を書くことが困難だったこともあり、土地にまつわるフォークロア（民俗伝承文化）を採集したり、映画を紹介したりしてもいる。そうした仕事は、矛盾した現実や民衆の思考を学ぶ上で大いに役立ったはずである。

さらに、キューバ軍のアンゴラ遠征に同行し、『カルロータ作戦』（一九七七年）のような従軍記事まで書いている。彼には『誘拐の報道』（一九八二年）を典型とする幻想的な印象を与えるノンフィクションや、チリ人の亡命監督の行動を追った『戒厳令下チリ潜入記』（一九八六年）もあるが、真骨頂を発揮したのは『予告された殺人の記録』（一九八一年）においてであろう。そこではジャーナリズムとフィクションが総合され、新聞の三面記事で知った陳腐な報復殺人事件が壮大なカーニバルと年代記に仕立て上げられている。さらにはその後に書かれる「愛の四部作」の先駆けとなるラブストーリーも加えるという凝りようで、表面的には見過ごされてしまうが、実は文学的手法が駆使されているのだ。

カストロを生涯支持

ガルシア＝マルケスは生涯、キューバ革命を支持し続けた。それはラテンアメリカの社会主義化への期待とともに、ストイックで慣習にこだわらないフィデル・カストロ前国家評議会議長の個性に引かれていたことが主な理由である。

彼は「カストロが死んだらもうキューバには行かない」と常々公言していた。一九二六年生まれのカストロとは同世代であることや、両者が米国に支配されてきた地域の人間であり、ガリシア系移民の子孫であるといった共通点も二人を結びつけた理由だろう。彼によれば、文学好きなカストロに読書案内をしたという。

一方、またガルシア＝マルケスの権力に対する関心やカストロの中に祖父の面影を見ているという指摘もある。実際、彼の友人リストには、パナマのトリホス、ゴルバチョフ、ミッテラン、クリントンら世界の権力者が名を連ねた。彼は名声を利用して、キューバのためにメッセンジャーを務めたり、政治犯を亡命させたり、コロンビア政府と左派ゲリラとの間に入り人質釈放のために仲介を行ったりしてきた。だが、大統領候補になるといった直接政治の世界に乗り出すことは決してせず、あくまで黒衣《くろこ》的「民間外交官」にとどまった。自身によれば、陰で権力者を操ることが好きだったという。

ガルシア＝マルケスは政治と文学を分けて考えていた。そのため告発調の政治小説やルポルタージュ的小説を書かず、むしろそれを批判した。一九四八年にボゴタ暴動が起き、国が保守派と自由派の内戦状態に陥ったころ、「暴力の小説」と呼ばれる凄絶な暴力を描く小説が数多く書かれた。だがガルシア＝マルケスはその動きに同調せず、それを批判するエッセーを書いている。そして『落葉』（一九五五年）という最初の小説を書くのだが、そこでは暴力は背景となっているものの、直接描かれてはいない。

ただし、一九六〇年代には『悪い時』（一九六二年）のように同時代の暴力的雰囲気を伝える小説を書いた。彼は後にそれを政治参加型の作品として自ら批判してはいるが、そこにもカミュの『ペスト』が踏まえられるなど、文学性を与える工夫がなされ、「暴力の小説」とは一線を画している。そしてガルシア＝マルケスの作品が地域と時代を超える秘密がここにある。

大江健三郎が、メキシコで彼と会見したときのことを披露しているが、そのときガルシア＝マルケスはキューバの大包囲時代のことを執筆中だと語ったという。だが、既に発表された二つの短編に基づく中編小説が、死後、引き出しのなかから見つかったという報道があったものの、大包囲時代について書かれた作品というのはいまだに現れていない。それがどのような作品だったのか、あるいは彼の法螺だったのか、今となっては知る由もない。

『百年の孤独を歩く』田村さとこ著

ラテンアメリカを代表する作家ガルシア＝マルケスの文学を生んだ土地をめぐる紀行文。『百年の孤独』の舞台となるマコンドのモデルは作家の生地とされている。が、著者は自分の目で確かめるべく、場所や人物のモデル探しをする。それがまず謎解きの面白さを味わわせてくれる。だがそのうちに、ガルシア＝マルケスが描く個々の作品世界が実は絡み合い、カリブ海沿岸世界というより大きな宇宙をつくっていることに気づく。重要なのは書物以上に体験でそれを知ったことだろう。

著者が何より恵まれているのは、ガルシア＝マルケスの一族とつながりをもち、そのネットワークを通じて次々と新たな人や場所に出会えるところだ。個人よりも共同体、縁故や友人関係が力を持つ世界で、マルケス同様に人間関係が濃密な共同体を描いた作家中上健次と同郷の著者は、その強みを巧みに利用している。

それにしても、ゲリラが出没する危険を顧みず、辺ぴな村に入り込み、伝説の土地を訪れるバイタリティには圧倒される。

個人的には、母方のルーツがある先住民の土地や「ジャーナリズム作品集」で語られる「魔術的な」土地の伝承を追うあたりが最も興味深かった。疑うよりも信じることが魔術には必要だが、著者はまさに信じる人だ。それが語りに説得力を与えている。

土地の力は偉大である。頭では考えられない現実がそこにはある。先住民や黒人奴隷の文化が息づき、迷信や混淆《こんこう》宗教が活力をもち、性が生活の中心にあるような、人間くささに満ちた土地は、まさに幻想的である。だが、それを写実しただけでは小説にはならない。ガルシア＝マルケスはそこから素材を選び取り、古典をはじめとする先行作品をブレンドし、的確な言葉を与え、作品に応じて巧みに配置していく。

そして西欧的な目で見れば遅れた世界を反転させ、魅力的な世界に変えてしまう。そのガルシア＝マルケスのテクニックが天才的なのだと、本書を読んでつくづく思った。

＊

中上健次とラテンアメリカ文学　路地と悪党

新しいラテンアメリカ文学が日本にも紹介されるようになって、はじめて、中上健次の文学の正当な評価が可能になったのではないだろうか。自然主義の良き継承者として、彼を既成の文学史の延長上に封じ込めようとしても、必ずはみ出てしまう。それは中上文学が、実験性とともにその過剰さを大きな特徴としているからだ。

実験的作家としての側面を綿密に分析して見せたのが、四方田犬彦の『貴種と転生』だった。四方田はここで、中上文学における物語の生成と破壊のプロセスを明らかにし、自他の先行作品を糧としながらも必ず新たな作品を生み出さずにはおかない錬金術の秘密を、運動する作品のベクトルを把握することで解明しようと試みた。

だがそれでもなお、過剰さについては説明しきれていない。なぜなら、大江健三郎であれ三島由紀夫であれ、比較の対象がもっぱら日本の作家であるためだ。もちろん、「巨大なもの」という主題をめぐって、ラブレー、スウィフト、ジョイス等が引合いに出され、そこから生じる「過剰」の問題に言及することを四方田は忘れてはいない。しかし、残念ながら、彼が持ち出すのは、正統、異端を問わずヨーロッパ文学の範例である。このこと自体は決して誤ってはいない。にもかかわらず、ヨーロッパ文学という尺度だけでは不十分なのである。

それはガルシア＝マルケスをラブレーと比較するとき、多くのものが抜け落ちてしまうのに似ている。カルロス・フエンテスは、その『セルバンテスあるいは読みの批判』でセルバンテスとジョイスを取り上げ、彼らの文学とその時代の要請の関係を鮮やかに考察するとともに、一方で『テラ・ノストラ』等の自らの実験的作品の解説を行っているのだが、面白いことにその解説から抜け落ちてしまっているものがある。そしてそれこそ、フエンテスをラテンアメリカの作家たらしめているものなのだ。そうでなければ、彼は自らをヨーロッパ作家と自己規定することになってしまう。つまり、「過剰」というものがラテンアメリカ作家の宿命として備わっていること、そしてその「過剰」の質が、ヨーロッパ文学のそれとは異なることを、彼は見落としているのだ。

飲み屋のカウンターで、たまたま隣り合せたサラリーマンらしき青年数名が、ラテンアメリカ文学を話題にしていた。ガルシア＝マルケスやプイグといった名前が盛んに出てくるので、思わず聞き耳を立てると、彼らが口を揃えて言ったのは、ラテンアメリカ文学には「力《パワー》がある」ということだった。話し合ったわけではないので、この「力」が何を意味するのかは正確には分からないが、ラテンアメリカ文学の形容にしばしば使われてきたのが、この「力」という表現である。そして中上健次の作品というときに、ただちに想い浮ぶのも、まさにこの「力」という言葉なのだ。では「力」の源泉はどこにあるのか。実験性、物語性を挙げることも可能だろう。だが何よりも「過剰」なところに、その源泉はある。

中上健次を日本の文学史に封じ込めようとするとはみ出てしまうのは、おそらくこの「過剰」が生む「力」による。彼が自らをサルマン・ラシュディと比較するのは、この「力」を、イギリス文学に収まり切らない作家のうちに感じ取るからにちがいない。彼とフォークナーの関係についても同じことがいえる。あるいはカミュでもいい。

比較の対象に共通するのは、イングランドとインド、ヨーロッパ及びアメリカ東部と深南部、フランスとアルジェリアという、中心と周縁の関係が生む距離とずれである。あるいは生れながらに抱え込んでしまった多人種・多言語的状況であり、そうした状況は当初から過剰さを孕んでいる。ここから生じる「力」に中上が共振しないわけがない。そして同様の状況をどこよりもラディカルに文学的「力」へと転化させることに成功したのがラテンアメリカだった。

『紀州　木の国・根の国物語』の中で中上は「半島的状況」ということを言っている。彼にしたがえば、半島とは「冷や飯を食わされ、厄介者扱いにされてきたところ」であり、朝鮮、アジア、スペイン、アフリカ、ラテンアメリカに共通するものを備えている。つまり地理的に見れば、西欧を中心としての周縁地域、北に対する南、第三世界を彼は考えているのだが、下手をすれば従属理論に短絡しかねないビジョンである。だが中上は、「半島を恥部、いや征服する事の出来ぬ自然、性のメタファとしてとらえ」るという視点を導入することによって、負のトポスを文学的豊饒と愉楽の約束されたトポスへといきなり変えてしまう。

ラテンアメリカの新しい小説とは、中上のいう「半島的状況」を、無化あるいは逆転させることによって生まれたものといえるだろう。徹底したフィクション化と言葉の迷宮の構築によって、ラテンアメリカという概念そのものを無意味にしてしまったボルヘス、シュルレアリスムの眼を持ち込むことで負の要素を驚異の要素へと変えたアストゥリアスやカルペンティエル、荒れ狂う暴力や性を全体小説のエネルギーに変えるバルガス＝リョサ、神話的リアリズムによって普遍的トポスを生んだガルシア＝マルケス、長篇小説の構造を拒否する長篇を書いたコルタサルの例は、その一部である。

中上健次の作品は、個別的にも総体としても、ラテンアメリカ文学と多くの点で重なり合っているが、両者が「過剰」という共通点を持っていることはすでに述べた。とはいえ、ラテンアメリカ文学という漠然とした言い方では、いかにも曖昧な比較になってしまうので、ここでもう少し具体的な比較検討を行ってみよう。

中上健次が、好むと好まざるとにかかわらず、ガルシア＝マルケスやバルガス＝リョサを意識していることは確かだろう。彼らの間には、受容の仕方は異なるが、フォークナーの発見、方法意識など様々な共通点がある。興味深いのは、あのボルヘスを含め彼らのすべてに、スラムとその住人を描いた作品があることだ。その描き方のちがいは、それぞれの作家の現実の把握の仕方のちがいと密接な関係があるだろう。

ラテンアメリカの多様な現実を形作る要素のひとつがスラムである。ファベラと呼ばれるブラジルのスラムは、映画「黒いオルフェ」や「ピショット」によって知ることができる。今日、ラテンアメリカの都市周辺には必ずといっていいほどスラムが存在する。ルイス・ブニュエルが「忘れられた人々」でメキシコ市のスラムを描いたのは一九五〇年のことだが、それから四十年以上経た今もなお、農村から流れ込んだ人々が首都周辺の土地を不法占拠する形でスラムを作るという現実がある。あるいはアメリカ合衆国との国境沿いの町にもスラムがあって、密入国を企てる人々の拠点となってる。

同様の状況がペルーにも見られることはいうまでもない。自国を舞台に全体小説を書こうとしてきたバルガス＝リョサの作品にも、当然ながら、ピウラやリマのスラムが現れる。長篇『緑の家』は、まさしくピウラのスラムが主要な舞台となっている。物語は、伝説的な娼家の過去と現在をめぐって展開するのだが、作者は全知全能の語り手を用いることで、自らの影を消そうと努めている。語られるのは主に事件や登場人物の行動で、内面はほとんど描かれない。アメリカ大陸の現実を描く可能性を示したフォークナーに学びながらも、形容詞の少ないヘミングウェイ流の文体を用いるところは、ガルシア＝マルケスや中上健次とは異なるが、この作品におけるスラムは必ずしも否定的に描かれてはいない。

『緑の家』のマンガチェリーアという名のスラム街は、北部の町ピウラに実在し、バルガス＝リョサはこの作品について語った講演の記録『ある小説の秘められた歴史』の中で、マンガチェリーアとの関わりを明らかにしている。彼は九歳のときと十六歳のときと、少年時代に二度ピウラで暮した経験があるが、しかしスラムは、「緑の家」のモデルとなった娼家同様、禁断の場所であった。「そこに住むのは極貧の人々であり、大方の家は泥と葦でできたもろい小屋で、砂地に建っていた」という。しかしこのスラム街は、ピウラでもっともにぎやかで、変わった場所だった。多くの小屋は、濁酒を飲ませ土地の料理を食べさせる店であり、ピウラの楽団という楽団はすべてこのスラム街から生まれ、最高の作曲家や歌い手はすべてマンガチェリーア出身なのだ。

オリジナルは講演であるとはいえ、このあたりの記述はさながらルポルタージュを思わせ、スラムやその住人の特性が的確に捉えられている。さらに「マンガチェリーアの人間はすべて、この街に生まれ、ここに住んでいることに誇りを感じている。彼らは第一にマンガチェリーアの人間であり、それからピウラの人間、その後でペルー人なのである」といった表現や次のような表現には、彼のスラムに対する思い入れさえうかがえる。

ピウラのもうひとつのスラムすなわちガジナセラに対する競争心は、語り草となっており、これが素手やナイフによる争い、一対一あるいは集団同士の決闘を生んできた。だが、そのころガジナセラはすでに、「文明」と私たちがいくらか皮肉をこめて呼びうるもの――従業員や商人や職人の住むつまらない地区――に変ってしまっていた。そしてマンガチェリーアのみが、町の昔ながらの生活を保っていた。それは荒々しいが生彩に満ちた、かまびすしい生活である。

このようにバルガス＝リョサは、中上健次の「路地」にも似た魅力的な場所としてスラムを語っている。

彼のこのスラム論は、ガルシア＝マルケスのそれを思い出させる。ガルシア＝マルケスはスペインの新聞「エル・パイース」紙に「何がコロンビアで起きているのか？」というルポルタージュを寄せ、その中で祖国の麻薬密売組織の問題にメスを入れているのだが、逮捕した密売者を米国へ送るという犯人引き渡し条約を彼らが嫌う理由に対してユニークな考察を加えている。彼は次のように書く。

わたしの見るところ、主要な理由は文化的なものだ。生れから言っても、育ちから言っても、麻薬密売者たちはコロンビア以外では生きていけないと感じたのだ。アリババみたいに富をきずいたが、それは彼らにとっては、コロンビア以外のどこでも役に立たないのである。コロンビアでこそ、連中は安全だと感じ、財産を見せびらかし、竹馬の友の間で散財し、スラム訛りで冗談をとばし、自分だけのとっておきの器からコロンビア料理のごちそうを食べることができるのだ。

（武藤一羊訳　但し英語版からの重訳）

政治家やジャーナリストらに対するテロを批判しながらも、ガルシア＝マルケスは、麻薬密売組織の背後にある「文化」に照明を当てている。その「文化」とはつきつめればスラムの文化ということになるだろう。

作家はもちろん新聞記者としても確立していなかったころ、ガルシア＝マルケスは娼家をかねたアパートに住み、娼婦たちの相談相手になっていたという。バルガス＝リョサやボルヘスにとっては外から眺めるべき場所の内側に、しかも住人として彼はいた。このことに象徴されるように、彼は下層あるいはマージナルな人々の心性を、内側から知っている。初期の短篇『六時に来た女』は、なじみの料理屋に来た娼婦が、人を殺したことを店主にそれとなく告げ、アリバイ作りを依頼するという話だが、この店主を作者と置き換えても少しも違和感はない。あるいは『この村に泥棒はいない』という短篇は、スラムに住むちんぴらが、マチスモゆえに盗みを犯し、結局墓穴を掘るという物語であるが、この小悪党が作者の知り合いであっても少しもおかしくはないのだ。

バルガス＝リョサなら『ラ・カテドラルでの対話』の一部として似た場面を書き込むこともありうるだろうが、彼は観察者の立場を崩さないだろうし、ボルヘスであれば人から聞いた話にするだろう。これに対し、ガルシア＝マルケスは、作中人物と同じ地平にいる。このことは中上健次ともうひとつの「路地」ともいえる新宿二丁目や歌舞伎町を舞台にした『讃歌』や『軽蔑』

『熱風』などにも当てはまる。したがって、中上がラテンアメリカにも存在すると考える路地のひとつがガルシア＝マルケスの描くスラムであったとしても、読者はスムーズにそれを受け入れるだろう。

先に挙げたルポルタージュの中で、ガルシア＝マルケスは麻薬密売組織の首領の密使と会ったことがあることを明らかにしている。これも周縁的世界に通じる回路が彼に備わっているからこそ可能となるのだが、その意味で、彼のジャーナリズム体験は、この回路を作る上で、より正確には再発見する上で、大いに役立っている。たとえば『ジャーナリズム作品集』を開いてみよう。そこにあるのは大半が速報性を欠いた記事であることに気づくはずだ。中でも目を引くのが、およそニュースとは無縁なフォークロアの紹介記事である。カリブ海沿岸地方に伝わるグレートマザー的女性にまつわる伝承を取り上げた「シエルペのマルケシータ」などは、『ママ・グランデの葬儀』から『百年の孤独』へと連らなる作品との関係を考える上で見逃すことができない。とりわけ重要なのは、彼が口承の世界に足を踏み入れ、そこで得た素材をもとに「書いている」ことである。ガルシア＝マルケスの才能は、口承文化とエクリチュールの文化の間を自由に行き来できるところにあり、それにより彼は、敗者の歴史、闇の世界に光を当てるのである。

中上健次とガルシア＝マルケスに共通するのは今述べた才能である。『エレンディラ』に、まだ無名だったころのガルシア＝マルケスが、地方を回って百科事典の訪問販売をしている間にフォークロアを採集したというエピソードがさり気なく語られているが、これを作家として確立した後に、はっきりとした目的を持って行ったのが中上である。『紀州』はいわばその記録であり、口承とエクリチュールの境界に位置するユニークな作品である。彼はそこで被差別社会にメスを入れるとともに、『岬』や『枯木灘』が存立する基盤である紀州という根を洗い直しているのだが、それは取りも直さず自作の批評となる。この作業が、オリュウノオバの語りの中に「路地」を再生させる『千年の愉楽』や『奇蹟』へとつながっていくことはいうまでもない。

『紀州』の冒頭で、中上は自らの小説の引き金になった殺人事件のいきさつを聞くために郷里に赴いたこと、それには「事実を記そうとするルポルタージュ、いや、ドキュメントによって、小説を喰い破り、さらに小説を補強する」という企みがあったことを述べている。このことは後に書かれる『火まつり』の性格を考えるとき、示唆に富んだ言葉として響く一方、ガルシア＝マルケスの『予告された殺人の記録』を想起させずにはおかない。この小説が書かれたのは、モデルとなる事件が起きて二十年以上も経た後であるが、それよりも前、事件の直後に彼は、ノンフィクションを書くつもりで資料を集め、関係者の話を聞いているのだ。彼のジャーナリズムが、人々によって語られたことを何よりも重要な素材としていることはいうまでもない。『ある遭難者の物語』や『戒厳令下チリ潜入記』のようなノンフィクションは、徹底的に聞くことから生まれた作品である。ガルシア＝マルケスは何よりもまず聞き上手なのだ。そして中上もまた聞き上手である。しかし「人が大声で語らないこと、人が他所者には口を閉ざすこと」を、彼らはいかにして聞き出すのか。

中上は訪ねた九十歳の老婆を相手に、「門先で、人の話にあいづちを打ち、一緒にわらい、一緒に泣く」と書いているが、これがおそらくその方法なのだ。こうして「隠国の町々、土地土地を巡り、たとえば新宮という地名を記し、地霊を呼び起こすように話を書く」という、中上のいうところの「記紀の方法」を彼らは身につけているといえるだろう。熊野川やマグダレナ河の乱流域、かつて悪党の活躍する「なめらかな空間」だった土地と交感する方法である。

バルガス＝リョサにとってはピウラが、唯一交感可能な土地であったかもしれない。しかし十六歳のときに再訪して以来、ロマンチックなイメージが崩れたためであろうか、彼は二度とこの地を訪れてはいない。ここに彼のスラムに対するアンビバレントな感情を読み取ることはむずかしくない。現実のスラムに対する否定的な目は、『マイタの歴史』に描かれる、リマの高級住宅街を侵蝕しようとするスラムにはっきりと現れている。解放の神学を生む一方で、ゲリラの温床ともなっているスラムは、リアルな政治家としてのバルガス＝リョサには放置しがたい存在だからである。反対に、スラムの住民は、大統領候補としての彼を受け入れることはできない。

バルガス＝リョサの初期の作品に「決闘」があり、ピウラのならず者が登場する。中上の作品に出てくる「朋輩」たちを思わせる男たちはスラムの住人と見られるが、そのうちのひとりである「俺」によって、仲間の若者と敵対するグループの男との、闇の中での決闘が克明に描写される。仲間の男は未熟さゆえに結局殺されるのだが、その無鉄砲ぶりはさながら『奇蹟』のタイチを彷彿させ、またその父親は、トモノオジに似ている。この短篇で作者は、暴力に具現されるマチスモを、ほとんど美学として描き出している。バルガス＝リョサの作品に形を変えながらも常に暴力が描かれるのは、被自身が言うようにそれがラテンアメリカの現実の一部だからであることは間違いないが、それだけではあるまい。おそらく彼には暴力の美学に惹かれるところがあるのだ。そしてそれはピウラのスラムの神話化された暴力をそのイメージの核としている。ボルヘスにとって「ナイフとギターの町」パレルモの場末のならず者の神話化された暴力が、永遠のイメージとなったようにである。

にもかかわらず、「決闘」で作者の目を感じさせる「俺」は、決定的に傍観者の姿勢を保ち続ける。なぜなら、そのカメラアイのレンズが曇ってはならないからだ。すなわち「俺」は共同体の人間だが、その目は共同体にあこがれる他所者の眼なのである。自伝的要素をもつ作品には、しばしば分身としての「私」が登場するが、その「私」でさえ作者の完全な統御のうちにある。ここに「マダム・ボヴァリー、それは私だ」と言ったフロベールを信奉する作家の一面を見ることも可能だろう。バルガス＝リョサはきわめて知的な作家であるが、知識人としての彼は長らくサルトルを信奉してきた。フロベール論の中で告白しているように、後にその信奉は揺らぐのであるが、それでもなお、政治的姿勢や作品を知的にコントロールしようとする姿勢には、サルトルの影が感じられる。

この点で異なるのがガルシア＝マルケスである。彼は新聞記者のころからカミュを評価し、サルトルとは一線を画す発言をしている。麻薬密売組織についてのルポルタージュでも明らかなように、その姿勢は西欧型知識人とは異なり、多くの矛盾を孕んでいる。しかしそれを矛盾と呼ぶのは、おそらく西欧的な観点によっているからなのだ。フォークナーの受容におけるバルガス＝リョサとガルシア＝マルケスのちがいは、その出身地の地理学的理由にもよるだろうが、外面的現実をもっぱら対象とするか、むしろ内面的現実を詩的に表現しようとするかという、二つの姿勢の相違とおそらく関連している。それはフォークロアをどう処理するかという問題と関わってくるのだが、バルガス＝リョサはフォークロアを分析し、その背後にある事実を前面に出すだろう。一方、ガルシア＝マルケスは、核になる事実を確認もしくは追求したうえで、フォークロアそのものを作品に持ち込む。つまり、共同体の目を使うのだ。彼の目はバルガス＝リョサのように公平ではない。

たとえば、ある事件を扱う場合、バルガス＝リョサはその事件を等身大で描こうとする。だから彼の作品は長篇にならざるをえないし、作品は事件が大きければ大きいほど長くなる。一方、ガルシア＝マルケスは、それが民衆の目にどう映ったか、どのような驚き、恐怖を与えたかというところに力点を置く。したがって、メタファーが多用できるため、作品は事件の大きさに必ずしも比例しない。

中上健次の作品には、バルガス＝リョサおよびガルシア＝マルケスの目のいずれもが感じられる。『枯木灘』が、作品を知的にコントロールしようとするという意味でバルガス＝リョサの目を感じさせる一方、視点をオリュウノオバという共同体の象徴の目に委ねた『千年の愉楽』や

『奇蹟』にはガルシア＝マルケスの目が強く感じられる。

作家である以上、彼らが複眼を持っていることはいうまでもない。だがバルガス＝リョサの作品には、外から物を見る作者の目がつきまとう。この問題をひとつのテーマとしたのが、『話す人』（邦訳は『密林の語り部』）である。ここで彼は、アマゾンのインディオの集合的無意識ともいうべき、非近代的な時間とシンタックスを備えた文の断片を導入するのだ。それは白人でありながらインディオの語り部となった友人の思考を表そうとするものである。しかし、それは『奇蹟』のトモノオジの妄想とは異なり、作者の分身である「私」の思考とはまったく切り離されたものとして提示されているのだ。それはコントロールされた情報の中に突如混入したノイズのようなものである。それを理解するには翻訳に頼らねばならないだろう。そして実際、テキストはスペイン語に翻訳されている。要するに、近代の思考を表すテキストと未開の思考を表わすテキストに連続性はないのだ。

一方、ガルシア＝マルケスの場合は、アーカイックな思考や土俗的思考が、近代的思考と切れ目なくつながっている。近代的思考の側から見れば、それは現実と幻想の接合と呼ばれるであろう。

中上健次の目が基本的には共同体の内部から出発していることはいうまでもない。しかし彼の作品の面白さは、たとえていえば、ガルシア＝マルケスとバルガス＝リョサのあらゆる組合せを持っているところだ。これはきわめて大きな長所といえる。なぜなら、彼ら二人の全体小説を総合した、よりスケールの大きな作品を生む可能性を秘めているからである。だからこそ彼が新作に挑むたびに、文学的というより思想的なネーミングを無化するような、過剰で、途方もない作品を期待してしまうのである。

中上健次『枯木灘』

空はまだ明けきってはいなかった。通りに面した倉庫の横に枝を大きく広げた丈高い夏ふようの木があった。花はまだ咲いていなかった。毎年夏近くに、その木には白い花が咲き、昼でも夜でもその周辺にくると白の色とにおいに人を染めた。その木の横にとめたダンプカーに、秋幸は一人、倉庫の中から、人夫たちが来ても手をわずらわせることのないよう道具を積み込んだ。組を、秋幸の義兄文昭が取りしきっていた。文昭は、「道具をそろえることなど、人夫にさせたらええ」とよく言った。「それで日傭賃を出しとるんやから、人夫らに楽させること要らん」そう言われても秋幸は人より一時間ほどはやく起きて土方道具を点検し、揃えることをやめなかった。つるはしが好きだった。シャベルが好きだった。秋幸はそう思った。それらによって土を掘りおこし、すくう。人夫らに楽をさせているつもりはなかった。十人居る常やといの人夫らに自分の分け与えた道具で仕事をさせる、それが今の自分の役目だと思っていた。義父の繁蔵はそんな秋幸を、「組もったら、文昭よりええ親方になる」と言った。

「いまごろからバーやキャバレーで遊んでまわって」義父の繁蔵は引きくらべてみるというように自分の子の文昭に言った。「秋幸を見てみい」

「おれより秋幸の方が、女にエライ」文昭はわらって言った。

「女にエラなかったら男はどうするんじゃ」秋幸は言い返した。

梢の葉は柔らかく若く、両腕に道具をかかえ倉庫とダンプカーの間を行き来する秋幸の頭に触れた。その感触が短かく刈った髪を上から撫ぜおろす女の手を思い出させた。

道具を積み終ってから秋幸は家に入った。外気にさらされていた秋幸には家の温い空気が疎ましく感じられた。母のフサが起き出してつくっている茶がゆのにおいがした。茶の香ばしいにおいが家のいたるところでした。二年前、新しく建て直した家だった。母のフサが秋幸を連れ、繁蔵が文昭を連れて一緒に暮らした家よりははるかに広かった。庭があった。庭に大きな池をつくり、繁蔵は錦鯉を放していた。錦鯉はひのき造りのこの家に似合っていた。

空がすっかり明けた。池に面して置いてある椅子に腰かけた。フサが顔を見せた。

「まだ眠とるのか?」秋幸は訊いた。

「昨夜遅うまで起きとったさか」フサは言った。

「はよ、寝よ、と言うても、みんなまだ起きとるというて寝やなんだ」フサは硝子戸をあけた。茶のにおいが外に逃げた。朝の冷たい空気が入ってきたのを秋幸は感じた。（河出文

庫）

1　夏ふようと労働

中上健次の第一長篇『枯木灘』の印象的な書き出しである。これが印象的なのは、なによりもまず、「倉庫の横に枝を大きく広げた丈高い夏ふようの木」の存在によるのだが、実はまだ花が咲いていない。にもかかわらず、視覚と嗅覚が刺激される。その原因は、「毎年夏近くに、その木には白い花が咲き、昼でも夜でもその周辺にくると白の色とにおいに人を染めた」という記述にある。つまり、読者は目の前の現実ではないものに刺激されるのだ。これは中上が好んで使う比喩のテクニックである。彼は目の前のものをそこにない別のものに喩えることで、その別のものも実体のあるもののごとく印象づけるのが実にうまい。

ところで『枯木灘』はリアリズムを基本とする作品だが、ならば夏ふようという木は存在するのか。どうやらそれは、白い花を咲かせるムクゲのイメージを借りているようである。実際、中上の紀州のイメージとしてしばしば写真に使われるのは、このムクゲの薄紫ではなく白い方で、形はハイビスカスに似ている。生物エッセイストの菅野徹によると、ムクゲは中国原産の落葉樹で、関東でも六月頃に夏の到来を告げるかのように花が咲き始める。花は朝開き、夕方しぼむと、それきり二度と開かない。そのため日本では「槿花一朝の夢」と言って、栄華のはかなさのたとえに使われる。ところが、この成句の元になった白楽天の詩は、「千年も生きる松も、やがては朽ち果てる。ムクゲは、一日の命を繋いで、槿花一日自ずから栄える」というもので、菅野によれば「ムクゲの花の儚さよりは、毎朝立ち代って咲くさまを愛でているように思われる」という。そして韓国では、「日々、次々に咲き続けることから、終わりのないめでたい花、無窮花《ムグンファ》」として国花にさえなっている。

そこから、もし夏ふようがムクゲであるなら、中上にふさわしい、紀州から海を渡って朝鮮半島、中国大陸へと連なる壮大な道が見えてくるのだが、どうだろう。それにこの木の名称だが、小説をよく読むと、「倉庫の横の夏ふようだと人夫らが言う木の若葉が光り、震えていた」とある。とすれば、「夏ふよう」という名は俗称かもしれないのだ。ただし、ムクゲとは決定的にちがうところがある。それは夏ふようのほうは花が夕方になってもしぼまず、昼夜甘い香りを放つことである。冒頭には「昼でも夜でもその周辺にくると白の色とにおいに人を染めた」とあるが、後半には「(秋幸は)毎年その甘いにおいをかいだ」、あるいは「夏ふようは甘い香りをはなつ」と書かれている。だがムクゲはにおわない。とすれば、夏ふようはやはり架空の木と花ということになるだろう。興味深いのは、この木が現れると決まって視界に土木作業の道具が入った倉庫やダンプカーが入ってくることだ。それは何を意味するのか。

夏ふようの甘い香りが官能的であることは想像に難くない。しかし、花が咲くにはまだ時期が早い。そのため「梢の葉は柔らかく若く」、それが主人公の竹原秋幸のいかにも「土方」らしい短く刈った頭に触れたとき、彼は「髪を上から撫ぜおろす女の手を思い出」している。そこから夏ふようはその木自体が官能と結びついていることが分かる。ところが、秋幸はつるはしやシャベルが好きで、それらを使って土を掘りおこし、すくう作業が好きだった。普通なら、重労働として苦痛と疲労をもたらすはずなのに、彼にとって土、そして自然と戯れることはやはり官能的なことなのだ。一見異質に見えるが、秋幸にとって夏ふようと土木作業は官能性で繋がっているのである。

ところで、この夏ふようは、後の作品『千年の愉楽』では「夏芙蓉」と表記が変わっている（実際には『枯木灘』の「夏芙蓉」のほうをのちに「夏ふよう」と改めたことが分かっている）。この連作短篇集の最初の作品「半蔵の鳥」の冒頭に、「夏芙蓉は暮れ時に花をひらきはじめて日が昇る頃一夜だけの命を終えてしぼむ」とある。とすれば、以前の夏ふようとは特徴を異にしていると言えよう。というのも、フォークナーの影響が指摘される『枯木灘』では、秋幸が住む「路地」すなわち「被差別部落」が現実的空間であるのに対し、ラテンアメリカ小説、なかでもガルシア＝マルケスの『百年の孤独』のテクニックをときおり感じさせる神話的リアリズムによる『千年の愉楽』では、「路地」は特権的なユートピア空間に変質しているからで、「夏芙蓉」は聖性を帯びた「路地」の象徴と化している。「路地」出身の、労働ましてや「土方」のような肉体労働とは無縁の美しい若者たちが、放蕩を続けたあげくに夭折する。つまりここは秋幸の住む世界ではない。作者の中上健次に似ているとされる秋幸は、あくまでも私小説的世界の人間なのである。

2　疎ましさについて

作中の人間関係がまだ定かではない最初の段落に、「組を、秋幸の義兄文昭が取りしきっていた」という叙述が現れる。そして同じ段落に「義父の繁蔵はそんな秋幸を、『組もったら、文昭よりええ親方になる』と言った」とある。ここで読者は早くも主人公の家族関係の複雑さを予想するだろう。義父の繁蔵は、バーやキャバレーで遊びまわる「自分の子の文昭に」、秋幸を見習えと諭すのだが、文庫本一ページ足らずの紙幅の中に、父親と子供の関係に対する神経質なほどのこだわりが見られることが、それに続く一見マッチョな若者同士の色事をネタにしたたわいない会話の背後に、ただならぬ気配を感じさせる。秋幸に寄り添う語り手が血の問題を意識していることがそれとなく伝わってくるのだ。

秋幸と文昭は「種違い」の兄弟で、いずれも母親はいま家のなかで茶がゆをつくっているフサである。文昭は彼女が前夫の死後に再婚した相手である繁蔵との間に生まれた。秋幸はフサの連れ子だが、しかし彼女と前夫との間に出来た子供ではない。ここにこの物語の根源が潜んでいる。秋幸は、フサが再婚前の一時期愛人となった浜村龍造の子供、すなわち私生児なのである。そして実の父であるこの男の存在の見えない圧力に、秋幸は反応し、敵意と同時に息子としてありたいという願望の二つを両面感情として抱くのである。この秋幸の複雑な感情が、小説にただならぬ緊張感を与えている。

ここで注目したいのが、短篇集『岬』に収められている「黄金比の朝」という作品で、そのなかに、主人公の「ぼく」が一人称で自分の二種類の過去にまたがる思い出を語るところがある。父親が死んだ年の梅雨どきに傘を忘れて学校で雨宿りをするあいだに、もっと小さかった頃のことを思い出すのだ。

ぼくはその時、あめあめふれふれ母さんが、という歌を思いだし、昔、ぼくがまだちいさかったとき、父がよく小学校にオートバイをのりつけ、ぼくをむかえに来たことを思いだしたのだ。ぼくは父にしがみついて、家に帰る。母はいまみたいにやとなの、インバイの、クサレオマンコではなく、普通のどこにでもいる母親だった。

スペインの映画監督ビクトル・エリセの「エル・スール」に酷似した場面で、映画では子供は一人っ子の少女(ただし、A・ガルシア＝モラレスによる同名の原作小説では異母兄が現れる)であり、少年の「ぼく」には腹ちがいの兄がいるのだが、それにもかかわらず父と母と子という三者からなる聖家族の構図がここにはある。もちろん映画の場合はカトリック圏であるから子供は幼児キリストということになるが、「ぼく」が無意識に理想とする安定した家族像はこの聖家族に近いものだろう。この「ぼく」と秋幸の間に直接的関係はないが、秋幸が理想とする家族像を考える上で、ひとつのヒントになるのではないだろうか。そしてこの構図は作中、ユキによって具体的に語られている。ユキは繁蔵の姉で、「女郎」となって家族を支えた経験がある。彼女は繁歳の連れ子文昭とフサの連れ子秋幸が幼かった頃を知っている。彼女はこう言っている。

「繁蔵にしたら、いくらままならん子や言うても、秋幸のほんの小さい時から、フサさんと出来とったさか、負うたり、抱いたりもしたんや。フサさん、繁蔵と会う時、子供ら家に置いといて赤子の秋幸だけつれとったが」ユキはそう言った。「何年前やろか、道でばったり会うたんや。映画へ行くんや言うて。フサさん、また秋幸つれとる。繁蔵は、手のかかるさかりの文昭、家へ置いて、三人で手をつないでニコニコしとる。腹が立ってきて、いつもう一人子供できたんやらとアテコスリ言うても繁蔵はニコニコしとる。そんな時代から秋幸を見て、育ててきたんやから」

ユキの話にはしばしば作り話が混じるが、それでもフサ、繁蔵、秋幸の三人の幸せそうな姿に彼女は羨望を感じていたようだ。なぜならやはりそれが聖家族の構図をもつからである。しかし、再婚してできた家族による生活は、秋幸にとってはあくまでも家族ゲームだったのだ。だから、繁蔵の弟文造とその養子である洋一が一見楽しそうにしていても、「洋一のことさら作るはしゃいだ声が耳障り」に聞こえる。「かつて秋幸もそうだった」、つまり彼も養子として義父の繁蔵に対してことさらはしゃいでみせた経験があるのだろう。こうして見ると、冒頭の秋幸、文昭、繁蔵の関係が孕むある種の緊張感のようなものは、義理（擬似）ということにこだわる秋幸の心理の反映であることが分かる。物語の冒頭で、いかにも家庭的な茶がゆのにおいが立ち込めているのに、秋幸にはその「家の温い空気が疎ましく感じられた」のは、そこにある家族の擬似性が原因のひとつであるにちがいない。

3　反復としての殺人

書かれた順とは異なるが、秋幸の母フサの物語『鳳仙花』、『岬』、『枯木灘』と並べると、俗に〈秋幸サーガ〉と呼ばれる年代記ができあがる。『百年の孤独』ほどのタイムスパンは備えていないにもかかわらず、年代記としての『枯木灘』でも、様々な反復が見られ、よく似た事件が繰り返される。考えて見れば、夏ふようの木が毎年夏の頃に確実に白い花を咲かせるのも、ある意味で反復である。あるいは前述の養子関係がそうだ。洋一が文造の養子になったことが、秋幸が繁蔵の家に入ったときのことに重ね合わされ、ひとつの反復が生じる。

洋一が必要以上にだだをこねるのは、里親の兄、血のひとつもつながらぬ義理の伯父繁蔵の家でしばらくは生きるための智恵だった。自分の身の不運を嘆いてもしようがないし、めそめそして依怙地になっても何一つ得になるものはない。それならいっそ義理の中で、義理というものの垣根をとり払い傍若無人に無頓着にふるまうほうがよい。かつて秋幸がそうだった。

あるいは秋幸の姪美智子が家出し、やがて五郎という若者の子供を身ごもって戻ってくるのだが、この事件はまさに彼女の母である、フサと前夫勝一郎の娘、すなわち秋幸の「種違い」の姉美恵のケースの反復である。美恵自身、以前フサに内緒で実弘と駆け落ちし、連れ戻されて子供を産む。生まれた子供が美智子だった。「大きな腹をして帰ってきた」美智子を見て秋幸は、「そっくりそのままかつて昔あったことを芝居のように演じなおしている気がした」。この事件の反復性についての秋幸の感想は、これは別の意味での反復だが、わずかな頁を挟んで二度繰り返される。妊婦服を着た美智子を見て、秋幸は美恵に似ていると思い、「そして今、そっくりそのまま、美智子と五郎が十幾年前の美恵と実弘である気が」するのだ。

同じ既視感がなぜ繰り返し述べられるのか。ここで注目されるのが、二度ともその後に秋幸が兄の郁男を思い出していることだ。彼は美智子の帰還に立ち会い、十六年前の「兄と同じ役を振り当てられている気がした」のだった。そして「郁男は美智子が生まれた翌々年に二十四の齢で、独り住んでいた家の一本あった柿の木に首をくくって死ん」だことが述べられる。この自殺について中上は、すでに先行作品で触れているが、それは彼の実兄の身に起きたことでもある。それがこの作品の私小説的性格を強める一因になっている。秋幸は兄の死のことを繰り返し思い出してきたのだが、彼にとり兄の自殺は「解いても解いても新たに仕掛けられる謎だった」。

しかし、若い二人の駆け落ちを見ていたはずの兄を想像し、孕んだ美智子を見ているうちに、秋幸は実父である浜村龍造が刑務所から出てきた足で「母と母の子だけの一族」の家に住む彼に会いに来たこと、そのときに母フサはすでに繁蔵と「深い仲」になっていたことを思い出す。フサは迷った挙句、秋幸のみを連れて繁蔵と再婚する。秋幸はこのあたりに兄の自殺の起点を見るのだ。父親不在の家族が壊れていき、美恵が駆け落ちして戻る。それを郁男は無力感に襲われながら目の当たりにしたのだろう。秋幸はその出来事を自殺の原因と考える。

そしてついに最大の反復がやってくる。それは突発的な出来事だった。お盆の精霊舟を流すのを見に行った川原で秋幸は実父の龍造に出くわす。龍造は妻ヨシエとの間に出来た子供三人といた。そのうち次男の秀雄が、龍造に対してあまりにぞんざいな口をきく秋幸に腹を立て、石をつかんで背後から殴りかかる。体力で勝る秋幸はなんなく組み伏せてしまうのだが、秀雄の眼が自分を見ているのを見て、発作的にその目を狙って殴りつけたばかりか、さらに攻撃を続け、結局殺害してしまう。「その男の子供を、その男の別の腹の息子が殺した」のだ。「すべてはその男の性器から出た凶いだった」と秋幸は考える。

ふと、秋幸は思った。身震いした。秋幸は自分が十二歳の時、二十四で死んだ郁男にそっくりだと思った。郁男の代わりに秋幸は、秋幸を殺した。
秀雄が十四年前の、秋幸だった。

こうして反復としての殺人は成就されるが、その解釈は登場人物たちによって様々になされ、噂されることになる。こうして新たな神話が作られる。

第一節で述べたように、夏ふようは中上の後の神話的作品において聖なる花木のイメージに変容することになるが、その夏ふよう自体が実はフィクショナルな花木であり、秋幸の意識のなかで既に神話化されている。このことは、兄妹相姦や兄弟殺しといったこの小説のモーメントとなる事件がそもそも神話的性格を帯び、自然主義的リアリズムを早くも食い破っていくことの前触れとなっていると言えるのではないだろうか。

語りが生んだ記憶の町 『千年の愉楽』『奇蹟』『熱風』

『枯木灘』の連載を終えた中上は、紀伊半島を巡る旅に出た。彼の小説世界の根底にある差別の構造や書き言葉と語りの言葉の関係について考えていたときに、新たな語りの可能性をもたらしたのが、田畑リュウである。『紀州　木の国・根の国物語』に結実する紀伊半島を巡る旅を終えたときに出会ったこの女性こそ、彼に語りの言葉の力を発見させた人物であると言っていいだろう。やがて、路地の男たちを自らの手で取り上げた老産婆オリュウノオバとして『千年の愉楽』、『奇蹟』で狂言回しを演じ、さらに『熱風』では死んでもなおママ・グランデ（ビッグ・マザー）オリュウとスペイン語風に名前を変えて、路地出身の若者たちに影響力を振るう。ただし、恐怖の母ではなく善悪を超えて愛を注ぐ慈母としてである。彼女の眼差しは、母親のそれであると同時に女の眼差しともなる。

驚異的な記憶力と長命を誇る彼女のキャラクターには、執筆前後に彼が読んだラテンアメリカ文学の影を感じ取ることができる。たとえば、『紀州』の文中に「不死の人」という表現があるが、これはボルヘスの作品から採られていると思われる。同じボルヘスの「記憶の人」と併せ、それらの言葉のイメージにインスパイアされ、田畑リュウの特性を神話的語り口にふさわしいレベルにまで拡大したのではないだろうか。神話的誇張はガルシア＝マルケスが『百年の孤独』で用いた手法でもある。オリュウノオバは、高貴にして穢れた血が流れ、美しいが夭逝する中本一統の若者たちの運命を、あたかも自分が見届けたがごとく語り続ける。『千年の愉楽』所収の「半蔵の鳥」で、女に手を出した半蔵が怨んだ男に背後から刺され、「炎のように血を吹き出しながら走って路地のとば口まで来て、血のほとんど出てしまったために体が半分ほど縮み」、こと切れたという個所がある。場面自体はガルシア＝マルケスの『予告された殺人の記録』を思い出させるが、「体が半分ほど縮み」というのは、『百年の孤独』で女族長のウルスラが老衰で亡くなる前の縮み方を思わせる。しかもオリュウノオバの記憶のなかでそれは「事実」なのだ。このパースペクティブの使い方を操り、中上は幻想性を生むことができた。あえて魔術的リアリズムと呼ぶ必要はないが、それは路地の内と外の目を備えた彼の複眼がもたらすものである。

紀州の旅と語り口発見のエピソードは、ガルシア＝マルケスが『百年の孤独』の語り口を思いついたときのことを思い出させる。ガルシア＝マルケスはメキシコシティからアカプルコへ車で向かう途中、母方の祖母が驚異的なことを当たり前のことのように語るのを思い出し、霊感を得たという。モダニズムから学んだ小説の言葉すなわち高尚な語り口と、説話風の民衆的語り口をブレンドすることで、ガルシア＝マルケスはポスト・フォークナーの代表格となった。同じことを考えていた中上は『千年の愉楽』で語り口の実験を行った。しかもガルシア＝マルケスがいくつかの短長篇および『百年の孤独』の舞台である共同体マコンドを破壊したのち、場所も登場人物も異なる独裁者小説『族長の秋』を書いたのに対し、中上は〈路地〉を解体した上で、住人の記憶のなかで路地を甦らせた。オリュウノオバの夢とトモノオジの幻覚が描き出すそれは、夢幻能の世界のようでもある。その意味ではマルケスの世界よりも、メキシコのファン・ルルフォの小説の世界に似ている。舞台は死者の町で、語り手も死者なのだ。とくに『奇蹟』はそれに近く、中上はルルフォを読んでいるのではないかと思わせる。『千年の愉楽』が悲劇の繰り返しでありながら夏芙蓉の香りに満ちた官能的世界を描いているのに対し、よりラジカルな実験小説である『奇蹟』は、哀しみに彩られた陰画の夢のような印象を受ける。

『千年の愉楽』の特徴のひとつに南米志向がある。「六道の辻」には、オリュウノオバが、「路地に息をし生きる者が生きつづけ増え続けてせきを切ったようにこの地上にこぼれ散らばって朝鮮にも中国にもアメリカにもブラジルにも増え続けるのを想い描」く場面があり、彼女にそのことを言ったのは、サンパウロに移民した藤一郎だった。実際、紀州からは南米に移民として渡った例が少なくない。それにしても路地にはダンスホールと玉突き場と闘鶏場があり、これはガルシア＝マルケスの描く「町」の風景そっくりで、男性優越主義《マチスモ》の存在を窺わせる。たむろするのは少年がそのまま大きくなったような男たちだ。

「天人五衰」ではタンゴが通奏低音のように響く。この短篇での主人公オリエントの康が持ち込んだ蓄音機から女の歌声が流れる。またダンスホールでも男女がタンゴを踊る。ただし社交ダンス風ではなく、肉体を接触させるオリジナル風の官能的踊りかただ。彼は新天地に渡るという計画をもっていて、人を誘いもするのだが、恨みを買ってピストルで撃たれる。狙撃事件は二度も起き、中本の若者の夭逝をなぞるかと思えば、彼は二度とも命を取り留める。そしてなんと単独でブラジルに渡り、オリュウノオバに手紙を送ってくる。だが、ブエノスアイレスから届いたのは別人が彼の消息を知らせる手紙で、そこにはオリエントの康がブエノスアイレスで革命運動に巻き込まれて行方不明になり、多分死んだであろうという内容が書かれていた。彼女は字が読めないので、伴侶の毛坊主、礼如さんが読んでやるのだが、手紙の下にスペイン語が書いてある。それを中学校の先生に読んでもらうと、「深い悲しみをこめてお母さんへ同志より」という意味であることが分かり、オリュウノオバは彼が死んだのだと思う。それから彼女がしたことは、オリエントの康が持っていた蓄音機とタンゴのレコードをさがし出し、毎日家のなかで掛けることだった。なんとも切ないラストだ。このオリエントの康の息子と称する若者が『熱風』で新宿二丁目に突然現れる。南米からやってきたという設定は、日系人のUターンが目立った当時の世相を反映しているようだ。だが、彼にとってのオリュウノオバはママ・グランデ・オリュウであり、もはや路地は遠い。

青春と成熟のはざま

本巻（『中上健次全集9』集英社、一九九六）を構成するのは、一九七八年から七九年に雑誌「野性時代」に「焼けた眼、熱い喉」という表題で連載された後、一九八六年にタイトルを改め単行本化された長篇『十九歳のジェイコブ』及び一九八四年から八五年にかけての「BRUTUS」連載後、やはり一九八六年に刊行された長篇『野性の火炎樹』の二作品である。

主人公はいずれも「路地」出身の若者であり、地方を背景に東京を主な舞台としてジャズもしくはブレイク・ダンス、麻薬、セックスに浸る彼らの生態が描かれているという点で二作は共通している。また、不幸にもこれまでほとんど論評されてこなかったというのも共通点である。前者が『十八歳、海へ』、『鳩どもの家』、『十九歳の地図』といった短篇集中の作品を思い出させる要素に満ち、また後者が過渡的な作品という印象を与えるためであろうか。『枯木灘』、あるいは『異族』という問題作の異本という性格を備えていることが、それぞれの独立性を弱めているということもあるだろう。

しかし、ここでいくつかの疑問が生じる。爽やかさを売り物にする青春小説を批判する中上が書いただけに、前述の三つの短篇集に収録されている作品が、若者を主人公にしていても、その主人公の青春は中上がランボーの詩とともに好んで引用する『アデン　アラビア』の冒頭でポール・ニザンが言うような、人の一生で一番美しいとは言えない青春もしくは反青春であることはいうまでもないが、にもかかわらずそれを「青春小説」と呼ぶならば、彼はなぜ新たな「青春小説」を書いたのか。しかも彼は、青春を再び書くことの不可能性を、それまでに幾度となく表明してきたのである。たとえば『限りなく透明に近いブルー』でデビューしたばかりの村上龍との対談で、中上は次のように言う。

薬そのものを嫌いになったとかいうんじゃなくて、そういう遊び暮らす生活から足を洗うという感じがあったね。昔の仲間と連絡が跡絶えたということもあったりね。君と僕の時差が十年あるんだけど、僕から見るとそれは十年のカルチャー・ラグという感じはありますね。その頃のこと、僕は書かない。もう書けない。年とってその頃のことがやっとわかるんじゃないかという感じがあって、それだったら書く可能性はあるかもしれんけど、いまは書かないという決心がある。

（「俺達の舟は、動かぬ霧の中を、纜《ともづな》を解いて、——。」）

無論ここには村上と同じぐらいの年齢のころに、『限りなく透明に近いブルー』に先立って「灰色のコカコーラ」を既に書いているという中上の自負もあるだろう。この対談の一年後の一九七七年にも同様のことを書いている。

ジャズが生活の隅々にまで入っていた私には、ジャズを語ることすなわち、「ジャズ・ヴィレッヂ」という場所を語ることであり、仲間を語る事であり、〃青春〃を語ることでもある。自由の中身を語る事でもあると言える。その頃を、小説に書きたくない。何故だろうか？　と思う。二十二、三の頃、「灰色のコカコーラ」という小説を書いたが、それで書き尽したと思っている訳ではない。私には、その頃がまだ見えないのである。（「ジャズの日々」）

しかしこの発言から一年後に、彼は「焼けた眼、熱い喉」の執筆を開始するのだ。すると、彼はわずか一年の間に年をとって、そのころのことがわかり、見えてきたということなのか。一九七六年から七七年にかけての年譜をにらんでいると、いくつかの興味深い事実にぶつかり、大いに想像力を掻き立てられる。まず、先に引用したように村上龍と対談を行い、〃青春〃論を交わすことで大きな刺激を受けたことは間違いないし、ライバル意識に火が点いたということも考えられる。〃青春〃小説の不可能性に言い及ぶこと自体が、それを意識している証左である。

また、ここで注目したいのが、同じころ、「夢の力」というエッセー、作品集『蛇淫』、エッセー集『鳥のように獣のように』が発表あるいは刊行されていることであり、『鳥のように獣のように』には唯一、六〇年代に書かれた「犯罪者永山則夫からの報告」(以下、「報告」と省略)が収録されていることである。なぜなら、それらの執筆あるいは読み直しに起因すると思われるのだが、彼の犯罪に対する関心の抱き方に変化が生じているからである。その変化について彼はこう書いている。

連続ピストル射殺事件から千葉の親殺しと自分の興味が移ってきて、今、歌手の愛人殺しを考えている私自身に驚く。三十の齢を目前にして言うのもヘンだが、大人になってきたと言おうか、成熟してきたと言えばよいか。そして、私は、自分の興味の移り具合に、犯罪が絶えずその出発であり到着である他者との軋み具合の変化を考えるのである。社会というものの変化である。連続ピストル射殺事件の犯人には他人あるいは社会とは、実態のない顔の定かでないものであった。この歌手には、それらがはっきりと見えている。抽象と具象ほどの違いがある。音楽と絵画ほどの違いがある。そしてそれは、それらの犯罪に夢の力を感じる私一個の、抽象と具象の差だとも思う。(「夢の力」)

この論をもとに彼の初期作品に書かれた犯罪を振り返ってみれば、『十九歳の地図』の「ぼく」が脅迫電話を掛けまくることや、「灰色のコカコーラ」の「ぼく」こと山田明の銀行強盗未遂や彼がスーパーに忍び込み、ガードマンをアイスピックで刺したことなどは、「実態のない顔の定かでない」他人や社会に対する犯罪である。そこでは比較的抽象度の低いガードマンにしても、単なるシステムの装置でしかなく、顔をはじめその特徴は一切描写されていない。

「灰色のコカコーラ」を発表する前に、中上が永山則夫による連続射殺事件に強い関心を示したことは「報告」に明らかであり、彼はその後もこの事件に何度も立ち返ることになるのだが、その「報告」の中にこんな一節がある（カッコ内は筆者注。以下同じ）。

ぼくがいま、彼（永山）のことを考えて、一番関心を持つのは、「連続」ということだ。まるで彼はシジフォスのように、あるいは永続革命者のように次つぎとピストル射殺をおこなってゆく。被害者個人にうらみを持っていた、というわけではない。ただちっぽけな金をとるために入った現場に、彼の行動を妨げようとする他者がいたからなのだ。彼はガードマンを射殺する。

中上は永山則夫の行為に大きな反応を示した。それは自らの裡に存在する永山則夫性を見つめさせることになった。だが、手記を書いた、言葉を用いる表現者としての永山を彼は否定する。一九七五年に書かれた「時は流れる……」というエッセーで、彼は次のように批判している。

言葉で自分を説明する永山は、不愉快である。でたらめを言っていると言ってよい。犯罪が、貧困、あるいは、家庭、家族の崩壊から派生すると、自己をあざむき、「カナリア」どもを、おどしている。嘘である。その論法は、永山が敵だという警察、ブルジョア、市民社会、法律、国家の側の論法である。……永山則夫の手記を読み、言葉とは、いくつ重ねても、犯罪の内実にたどりつかぬし、傷をなおすことのないのを知るだけである。一体、この言葉とは一体なんだろうか？　……犯罪と言葉とは同じところに根を張ってはいるが、言葉はあまりに無傷だ。

かつて「報告」で、自分が想像（創造）した「永山」と表現者永山とのあまりの落差に驚き、怒る表現者中上は、ことによると、本来「永山」によって書かれるべき犯罪小説を書こうとしたのではないだろうか。ここで『十九歳の地図』の主人公の言葉を思い出そう。「ぼく」はこう言っている。

この地区一帯はぼくの支配下にある。これでもうこの家は実際の刑罰をうけることになった。爆破されようが、一家全員惨殺されようが、その責任は執行人のぼくにあるのではなくこの家の住人にあるのだ。

ここで言われる地区＝世界とは、外部世界というよりむしろ「ぼく」の内部世界といえよう。

だからこそ「ぼく」はそれを支配下におけるのだ。しかもその内部世界すなわち想像によって作り上げた世界の方がはるかにリアリティがある。中上が氷山の裡に見ようとしたのもおそらくこの内部世界だった。彼は「報告」でこう書く。

殺せ、射ち殺せ、そうだいつも俺の前に立ちはだかるこの憎々しい虫けらどもめ。……世界は俺自身のまぎれもないこの手によって裁断される。俺自身の中の世界の爆破！

この言葉はほとんど『十九歳の地図』の主人公の言葉として読むことが可能である。一方、ジェイコブも、犯行前に伯父の家に電話を掛け、応答に出た妻に「『バズーカ砲をぶち込んでやるからな。爆弾を投げ込んでやるからな』と言おうとして声を呑ん」でいる。もちろん、ここで声を呑まなければ、『十九歳の地図』の主人公に退行してしまうだろう。にもかかわらず、作者はジェイコブをムルソー型の犯罪者に近づけようとして次のように語る。

海は嫌いだ。反吐が出る。ジェイコブは思った。ジェイコブは眼を閉じた。尻の下、足に、焼けた砂を感じた。空から落ちてくるのは単なる日の光ではない気がした。光に当る肌は石綿にこすられたように熱い痛みがある。眼は焼け焦げている。高木直一郎を、殺してやる。ジェイコブは痛みに呻きながら、独りごちた。

旧題の「焼けた眼」という言葉がこの一節から取られたとすれば、そこに作者の意図を読み取ることができよう。あるいは覚醒剤中毒の伯父に会い、その唾や怒声を黄色い粘液と感じたとき、彼は「自分の眼も心も白く閃光を発して焼けただれてしまうような気がしながら」、目的地に辿り着いたと思ったとあり、ここもタイトルとの関連を思わせる。

しかし、この小説は揺れている。あるいは主人公の意識が絶えず揺らいでいるということなのか。犯行に結び付く動機が曖昧なのである。伯父の一家を皆殺しにしてやりたいと言いながら、「理由は何もな」い。食事のときの伯父の物馴れた手つきに対し、自分の仕種がギクシャクしているために羞かしい思いをしたことから、「理由なくそのうち報復してやると心に決め」る。「何に憎悪を抱いている訳でもな」いのに、「自分と血が繋がっているという理由だけで」、伯父「がやって来た事すべてが許せないと思」う。だが読み進めるうちに、次の個所に行き当る。

すべては後になってジェイコブが保護観察を受ける高木直一郎の仕出かした事ではじまっていた。いや、ジェイコブはその事をすでに知っていた。黄金色に塗りたくられたその町で、……噂は広まった。高木直一郎は、母にジェイコブを孕ませたと噂が立った。ジェイコブの六歳上の兄が縊死したのは、その事を、耳にしたからだった。……高木直一郎が、巫女に下半身から縛られたのは、巫女に、腹違いの妹であるジェイコブの母との秘密を握られたせいだとも噂した。噂は不快だった。子供心にも、自分が、その一人の男を新興宗教に凝り固まらせ、兄を縊死させる秘密そのものだと噂される事は耐えがたかった。

噂の罠にはまったジェイコブは、兄の葬儀の日を境に自分がアイデンティティを喪失したと思い込む。そしてこの葬儀を、伯父を惨殺するに足る理由とするのだ。こうして、かつての青春一人称小説とは異なり、殺害の対象は、「実態のない顔の定かでないもの」ではなく、『蛇淫』や『枯木灘』同様、顔を持つ、具体的な人物、近親者となる。

だが、この小説を複雑にしている要素がもうひとつある。それは部分的には永山則夫の『無知の涙』のパロディとも見える、ジェイコブの手記の存在である。惨殺の計画や惨殺の状況、逃亡生活について詳細に書かれたその手記は、「まるでそっくり現実に起こった出来事のよう」である。この架空の計画について文中にいくつかの記述があるが、そこには書くことによる犯罪と実際の犯罪のせめぎ合いという問題が潜んでいるようだ。「人を惨殺する計画と惨殺までに千里も距離があるのではなく、惨殺とは惨殺する計画の顕現にすぎないとジェイコブは思」っていた。そう作者が書くとき、その背後には次のような考えが存在する。克実しげるによる殺人事件について彼はこう述べている。

男の見る悪い夢が、この現実にふっと顕在化した、という奇妙に強い力が、このカムバックを期す歌手の愛人殺しという事件にこもっている気がした。
それをひとまず「夢の力」と言おう。

（「夢の力」）

作者はさらに連続ピストル射殺事件や『蛇淫』のヒントとなった親殺しの事件にも同じ「夢の力」を感じたという。それを考慮すれば、ジェイコブの犯罪は、「夢の力」である手記が顕在化したものと見ることができる。確かに食堂の父娘が火事で死ぬという「現実の函数」によって彼の空想は打ちくだかれてしまう。あるいは玄関のポーチにマッチを棄て、そのとき「一瞬爆弾が破裂した気がした」ことにより、彼の「架空の完全犯罪に一つ崩れができ」る。実際に伯父に会ってさえ、彼は架空と現実を比較せざるをえない。だいいち彼の架空の計画では、果物の箱に爆弾が入っているはずだった。しかしながら、結果的には、ジェイコブが帰ろうと思ったときに高木直一郎の妻と友子が部屋に入ってきたことや事務所の脇に置いてあったバールを見つけたこと、すなわち偶然の連続が犯行を促す。それは「ある日ある時、たまたまそこにピストルがあったから、ガードマンを射殺した」（「時は流れる……」）というのに近い。しかしすでに見たように、犯行の動機は主人公の過去に求められているのであり、そもそも「夢」を見させた原因が彼の過去なのだ。作者は前述の「報告」で、永山になり代わり、こう書いている。

俺はあんた（母）のところへはもどれないのだ。故郷の中の故郷にはもどれないのだ。……

一度自然よりの分裂を味わった男の、あてどない旅のはじまりだ。……俺は自然からはじきだされ、そして自然の力でピストルの引き金をひかされたようなものだ。自然とは、あんたなんだ。

このような言葉はしかし、作者自身そしてジェイコブにこそよりよく当てはまるものであろう。そしてこれも故郷を体現している伯父とその家族を殺害した後で主人公が山に入る儀式的な場面の存在が、この小説にまた新たな性格を付与している。ここでの主人公の行動は、「火まつり」の達男を思わせる。霊、魂、神々しいものとの接触は、ジェイコブがバールで祭壇を壊してしまい、さかきや稲の穂が伯父の血に被われたことと呼応するのだろう。さらにそれは後で触れる上田秋成の「樊噲」の引用でもある。同時にここは、冒頭の子供時代の山遊びにも描かれていた、中上文学の主人公に共通する自然との関係が露呈している個所でもある。それにしても小説の最後は不思議な味わいを残す。主人公の犯行があたかも架空の出来事であったかのような印象を与えるのだ。

ところで一九七五年初出の『蛇淫』では、犯罪の描き方がそれ以前の作品とは大きく異なっている。すなわち、傷つけたはずの相手の様子を確かめることもなく山田明が逃亡するのとは対照的に、冒頭から犯行直後の死体が刻明に描写されるのだ。カメラアイに似た眼差しが、あたかも検死官のように、母親の死体を実に即物的に観察する。また描写において一人称でなく、「修験」で初めて試みられ後の『岬』、『枯木灘』へと受け継がれる三人称の「彼」が用いられている。すでに指摘されているように、一人称から三人称への移行によって主人公の秋幸の客体化が可能になったわけだが、ではジェイコブの場合をどう考えたらいいだろうか。『十九歳のジェイコブ』では一人称の主語は用いられていないが、三人称の「彼」という主語も用いられず、主人公はすべてジェイコブという名で呼ばれている。ここに作者の思案が感じられる。すなわちこの作品が青春小説の枠組を備えていなければ、『蛇淫』同様「彼」を使ったはずである。もはや大人の意識を持ってしまった作者は、例の「報告」の中で部分的に試みたような「俺」という一人称による青春小説を書くことはできない。しかし「彼」を使えば主人公が客体化されすぎ、麻薬でラリる少年の意識から乖離してしまう危険性がある。初め主人公に順造という名を与え、地の文で主人公をすべてその名で呼んでいることの理由の一つはおそらくそのような思案の結果であろう。このことは『野性の火炎樹』で主人公がすべてマウイと呼ばれている理由のひとつでもあるだろう。

作家たるもの誰でもテーマにふさわしい文体を探し求めていることはいうまでもないが、犯罪を扱った小説を書くとき中上が必要としたのは、ピカレスク小説の「胸のすくような味、自由さ」であった。そして彼は、上田秋成の「樊噲」をそのような条件を備えたひとつのモデルとする。昔、大蔵という男が山で神に触れた後、博奕の借金を返すために実家の金を盗み、それをとがめようとした両親、兄嫁、兄を片っ端から力まかせに櫃の中に放り込んだり谷川に投げ込んだりと大暴れしたあげく、関所も破って韋駄天走りにはるか彼方の国まで逃げおおせるというこの物語を、中上は、彼が読みうる限りの犯罪を扱った小説の傑作である、と評し、次のように続ける。

悪の自由というものがここにある。現在の、われわれ小説家が忘れていた自由といおうか？ほとんど神話ですらある。もちろん、現在の、この小説家は、神話を書こうとは思わないし、せいぜい秋成の筆とともに、自分の、無頼を共振れさせ、省かれてある筆の、余白を読むくらいであるが、この親殺しの青年の、悪ではない悪を見て共振れするぼくから、「樊噲」までの道のりは遠いといえる。

（「地図の彼方へ」）

この「樊噲」とピカレスク小説に共通するのは、「事実の肯定」であると中上は言う。「親を殺した、たしかだ、それがどうした？」という言葉によって事実を事実として肯定するなら、ラスコリニコフは考え悩むことはない。「彼が夢み、計画してきた架空によって、……事実を肯定する側に謎はない」のである。彼によれば、「連続殺人の連続とは、この事実の肯定の運動でもあ」り、「一回限りの犯罪は、悪ではない」ということになる。

中上のこのような言葉に耳を傾けていると、ラテンアメリカの作家たち、とりわけガルシア＝マルケスの作品を思い出さずにはいられない。彼がたとえば『予告された殺人の記録』で描く双子の兄弟による殺人が、いわゆる「悪」という印象を与えないのは、中上流に言えば犯人そして語り手が事実を事実として肯定しているからということになる。またそこには神話の手法が使われ、心理描写がない。これに関連して中上は、「事実の肯定とは、神話の方法」であり、「心理のまっ殺でもある」といみじくも書いている。その他、ボルヘスが場末のならず者について語った短篇やポール・ボウルズのある種の短篇などにも同じことが言えるだろう。だが中上の作品において、事実を事実として肯定できる偉大な存在とは他ならぬオリュウノオバではなかったろうか。彼女によって路地の人々の犯罪が語られるとき、それはもはや悪ではなくなることを我々は知っている。『野性の火炎樹』のマウイの行動も、等しくオバの知るところであり、そのことによって肯定されている。ただしジェイコブは違う。オリュウノオバが登場するのは、『十九歳のジェイコブ』発表後だからである。いずれにせよこのオバの導入により、中上文学の世界が「樊噲」の世界に大きく近づいたことは間違いない。

それにしても中上は、なぜ「青春小説」を敢えて再び書いたのか。先に引用した村上龍との対談で中上は、「十年のカルチャー・ラグ」と言った。その前年には永山の事件を回想する「時は流れる……」を書いているが、中上が彷徨したのと同じころに新宿のジャズ喫茶のボーイだった永山則夫が、行動者から獄中の表現者に変わったことは、まさに時間の経過を感じさせるものであったろう。行動者の消失、カルチャーの変化。ここからスタートしたのが村上春樹であったことはいうまでもない。中上は「青春の新宿」（一九七八年五月発表）に「その新宿が突然つまらなくなった。……変に新宿がよそよそしくなった。……昔のモダンジャズ喫茶店など一軒もない」と書いている。青春すなわち六〇年代的状況を表象していた「場所」の喪失の確認である。そしてその確認を彼に促したのが、初の渡米だったのではないか。一九七七年暮れから翌年一月にかけて彼はニューヨークで暮らしているが、この時期に現地でジャズに接し、青春とジャズの意味を自問している。

アイラーをニューヨークに着いた途端に思い出したその一カ月ほどのニューヨーク滞在は、ジャズと共にあった自分の青春の総括のような気がする。というのも、コルトレーンが死に、アイラーが死んだ今、私にはジャズがあの死んだものばかりを陳列してあたかもそれがまだ生きているように錯覚させる博物館の陳列物のようなものだという思いがある。

（「吹雪のハドソン川」）

彼はビレッジ・ゲイトでマッコイ・タイナーのピアノを聴くが、それがコルトレーンと組んでいたときの感動をもたらさず、またサックスは健康的ではあるが、「かつて、マッコイの弾いたピアノが吸い込まれてしまいそうな宗教性を持ったコルトレーンの音の強さとは比較にならない」と言い、「つまり、ジャズは死んでいるのだった」と断言する。彼には「何を聴いても、コルトレーンやアイラーのあの時代のコピーにすぎないと思える」のだ。このエッセーの中で彼は自らの十八歳から二十三歳までの時期を「かけがえのない五年間」と呼び、その後、モダンジャズ喫茶や当時同棲し「一緒にクスリを呑んだ」女性を回想する。「眼にかぶさってくる髪をかきあげながら」話す彼女はおそらくキャスのモデルであろう。さらにこれに続く別のエッセーで、ナイフで頬を傷つける少年やクスリを売っていた中年のヤクザ、同性愛的感情を抱くほど仲が良かったヤス（ユキ?）のことを語る。執筆時期は「焼けた眼、熱い喉」の直後だから、見方によればその後書もしくは解説にもなっている。その意味でも、次の言葉は執筆の動機を暗示しているようだ。

アイラーは確かにそのジャズで、否定せよ、破壊せよ、と言った。いや、それは単にアイラーだけではなかった。全てがそう言い、そう唱和した。その声を耳にし、口にした者が無傷なまま、このように社会が平穏になり、資本がらん熟し、若向文化が牙を抜かれたサブカルチャーとゆ着した今を生きられるはずがない。この社会や文化、状況、を否定するのなら、ファシストにも、テロリストにもなろう。（「新鮮な抒情」）

『十九歳のジェイコブ』は、ファシスト・ユキとテロリスト・ジェイコブの物語でもある。アメリカから帰国後、中上は、「この社会や文化、状況」を総称して「奇妙な厭な所」と呼んだ。彼によれば、ある種の「味の悪い閉塞感」が若い作家に共通してあり、それは「この時代の暴力に対する対応の方法のなさからでも来るのではないか」という。すなわち、「大人の体に変りはじめたその肉体が、一種統御のきかない暴力なのだ」が、「性と生の力」を「暴力と混同する見方が、この奇妙な厭な所を形づくっているし、味の悪い閉塞感を作っている」というのだ。同じころ、彼は別のエッセーで、一九六六年作の詩を引用した後、「自分が十九の時から、自分の肉である文章、文体が変っているのを知る」と書き、コルトレーンのように妥協はしないと言っている。その一方で、ステレオでジャズを聴く自らの状況に「絶望」し、「二十歳までを生きると書いた」永山則夫の言葉を思い出しつつ、「今、ジャズは爆弾のような気がする」と記した。このような思いを踏まえた上で、彼は次のような結論に達する。

つまり齢三十二になって、私は気づいたのである。自分の抱えた小説が、ブルトンやユイスマンスに代って、読者に、破壊せよ、錯乱せよ、と語りかける番だ。（「小説家の覚悟」）

他の作品にも当てはまる言葉だが、とりわけ『十九歳のジェイコブ』成立にかかわるものであることは明らかだろう。だが、中上は決して時代から乖離しない。時代の変化を作品に反映させてしまう。ユキの爆弾は不発に終り、彼は自殺するという設定はそう解釈すべきではないだろうか。そして作者の「青春の総括」であるこの小説は、結果として青春とその場所であった六〇年代的「新宿」を葬り去ったのだ。そのように見ればユキの死は、『羊をめぐる冒険』の「鼠」の死に先行していたことになる。一方、それは作者が八〇年代的状況を迎え入れるであろうことを予告してもいた。「新宿」はやがて『讃歌』や『軽蔑』、『熱風』の舞台となるもうひとつの「新宿」そして『野性の火炎樹』の「六本木」にとって代られるだろう。「順造」から「ジェイコブ」への名前の変化はその準備であったともいえる。六〇年代を生き延びた彼は、無国籍的街のとば口に立っているのだ。その意味で『十九歳のジェイコブ』と『野性の火炎樹』は連続している。

またジェイコブという名の由来だが、それをヤコブと読めば、旧約聖書（コルトレーンやアイラーの宗教性と結びつく装置）に出てくるイサクの第二子で、イスラエル民族の祖となった人物像が浮び上がる。彼は双生児の兄を欺いて相続権を奪い、母の故国ハランに赴く途上、天にかかる梯子を登り降りする天使の幻を見て神の加護を確信し、のちにカナンに帰る途中で再び天使の幻を見、また神と力くらべをする不思議な経験をしたという。だとすれば、兄殺しの「逆カイン」という意味でも、神的なものに触れるという意味でも、ジェイコブは大蔵であると同時にヤコブであると見ることができる。

最後になったが、ここで『野性の火炎樹』に触れておこう。この長篇では、雑誌初出時に同時進行していた未完の大作『異族』に登場し、本名はマサルだがマウイと自称する若者が、「路地」消滅後の「亜路地」フジナミの市を出て東京に行き、さらにダバオに向けて出発するまでが語られる。『異族』の後半でマウイが再登場する件は、この結末を受けている。だが、彼の出自、中本の血を引く「路地」出身の女ヨイと黒人米兵の混血児として生れたことが語られるのは『野性の火炎樹』においてである。

問題は語りの視点であるが、『野性の火炎樹』はその死後霊魂となったと噂され、「路地」の記憶を持つ人々が幻視したオリュウノオバの視点で語られている。この作品の構造の複雑さについては原善による文庫版の解説に詳しいが、ここで興味深いのは、先行作品である『千年の愉楽』中の「カンナカムイの翼」と『野性の火炎樹』の関係である。というのも、前者においては「路地」の人々が臨終のオバの「清澄な意識を想像する」という形で物語を発動させており、このことによって、「路地」が消滅した後の世界を批評しうる条件をすでに確保しているからだ。ある対談で中上は、別の系列に属する『地の果て　至上の時』において「もっぱら語り手にまわり、一歩しりぞいた位置からいつでもどこへでも侵入できる人物」であるモンを登場させたこと、そうすることでたとえばその作品の「二十年後の世界を描く場合にも、モンがこう語ったと別の誰かが語ったという視点を導き入れることで」、その「作品自体の意味を変容させることが出来ると思」ったと述べている。ここで中上が言う視点とは、まさに『野性の火炎樹』における視点に他ならない。したがって彼は、『地の果て　至上の時』以後に試みられるはずだった実験を、『野性の火炎樹』で先取りしたことになる。この外伝よりも本伝たる『異族』の方が、たとえ意図的であれ、より平板に感じられる原因のひとつは、この視点が欠けているためである。ところで、『野性の火炎樹』で浮上した混血というテーマであるが、『異族』では「新しい人種」の誕生が語られながらも結局展開していない。それは『異族』の評価とも関わってくる。すなわち重要なテーマである移動・増殖を、戦前日本の植民地主義的拡大政策のパロディーとして描くことに主眼があるのなら、混血の問題は副次的なものとして埋没してしまうだろうからだ。だが、実際にそうなのか。この問題を考えるには、むしろ『野性の火炎樹』を中心にして中上の作品を読み直す必要がありそうだ。

ノックとしての『蜘蛛女のキス』

共犯者

中上健次から手書きの原稿をもらったことがある。普段の彼は、事務用の横罫四十五行の用紙を縦に使い、それを一文字ずつ区切って、万年筆で書いた漢字や仮名で埋め尽くし、さながらアルハンブラ宮殿の壁や曼荼羅を思わせる原稿に仕立ててみせる。だがそのときは、市販の四百字詰原稿用紙を使ってもらった気がする。そのあたりの記憶は曖昧だが、いずれにせよ、彼以外ではありえないあの独特の筆跡だった。

一九八六年から八七年にかけてNHKテレビでスペイン語講座の講師を務めたときに、テキストの装丁と内容を一新してやろうという野望を抱いて担当編集者を口説き落とし、毎号読み物として日本の作家や漫画家のエッセーを入れることを認めてもらった。そこで普通なら登場しないはずの萩尾望都や青池保子らとともに、まだ知り合って間もない中上健次に執筆を依頼したところ快諾を得られたのだった。

当時、彼は伊豆大島のホテルにこもって「朝日ジャーナル」に連載中だった『奇蹟』の最終部を書いていた。まだ伊豆大島で起きた割れ目噴火が記憶にあったころである。そこへ原稿を取りに来いと言う。編集者のＯＫをもらい調布から飛行機で飛んだ。結局一泊し、翌日、散歩などしたあと港の喫茶店で僕が乗る船を待ちながら原稿を書いてもらったのだが、何を書けばいいかと訊かれたので、やはりスペイン語に絡んだ話がいいと応えると、彼はニューヨークのハーレムに行ったときのエピソードを思いついた。その地区にメキシコ系のバリオ、彼に言わせると〈ゲットウ〉すなわち〈路地〉を見つけて入り込むと、マリファナを買わないかと勧められた。そこでもちろん買ったという内容だった。面白いが校閲に引っかかりそうだとコメントした上で原稿を受け取り、そのときはそのときということにして編集部に届けたところ、案の定クレームがついた。想像がつくと思うが、「買った」というのが不適切だったのだ。そこで不承不承その旨を中上に伝えたところ、「やっぱりね」と言いながら、そこをあっさり「買わなかった」と変えてしまった。

彼らしさが損なわれるのは惜しかったが、その一方でオリジナルを知っていることによって彼と共犯関係になったのが愉快だった。それに語学テキストの読者は真面目だから、彼を品行方正な作家と取るだろうと思うと可笑しくてたまらなかった。

そのときの原稿はホテルで見せてもらった『奇蹟』の原稿ほどバロック的ではなかったが、書き込みもなく、美しいタペストリーのようだった。

作家のファーストネーム

「別冊太陽」の中上健次特集号に彼の自筆原稿の写真が載っている。それをじっと眺めていたら、いくつかの人名に目が留まった。マリオ、マヌエル、アドルフォ、カルロス……⁉ なんとラテンアメリカの作家のファーストネームが登場人物の名前として列挙されている。バルガス＝リョサに始まり、プイグ、ビオイ＝カサーレス、最後はフエンテスのものだ。これまで気づかなかったのは、文字が小さく密集しているので、写真だと凝視しないと判読できないせいだろう。その原稿とは作者の死によって未完となった『熱風』の一部である。偶然だが、この種の遊びをカルロス・フエンテスも同時期にやっていて、『オレンジの樹、あるいは時の円環』（一九九三年）に収められた短篇の一つで彼は、ミシマ、カワバタ、タニザキ、アクタガワ、エンドウとともにオベ（オオエ＋アベ）などという作家名を日本の企業に与えている。発想は似たようなものと言えそうだが、フエンテスが日本の企業を新たな植民者として否定的に捉え、皮肉を込めてそれらの名前を使っているのに対し、中上の場合はおそらく皮肉を込めてはいない。

『熱風』は中上の後期の代表作である『千年の愉楽』の後日譚と読むこともできる。連作短篇の一つ「天人五衰」の主人公オリエントの康は、〈路地〉に生まれ、美男だが短命という宿命を負った中本一族の若い荒くれ者で、大陸から復員したものの新天地に移住したいと思っている。新天地とは南米のブエノスアイレス、サンパウロ、バイアを指す。彼は、地廻りの若衆にピストルで狙撃されて瀕死の重傷を負うが、一命を取り留める。その後、今度は手下の若者に撃たれるものの、またしても助かり、ブラジルに向かう船に乗る。やがてブエノスアイレスから手紙が届き、そこには彼が革命運動に巻き込まれて死んだらしいとスペイン語で書かれていた。物語はここで終わるが、彼の死が確定したわけではない。しかも物語は〈路地〉の産婆であるオリュウノオバという老婆の記憶の中で生起しているため、通時的時間の制約を必ずしも受けないという設定になっているのだ。

すると『熱風』で、オリエントの康の息子と称する若者が南米から新宿二丁目にやってくることが語られる。ここで物語は時空を超えて接合される。もっとも『熱風』では、オリュウノオバの呼び名がスペイン語でママ・グランデ・オリュウと変わっている。これがガルシア＝マルケスの短篇集『ママ・グランデの葬儀』の表題作あたりから採られていることは明らかだ。

中上は村上春樹との対談で、「『千年の愉楽』をガルシア＝マルケスの影響下に出て来たという人がいるけど、全然違うんだ。影響されたのは、フォークナーであり、それからジョイスなんだ」と釈明している。フォークナーの影響が『岬』から顕著になることは自他ともに認めているが、彼はラテンアメリカ文学をいつから読みだしたのだろう。一九七九年刊行のエッセー集『破壊せよ、とアイラーは言った』にはコルタサルの『石蹴り遊び』に触れた一篇があり、その中で作者が読み進めるべき順番を指定した冒頭のコード表についてジャズと関連させているから、おそらく集英社版「世界の文学」のシリーズが出たころと思われる。そして一九八三年に『族長の秋』（ガルシア＝マルケス）を皮切りに刊行が開始された叢書「ラテンアメリカの文学」はすべてではないにしても読んでいるだろう。

また中上は一九八三年の九月、「朝日ジャーナル」に、彼がラテンアメリカとの親近性を見ていたフィリピンのベニグノ・アキノ大統領候補暗殺についてエッセーを寄せている。そこで『予告された殺人の記録』（ガルシア＝マルケス）との類似に触れているから、同年の「新潮」二月号に載った拙訳を読んでいるはずだ。まだ中上に面識はなかった当時、僕も同じ感想を抱いていた。

それに、影響は否定しているとはいえ、『千年の愉楽』の執筆にあたり、『百年の孤独』（ガルシア＝マルケス）もあらためて読んだのではないだろうか。少なくとも、熊野大学のシンポジウムが開かれた折に中上かすみ夫人は、彼がこの長篇を読んでいたということを証言している。その意味で、一九八〇年代から亡くなる一九九二年までの間、彼はラテンアメリカ文学にかなり接近したと見ることができるだろう。先の作家名の列挙もその一つの表れなのだ。

挑発の意味するところ

「中上健次です」。野太いがくぐもった声がいまだに耳に残っている。その声は、直前に聞いた、早稲田祭で行われた萩尾望都、中沢新一、そして中上による鼎談のときとはどこか違っていた。中上の肉声を聞くのはそれが初めてだったが、マイクを通した声よりも緊張している感じがしたのだ。打ち上げに誘われ、大学のキャンパスから会場に向かう途中、当時「海」の編集者で、このイベントの司会を務めた坂下裕明氏が僕を『蜘蛛女のキス』の訳者として紹介してくれた。すると、彼の口から飛び出した言葉は、人を面食らわせるものだった。

『蜘蛛女のキス』はちっとも面白くないよ。あれなら唐十郎のほうがずっと面白いぞ」

と、初対面の僕にむかっていきなり挑発するような言い方をしたのだ。不意をつかれた僕が何と答えたかはまったく覚えていない。多分無言だったのだろう。

あの挑発の意味が今はわかる。映画化された『予告された殺人の記録』をめぐって「ユリイカ」で対談を行ったときに、彼自身がその意味を明らかにしたのだ。中上の描く暴力について問題にしたときのことである。バルガス＝リョサらを引き合いに出しながら、彼らが描く暴力は人が相手でも物に対するのと同じだが、中上の場合はそれと違ってどこか優しさがあると指摘すると、彼はこう応えた。

「そうなんだよ。だからそれは暴力じゃないんだよ。ラテンアメリカの暴力とか、フォークナーだけじゃなくて南部の作家の暴力というのは、やはり唯物的だよ、テーゼがあってアンチテーゼがあるみたいなさ。そこで発動される個体差の暴力だ、と思うんだよね。で、俺の書いている暴力というのは、なんかノックしているというか、ドアをドンドンやってるという、そういう暴力だと思うんだよ、つまりノックして、そこから人との関係が始まるみたいなね。」

この発言を踏まえれば、先の挑発は、ジャブあるいは彼の言葉を借りれば最初の「ノック」だったことになる。つまりあれは挨拶代わりで、お前の訳した『蜘蛛女のキス』を読んだぞという意味だったのだ。彼が唐十郎を引き合いに出したところであれこれ質問しなかったのが惜しまれる。

新宮市の神倉神社で行われる御燈祭《おとうまつり》には何回か参加しているが、そちらではなく熊野大学に初めて参加したのも、彼がまだ元気そうだったときで、会場は熊野速玉大社だった。講師として招かれた僕は、当時日本でもちょっとしたブームになっていたラテンアメリカ文学をテーマに一時間ほど喋ったと思うが、いつものようにすっかり上がっていたので、内容は覚えていない。ただ録音されていたお蔭で、他の講義録とともに後に冊子に収録され、読むことはできる。今、手元にないので正確には紹介できないが、とにかくラテンアメリカ文学がいかにすごいかということを、ガルシア゠マルケスやバルガス゠リョサらを引き合いに出しながら語っていたようだ。この講義の後、中上の山本健吉の本を読むという講義が続く予定だったが、僕が熱くなりすぎたからだろう、結局彼はコメントという形でもっぱらラテンアメリカ文学についての話をしたのだった。

それに先立ち、別の会場で彼は句会も開いていた。宇多喜代子さんを招いての会で、そこで飛び入りの審査員を務めさせられるという面白い体験をしたのだが、土地の女性が詠んだ句に蜘蛛女が出てきたのは嬉しい驚きだった。中上が宣伝してくれたのか、彼女はプイグの『蜘蛛女のキス』を読んでいて、そのことを句で伝えるという洒落た遊びで歓待してくれたのだ。このサプライズのお蔭で新宮という土地がさらに身近になった気がしたものだ。

世界の同世代ライバル

中上健次がラテンアメリカに抱いていたイメージは、第三世界的なものだった。『千年の愉楽』で想起されるのも、ヨーロッパ的都市ではなく、その周縁のスラムすなわち〈ゲットウ＝路地〉である。どこに行こうが結局彼は〈ゲットウ〉を探し当ててしまうのだ。ボルヘスとの対談で中上がタンゴに触れ、「きのうも深夜営業の酒場で夜中の二時からずっと聴いていました」と言ったとき、ボルヘスが「私は一度もタンゴを聴いたことがありません」とはぐらかすように応じたのは、中上にいかがわしいものを嗜好する性癖があるのを感じ取った彼が、同じリングに上がらないよう、挑発をかわそうとしたのだろう。

中上は「ユリイカ」のラテンアメリカ文学特集号に載ったキューバのレイナルド・アレナスの短篇「花壇の中のベスティアル」をとても気に入っていた。貧しい農村で家族から虐げられる詩人の魂を持った少年のモノローグからなる作品だが、彼はおそらく作者の背後に〈路地〉があると感じたに違いない。アレナスがゲイであることまで察したかどうかはわからないが、彼が人間を把握する独特の嗅覚を持っていたことは確かだ。先に引用した村上春樹との対談で、世界の同世代でライバルとなる作家として中上がサルマン・ラシュディを挙げたとき、村上はポスト・ガルシア＝マルケスの代表格であるこのインド出身のイギリス作家を知らなかった。ここに二人の好みの違いがはっきりと表れている。

どういう作家を好むかというのは、ある作家を知る上で一つのバロメーターとなる。典型的なのがガルシア＝マルケスとバルガス＝リョサのどちらを好むかという二者択一である。中上との対談の中で、彼は安部公房がリョサを嫌っているという話をした。理由は明らかではないが、トポスを作るかそれを探すかということだけでも二人の文学観が違っていることは確かだ。中上が安部に与《くみ》するのは、〈路地〉というトポスを作った作家だからだろう。しかも彼はバルガス＝リョサが先住民を制圧する側にいると言う。バルガス＝リョサがヨーロッパ志向の強い作家であることは間違いない。彼は若いころサルトルに心酔していた。だがガルシア＝マルケスは早くからサルトルを煙たがっている。一方、両者ともフォークナーの影響を強く受けている。ただ、バルガス＝リョサの場合は性と暴力という要素を受け継いだのに対し、ガルシア＝マルケスはそれに加えトポス、血縁など、より多くの要素を共有している。中上が後者と共通することは言うまでもない。

ここで大江健三郎のポジションというのが気になるが、サルトリアンにしてフォークネリアンである大江はトポスを作った作家でもある。だからこそ、ガルシア＝マルケスとバルガス＝リョサの双方を相手にできるのだろう。

中上は生前ラテンアメリカに行く機会がなかった。ラテンアメリカ人とは言えないが、ボブ・マーリーにしても会ったのはジャマイカでではなくサンフランシスコにおいてである。しかし彼は、メキシコでガルシア＝マルケスに会い、さらに中米を旅する計画を持っていた。そのときは付いて来てほしいと言われたことがある。亡くなる数年前のことだ。もし実現していたらというのは単なる仮定に過ぎないが、アメリカの中のラテンアメリカに接したに過ぎない彼が、国境の川リオ・グランデを越えたとき、何を見て何を考えただろうか。何よりもどんな新作を書いただろうか。さらに足を延ばして南米に行き、マコンドのモデルとなった共同体やブエノスアイレス、サンパウロ、バイアを訪れていたら。こう想像するとき、僕はオリュウノオバ、いや、ママ・グランデ・オリュウになっている。

第三章　ラテンアメリカの作家
ラテンアメリカの文化

ボルヘスのユーモア

ボルヘスは詩、短篇、エッセー、講演と形式を変えながら、同じモチーフやイメージを何度も利用している。典型的なものにたとえば万物流転を説くヘラクレイトスの川や、現実とは何かを問うコールリッジの夢と薔薇などがあるが、どれもそれを使う文脈にぴったりはまるので、必ずしも使い回しという印象を受けない。

「同じ川に二度入ることはできない。なぜなら私が二度目に川の流れに浸ったときには、私も流れもすでに変わっているからだ」。このヘラクレイトスの川の比喩を、オリジナルそのものとボルヘスによるその引用の両方をもじったと思われるのが、アウグスト・モンテローソの「川の流れが緩やかで、良い自転車か馬があれば、その川で二度（そして各人の衛生状態が必要とするなら三度でも）水を浴びることができる」という一節だ。さらにロベルト・ボラーニョがそれを『アメリカ大陸のナチ文学』でエピグラフとして用いている。つまりヘラクレイトスの川の暗喩がボルヘスに利用され、それをモンテローソがパロディにして再利用し、それをボラーニョがエピグラフとして再利用しているのだ。ここには文学の共同遊戯性とユーモアが窺え、何とも楽しくなってくる。ボラーニョがボルヘスのユーモアに大きな価値を見出しているのもうなずける。

だが世界の現実は深刻だ。自己中心的な世界観の持ち主やその支持者が跋扈し、争いと争いの火種を生んでいる。キオスクに並ぶ新聞の見出しを見ると、果たして自分がいつの時代にいるのかわからなくなるほどだ。まるでドイツ表現主義の絵画のなかにいるような不安に襲われる。夢を見るせいか眠りが浅い。ほとんど覚えていないが、毎回悪夢の後味が残る。もし再現できたら、その光景はさぞかし恐ろしいに違いない。満天の星が動き出したと思ったら宇宙戦争の開始だったという夢は覚えているが、それはまだスペクタクル的なところがある。とにかく『七つの夜』でボルヘスが語る悪夢とはずいぶん違い、こちらの夢はむしろボラーニョ的かもしれない。ナチの記憶が今の世界に甦るように、ニュースに接するたび、軍国主義の記憶が甦る。それに核不拡散条約再検討会議が失敗したため、終末時計は三分を切ったはずだ。ムンクの不安の『叫び』が聞こえてくる。

そんなとき、ボルヘスのユーモアが救いになる。「作品による救済について」を読むことで、どれだけ救われることか。出雲に集った八百万の神が見守っている。俳句すなわち芸術をもつことこそが人間の証明であることを、人はもっと自覚すべきだろう。再来日したボルヘスとエレベーターのなかでこんな会話を交わしたのを思い出す。

弟子「芭蕉は小さな庵を持っていました。シェルターみたいなものです」

ボルヘス「そりゃいいね」
弟子「先生、核戦争が起きたらどうしましょう？」
ボルヘス「では『源氏物語』を持って、その庵に逃げ込むことにしよう」

物語の変貌を知る愉しみ　マヌエル・プイグと『蜘蛛女のキス』

セルロイドのフィルムになりたい

アルゼンチンの作家、マヌエル・プイグは、一九三二年にブエノスアイレス州のはずれのヘネラル・ビジェガスで生まれている。首都ブエノスアイレスから列車で十二時間という、新移民によって作られたパンパの中の島のような田舎町だ。娯楽といえば映画くらいしかなく、プイグは幼い頃から母親に連れられて映画館に通った。そこは男らしさを賛美し、文化や芸術を女々しいものとしてさげすむような開拓地の、殺伐とした現実を忘れられる唯一の場所だった。そこでの至福の体験が、やがて彼の人生と深く関わることになる。

ラテンアメリカの作家たちには映画好きが多いとはいえ、本気で映画監督を目指したのはプイグくらいなものだろう。セルロイドのフィルムそのものになってしまいたいと願うほどのシネフリークだった彼はローマに留学し、チネチッタで助監督を務めるまでになる。ところが権力を振るう監督と横暴な女優を目の当たりにして、自分が働く場所ではないことを悟るのだ。シナリオ執筆も試みた。しかし出来上がってみると、どれもがハリウッドの有名な作品のコピーでしかなかった。彼はコピーを楽しんでいたのだ。ここでも挫折したプイグに友人のカメラマン、ネストル・アルメンドロスが小説を書くことを勧める。

プイグはローマを後にし、ニューヨークで故郷を舞台にした小説の執筆を開始する。こうして出来上がったのが長篇『リタ・ヘイワースの背信』（一九六八年）である。この作品は会話、内的独白、対話、日記、作文、手紙などのコラージュで、ボルヘスらの知的エリート作家の作品とは異なり、作者の声が聞こえない。そのスタイルは実にポップでユニークだった。一九六〇年代のラテンアメリカでは実験的な新小説が盛んに書かれたが、これほどラディカルな作品は珍しい。その性格が災いしてスペインの文学賞を逃すものの、母国で出版されると大きな反響を呼び、彼は一躍人気作家となるのだ。以後、一九九〇年に亡くなるまでに八つの長篇を書き、三作目以降の舞台は故郷を離れるが、そのポップなスタイルは一貫している。

「愛してる」という言葉を残して

『蜘蛛女のキス』（一九七六年）は四つ目の長篇で、プイグの代表作と言えるだろう。主人公は中年のゲイであるモリーナと革命家バレンティンの二人で、テクストの大部分は彼らが交わす会話から成っている。物語が始まると突然誰かが映画のストーリーを語っている。声だけが聞こえるのだ。やがてもうひとつの声が聞こえる。そのうち二人の会話からそこが刑務所の監房であることが分かってくる。もちろん小説だからこそ可能な焦らしで、ビジュアルなストレートプレイや映画にこのプロセスはない。

モリーナが毎晩消灯前に語って聞かせる映画は合計六本になるが、プイグ自身が戯曲を手がけたストレートプレイ版では「黒豹女」すなわちジャック・ターナー監督の怪奇映画「キャット・ピープル」の物語ひとつに絞られている。これに対しブラジルのエクトル・バベンコが撮った映画版では、プイグが最も気に入っている「キャット・ピープル」ではなく、ナチの宣伝映画を下敷きにした合成作品が使われているのは、それならば版権の問題がないからだという。しかし、二つの引用映画を比べてみるとあることに気付く。どちらの結末もヒロインが死に、やがて訪れるモリーナの死を予告しているのだが、モリーナの心理によって様々な脚色が施されているのだ。前者の物語では、彼がゲイであることが巧みに暗示される一方、彼が死を選んだ理由にはいくつもの解釈が成り立つ。それに対し後者では、暗示されているのは彼が当局のスパイでありながら、命令に背いて愛する男のために死ぬということである。それはモリーナの死の唯一の解釈とも言える。一方、テレンス・マクナリーの脚本によるミュージカル版では、引用映画の量はそれほど多くないがモリーナの夢を表し、そこではヒロインは愛する男の身代わりに死ぬ。そして実際モリーナも、「愛してる」という言葉をバレンティンに残して死ぬ。つまりミュージカルではモリーナの献身的な愛の物語という性格が強められているのだ。以前、ロサンジェルスでチタ・リヴェラが出演したミュージカル版を観たときも（アルゼンチン出身の俳優が演じるモリーナが実に美しく愛らしかった）、日本で初演されたミュージカル版を観たときも、その印象は変わらなかった。

多面的な読みを許す豊饒な物語

ふたたび小説に戻ると、この作品の面白さのひとつは、あらゆる面で対照的な主人公が対話を繰り返すうちに、二人の間に相互浸透が生じるところである。表面的には相手の特徴を批判しつつ、深層レベルで受け入れていき、ついに変化が表に現れる。この変化は成長を意味し、それが物語をドライブする力となっている（日本でも上演された『薔薇の花束の秘密』はこの相互浸透を中心に据えている）。もちろん引用映画の展開もそうだし、モリーナが死に向かって進む時間の経過もそうだ。閉ざされた監房の中で展開する一見静的な物語でありながら、それらが一体となって作る大きな推進力が、読者をラストへ向かってぐいぐい運んでいくのである。

この小説は多面的読みが可能で、政治小説として読むこともできるし、今風にジェンダーについて論じるための格好の材料ともなるだろう。正義感の強いバレンティンが男性性という幻想に強く捕われた存在であることや、モリーナが古い女性をモデルとしたゲイであり、二重の意味で社会的に構築された女性性に捕われていることは明らかだ。いや彼の場合は性同一性障害なのだという解釈もありうる。そうした問題を扱うことが可能であるからこそ、プイグは小説を書き出したのである。小説、映画、ストレートプレー、ミュージカルはそれぞれ独立したジャンルなのだから、個別に楽しめばいい。もちろんそうだが、それらを比べたときに見えてくるものがある。同じ物語がジャンルや解釈によって変貌しているのだ。それを知るのもまたひとつの愉しみと言える。

対立と和解――小説から映画へ　『蜘蛛女のキス』DVD解説

優れた小説を原作とする映画は失敗しやすいという。スペインの映画監督ビクトル・エリセによれば、だから原作は三文小説のほうがいいということになる。だとすると、『蜘蛛女のキス』の場合は例外かもしれない。文学的に高い評価を受けたマヌエル・プイグのベストセラー小説を下敷きにしながら映画版も当たり、主演のウイリアム・ハートがアカデミー賞を受賞してさえいるからだ。またこの小説はプイグの手で戯曲化されて舞台になり、さらにはブロードウェイのミュージカルにまでなっている。そしてそのすべてが日本でも上演されているのだ。

作家プイグとは

初めに、原作を読んでいない人のために、プイグについて簡単に触れておこう。彼は一九三二年にアルゼンチンのパンパの孤島のような田舎町ヘネラル・ビジェガスで生まれている。幼い頃から母親に連れられて映画館に通うようになるが、見る映画は母親の好みが反映して、ハリウッドの女優が出演する作品が多かった。映画館の暗闇は、マチスモが支配的な共同体において、母親にとっても彼にとっても安心できる唯一の場所だった。この体験はプイグにとって決定的であり、のちに様々な形で小説に反映する。モリーナと映画の関係もその変奏と見ていいだろう。プイグは一九九〇年に母親同伴で初来日を果たすが、その年に惜しくも亡くなっている。彼が遺した小説は八つあり、最初の二作すなわち『リタ・ヘイワースの背信』と『赤い唇』は故郷がモデルの田舎町を舞台にしているが、三作目からは舞台は変わり、ニューヨーク、メキシコ市、リオなど、国外で自主亡命生活を送った彼の軌跡としばしば重なることになる。第一作に出てくる映画好きで同性愛的傾向を示す少年には、幼い頃のプイグの面影が感じられ、モリーナはその少年が大人になったようなところがある。プイグはゲイだったが、ただしモリーナが等身大の分身というわけではない。そのモリーナが登場する『蜘蛛女のキス』は、四作目の長篇である。

村上春樹が読むプイグ

以前、プイグを読んだ村上春樹が、その感想を述べたエッセーがある。彼はそこで、互いに映画を目指しながら挫折したというよく似た経歴もさることながら、プイグに本当に共感するのは、その屈折した言語感覚によると言っている。プイグの文章の中には常に映画言語が流れていて、「彼はそれを絶対に彼にしかできないやり方で、あたかも錬金術師のように、小説言語へと転換させる」。この独特の言語を村上春樹は「形而上的」と形容し、それはつまり「場末の三番館の暗闇の中に響きわたるハリウッド映画の科白と同質」であるということだと説明している(「ファニー・ファニー・プイグ」)。そうであれば、プイグの小説を映画化するということは、映画言語を小説言語に転換させたものを、ふたたび映画言語に戻してやるということになるだろう。もっともこうした屈折振りは、言葉に敏感な作家であるからこそ感じ取れるものなのかもしれない。いずれにせよ、筆者が小説『蜘蛛女のキス』を日本語に翻訳したときの経験からすると、あたかも自分が映画の中にいる気がしたことは確かだ。自分がモリーナであると同時にバレンティンでもある。二人は対比的に描かれてはいるが、おそらくいずれも作者プイグの分身なのだろう。

二項対立

小説ではこの二人のキャラクターの対照性がダイアローグの力強さを生むと同時に、それを分かりやすいものにしている。映画版でもこの対照性が生かされている。モリーナは男性というジエンダーを与えられているが、セクシュアリティからすると女性である。ゲイということになっているが、今(二〇一〇年)なら性同一性障害と見なされるかもしれない。とにかく、意識は女性なのであり、モデルは母親、そして往年のハリウッドの女優たちである。映画版では彼が語るナチの映画のヒロイン、レニということになるだろう。モリーナというのは本来姓であり、洗礼名はルイス・アルベルトなのだが、その女性的な響きにより作中でモリーナと呼ばれているにちがいない。

ここで複雑なのは、レニはモリーナが語ることで存在するということだ。つまりわれわれは、本当はモリーナが頭で描いているヒロイン像を共有することはできない。しかし映画がありがたいのは、それを目で見ることができることだ。ここでもうひとつ問題が起きる。モリーナが語る映画は、すでにモリーナの願望や欲望によってデフォルメされていることである。もっとも小説でもこれは同じだ。つまり、たまたま実在する映画を見た読者のみがそのデフォルメの具合に気づくことになるからだ。したがって、モリーナの語りを聞くバレンティンも同じヒロイン像は共有できないことになる。もっともそれは現実においては当たり前のことで、しかもバレンティンは批判的に語りを聞いている。そして彼の批判も二人のキャラクターの違いを際立たせている。つまり、モリーナはおそらく学歴は低く、政治的イデオロギーを持たず、現実の社会に対しては受身である。また、愛については無償の愛というい わば古風なそれを好む。映画は娯楽性の強い、ロマンチックで、美しいものが好きだ。彼はファンタジーに酔えるのだ。芸術一般を愛する彼は、ハイカルチャーとローカルチャーを区別しない。音楽にしても、オペラとボレロを等しく愛している。一方、バレンティンという名には勇気という意味が含まれ、男性性を感じさせる。実際、彼は性的にはヘテロで、マッチョな振舞いと考え方を特徴としている。大学で政治学を学んだというように学歴は高く、教養があり、マルクス主義を信奉し、社会変革を目指しているが、かなり教条主義的である。映画の話を聞いても、楽しむのではなく分析してしまう。モリーナが美的なものを見るとき、バレンティンはそこに政治性を見てしまう。そしてモリーナのファンタジーを絶えずリアリズムによって現実へと引き戻すのだ。また、ハイカルチャーとローカルチャーを区別し、モリーナが好む映画を低俗と見なしている。彼はブルジョアを批判しながら、その実ブルジョアに憧れている。マルタへの思いには、彼の社会的上昇志向性が含まれてもいるようだ。

相互浸透あるいは二項対立の廃棄

小説同様この映画版も、相反する特徴を備えた二人が、映画とダイアローグを通じて接近していき、毒入りの食事を食べたことによる下痢騒動を契機に互いの間に信頼関係もしくは愛情さえ芽生えるようになるというプロットを備えている（スカトロジーによる関係性の変化はバフチンのカーニバル理論を思い出させる）。つまりここでそれまでの二項対立が廃棄されるのだ。いや、必ずしも断定はできない。その曖昧さもこの映画版の特徴だからだ。したがって、観客にはバレンティンが最後に見る夢に蜘蛛女となったモリーナが現れるのをどう見るかが問われる。彼の意識もしくは無意識にモリーナが住み着くようになったとすれば、二項対立は廃棄され、対立していた要素は和解したということになるだろう。しかし、バレンティンは変わらなかったという見方もできる。マチスモという思想からは、ちょっとやそっとでは逃れることはできないからだ。ラウル・ジュリアが演じるバレンティンのマチスモはその教条主義同様かなり手ごわい。モリーナを暴力的に突き飛ばした彼が同性愛に応じるのが不思議なくらいだ。このあたりはプイグではなく、監督バベンコの考えが色濃く出ているようだ。あるいはバレンティンはモルヒネを打たれて眠り、夢を見るのだが、彼はその後目覚めて生き返るのだろうか。それとも……。

映画の召喚

小説、映画、ストレートプレー、ミュージカルのいずれにおいてもモリーナは映画のストーリーをバレンティンに語って聞かせる。小説では古いＲＫＯの怪奇映画シリーズのひとつ「キャット・ピープル」をはじめ、計六本の映画が引用される。ストレートプレーではその「キャット・ピープル」のみが用いられている。またミュージカルでは、ロシア革命を背景にオーロラという女優が悲劇的最期を遂げる映画のストーリーが語られる。そして映画版ではナチの映画だが、これは小説のために「大いなる愛」などのドイツ映画をもとにプイグが合成して作った架空の映画らしい。本当は映画版でも「キャット・ピープル」を使いたかったのだがコピーライトの関係で使えなかったということを、来日したプイグから聞いた。

そもそもプイグは「ドラキュラ」の物語をモリーナに語らせるつもりだったのが、テレビで「キャット・ピープル」を見てこれこそうってつけの映画だと思い、差し替えたという。その経緯は、モリーナが主人公の出身地をトランシルバニア地方だと言ったときに、バレンティンが放つ「ドラキュラの故郷だ」という一言に名残を留めている。しかし、興味深いのは、小説の冒頭から始まるこの映画のストーリーが、実はモリーナによって改変されていることである。これは実に手が込んでいて、その改変からモリーナに関する様々な情報が読み取れる仕組みになっている。たとえば主人公の女性イレーナを描写するのに必要以上にエロティックな表現を使うのだが、ここにはバレンティンを挑発し、刺激して、彼のガードを崩す狙いがある。また同性愛への誘惑という意味もあるようだ。それらは映画版の冒頭でモリーナがレニについて描写するところに生かされている。バレンティンの性欲を刺激するのだ。

もっとも大胆な改変は、イレーナがセントラルパークで出会った青年のアパートに行き、そこに泊まることだ。イレーナの目を通して部屋の様子が描写される。するとバレンティンはマザコンの影を見出し、指摘する。それはモリーナがマザコンであることの指摘にもなっている。ところがオリジナルの映画では、青年がイレーナのアパートに泊まるのだ。つまりマザコンのことは話題にできない。小説でモリーナは無意識に改変しているのだが、ここは明らかに作者がモリーナに改変させている。そうすることで、二人の間にダイアローグが発生し、両者の嗜好や考え方の違いが読者に分かるようになっている。とりわけモリーナがゲイであることが見えてくる。イレーナにはキスが禁じられていると語ることで、自分にはいわゆるノーマルな性行為ができないことを間接的に訴えているのである。それはタイトルに繋がる重要な部分である。

映画版では「キャット・ピープル」ではなく、ナチの映画が使われている。その映画でミッシェルというナチの高官の子供を宿したパルチザンの女性が仲間のトラックにひき殺される場面があり、それを聞いてバレンティンは自分の恋人のことを思い出す。だとすると、モリーナは彼を動揺させることに成功したことになる。それに対し、主役のレニがスパイ行為を働くという話を語ることを通じて、モリーナは自分がスパイであることとその辛さを仄めかしてもいる。さらに、レニが愛する男のために自己を犠牲にし、殉死することを語りつつ、あたかも自分の運命を予告しているようでもある。少なくとも映画版は、割合シンプルにモリーナの最期と符合する形にしていると言えるだろう。もしそうであるなら、モリーナはバレンティンのために殉死したことになるのだが。もっともそれでは彼が好意を抱いていたレストランのウェイターが浮いてしまう。だからウェイターに振られるという設定にして、モリーナの寄る辺なさを強めたのかもしれない。このあたりのモリーナの心理は実に複雑だ。いずれにせよ、モリーナの語るナチの映画は彼の最後の行動の謎を解くためのひとつの鍵にはなるだろう。

映画の召喚ということで言えば、バベンコは自作の映画を引用することで、この映画版が自分の作品であることを主張するようなマーキングを行っていることに気づく。その自作の映画とは彼の代表作「ピショット」である。サンパウロのストリートチルドレンの生態を描いたハードな作品で、救いがない。感化院に収容されている少年のひとりはゲイであり、また別の少年は殺されてゴミ捨て場のような空き地に捨てられる。映画版「蜘蛛女のキス」でのモリーナはその少年たちを彷彿とさせるのだ。それからもうひとつは、映画版のラストでバレンティンが見る夢である。マルタに救い出されたバレンティンが湖か海かはっきりしないが、水辺に行き、そこから小舟で沖へと漕ぎ出す。その水辺で二人が抱きあうシーンが、ピショットたちが見るポルノビデオのシーンと瓜二つなのだ。これもバベンコの遊びと思われるがどうだろう。

舞台の置き換え

小説と映画版で設定が大きく異なるのは、物語が展開する舞台である。というのも、小説ではブエノスアイレスであることがはっきりしているのに対し、映画版では都市の風景からしてどうやらブラジルのサンパウロらしいからだ。その変更の理由はたぶんバベンコが、アルゼンチン出身でありながら、放浪の後にブラジルに辿り着き、ここを活動の本拠地としたことによるだろう。しかもプイグも長らくリオで暮らしている。

ところでこの変更は、新たに二項対立をいくつも生み出した。まず気候だが、小説は寒い世界としているために、二人のユートピアは南国の島ということになる。また寒さによって二人は互いの温もりを求め合うようになり、それがベッドインへとスムーズに導く働きをしている。一方、映画版は暑さを感じさせ、登場人物は絶えず汗を掻いている。それはこの都市の混沌やエネルギーと繋がっている。そこでは常に不穏な空気が漂い、いつ暴動が起きてもおかしくない。これもバベンコの「ピショット」と似ている。

小説の監房は閉ざされた密室の性格が強いのに対し、映画版の監房には窓があり、外界の様子が見え、他の監房の様子も分かる。小説の密室は映画館に似ていて、消灯後にモリーナが映画を語るのに適していると同時に、その暗闇はモリーナにとって安全な場所である母親の胎内を思わせる。そこでお気に入りの映画のことを考えるのが、彼にとって至福のときなのだ。映画版では開放的な場所として描くことで、密室ではなく外界との繋がりがある場所であることを明示している。小説では各人が外界から隔離されているようだが、その意識は社会と繋がっていることを示しているのと対照的だ。囚人や看守に目を転じると、映画版では多人種であり、黒人や混血の存在がやはり混沌を感じさせる。それはブエノスアイレスやリオのような古い世界ではなく、激しく息づく人間くさい新しい世界であり、バベンコが後にしたブエノスアイレスに対する批判になっているようでもある。つまりヨーロッパ志向が強く、完成され、エリートによって仕切られるため、バベンコが入る余地のない世界に対する批判である。

小説ではモリーナの死はあまりにあっけない。しかも出所してからの彼の行動は警察の報告書によって無機的に語られるにすぎない。それが切なさを感じさせるとともに、バレンティンの生を際立たせてもいる。モリーナはあくまで他人に尽くす存在なのだ。一方映画版では、報告書の内容が映像で示されるだけでなく、モリーナが撃たれてから倒れ、空き地に選ばれるまでが延々と引き伸ばされる。主役はモリーナなのだ。ここはウイリアム・ハートの見せ場であると同時に、観客に対しパセティックな情動を目一杯味わわせてくれる時間でもある。報告書がいわば脚本であるとすれば、映画版はそれを映像化したと言えるだろう。

ユーモアの行方

映画版を見て笑う場面は少ない。むしろシリアスで緊迫した場面が多い。また暴力が頻繁にある。観客が手に汗を握ってしまうことも多い。小説ではかなり笑いを誘う場面や科白があるのは、主人公二人がドン・キホーテとサンチョの組み合わせに似ているからかもしれない。ダイアローグに突っ込みが入るのだ。それに対し映画版ではバレンティンの生真面目さが緩むことはほとんどない。バベンコは基本的に社会派の監督なのだろう。小説のユーモアの要素について訊ねたとき、プイグは、現実にはユーモアがあるから小説にもあるのだと答えた。ロサンジェルスで見たミュージカルにも、日本で上演されたロバート・アラン・アッカーマン演出のストレートプレーにもユーモアがあった。だから正直に言えば、映画版にももう少しユーモラスな場面があってもいいと思うのだが、そこは監督と脚本家の好みということになるのだろう。そういえば脚本担当はアメリカ人のレナード・シュレーダーである。つまりここには翻訳の問題があるということだ。それは言葉の問題だけでなく、文化の翻訳の問題もある。その結果がユーモアの行方に繋がっているのだろう。アルゼンチンとアメリカ、南米と北米の文化の違いが小説と映画版に反映しているのではないかということを、日本でのシンポジウムでプイグに投げかけたところ、彼はそのとおりと立ち上がって言ったのを、今でも覚えている。

密室と対話の力 マヌエル・プイグ著 戯曲『薔薇の花束の秘密』

現実とはひとつの密室かもしれない。マヌエル・プイグの作品を読むと、そんな気がしてくる。あるいはそのことに気づかされると言った方が正確だろう。彼が舞台とするのは、母胎のような映画館だったり、監獄だったり、病院だったり、マンションの一室だったりと、形を変えながらも密室性において共通している。それらは閉塞的な現実そのもののメタファのようだ。

戯曲『薔薇の花束の秘密』も一種の密室劇である。どんなに豪華であろうと、外界から隔離された病院とその個室は入れ子状の密室になっている。登場するのは患者と付添婦という、立場の異なる二人の女性だが、両者とも挫折感や失意、悲しみを抱え込んでいる点で共通している。その負の要素は、社会的地位の違いを背景に、一方は傲慢で高圧的な態度、もう一方は控えめと言うよりは卑屈な態度として表れる。その結果、相反する特徴を備えるキャラクターが動き出し、大抵は上位にある患者の方が爆発して小さな事件が生じ、ドラマを推進していく。

かりに二人の単に平板な会話が続くなら、衝突はあっても時空間は広がらない。だがプイグはそこに夢や願望を注入する。すると、複数の時空間が発生し、その結果、目の前の現実がカレードスコープのように複雑になる。

彼の代表作で舞台、映画、ミュージカルにもなった小説『蜘蛛女のキス』はこの手法を最も巧みに使った例と言える。刑務所の監房の中でゲイのウインドデコレーターとマッチョの革命家という対照的キャラクターによる対話を複雑で魅力的にしているのは、映画フリークのゲイが語る実在する映画のストーリーである。だがそれらは語り手の心理を反映し、また欲望によって改変され、表面的な会話の背後ではいわばサブリミナル効果を狙ったもうひとつの会話が行われるのだ。

『薔薇の花束の秘密』でも患者と付添婦の会話には嘘が混じったり脚色が施されたりして、表面的には平凡な会話も実は重層性を備えていることがわかる。初めは表層的言説を信じていた読者も騙されざるをえない。それをさらに複雑にしているのが、思い出や記憶が突然現れることで、戯曲では卜書きで指示されるその要素は舞台を大きく変化させる。とくに光の変化とともに過去の世界や別の人格が現れるところはきわめて印象的で、それが舞台でどのように表現されるかは、最大の見どころのひとつだ。

プイグが亡くなったのは、初来日した一九九〇年である。その二年前の一九八八年に発表されたのが最後の戯曲『薔薇の花束の秘密』だが、同じ年に最後の小説『南国に日は落ちて』も発表されている。性格の異なる八十代の老姉妹の会話から始まるこの小説は、二人が身の回りの人物の噂話を盛んにするのだが、妹の死によって姉は対話の相手を失う。すると皮肉屋で頑なだった姉が変化する。妹の性格を吸収するのだ。これは演出家のロバート・アラン・アッカーマンと話したときに確認したことだが、『蜘蛛女のキス』で主人公二人に相互浸透が起こることを引き継いでいる。

すると『薔薇の花束の秘密』ではどうだろう。主役二人の性格は対照的である。それが対話を通じてどのように変化するのか、あるいはしないのか。患者は対話の相手を失ってしまうのだろうか。もっとも、単純に相互浸透が起こったのでは反復にすぎない。このあたりも見どころと言えそうだ。

あと、プイグの読者なら、いかにも彼の作品らしい場面にいくつも出くわすのが嬉しいにちがいない。たとえば、料理を巡って交わされる会話はやはり『蜘蛛女のキス』を思い出させ、ユーモラスであると同時に主人公二人の距離を縮める働きをしている。

ところで登場人物だが、プイグは母親や叔母たちとその会話をしばしばモデルにする。『南国に日は落ちて』などはその典型的例だろう。だが会話の話し手の中にはプイグ自身も含まれているようだ。つまり彼と母親マリアエレナの会話がときに溶かし込まれているらしいのだ。プイグの父親は典型的マッチョで、それこそ高圧的だったという。一方、母親はかつて看護師をしていた。だとすれば、患者は女性だが、そこに父親の要素が混じっていてもおかしくない。また付添婦に母親の影が反映している可能性もある。この患者は本来母性的で、孫を子供のように可愛がっていたのだろう。しかし孫を失ったことで母性が影を潜めたとも考えられる。このように、見えない部分を含め人物も複雑に描かれているのがプイグの作品の特徴なのだ。いずれにせよ、この戯曲は大作ではないが、彼の創作の集大成であり、多くのエッセンスに満ちている。見どころは尽きない。

善のなかの恐怖　コルタサルのアクチュアリティ

フリオ・コルタサルの後期の短篇集『愛しのグレンダ』を訳し終え、あらためて作品のことを考えてみる。翻訳している間、常に感じていたのは、そこに漲る緊張感だった。コルタサルの作品には、ある現実から別の現実に移行する瞬間があり、それが幻想を生むとともに、緊張感をもたらす原因のひとつとなっている。『愛しのグレンダ』でもしばしばこの移行が見られるが、ただこの短篇集では多くの場合、緊張感は死と結びつくある種の状況からも生じている。もちろん前期の作品にも死をもたらす状況は描かれている。しかしそこにはゲームの要素があり、それが死の重みをかなり軽減している。ところが後期の作品ではより現実味が増し、そこに張り詰めた空気は、可視不可視の暴力や監視を手段とする支配によってもたらされるのである。彼自身が明らかにしているように、それは一九七〇年代の南米にドミノ倒しのように生まれた軍事政権がもたらした全体主義体制によって、人権が蹂躙される状況と無関係ではない。恐怖が日常的に存在する状況である。

そんな折、年末の新聞に載った記事の一節に目が留まった。それぞれ異なる記者による文章の一節で、ひとつは「かくも殺意をこもらせた社会とは何か」、もうひとつは「（日本は）絶えず緊張して暮らさなければならない国になってしまうのでしょうか」と、いずれも国内で頻発する殺人事件を意識し、「殺意」や「緊張」という不可視の現象に触れている。コルタサルのことを考えていたからよけいに印象的だったのだろう。新聞では国内問題として捉えられているが、国際空港の警備の厳しさが物語るように、それが日本だけの現象でないことはいうまでもない。それはともかくこうした雰囲気は、日本の場合も、いわゆる〈9・11〉以後見る間に社会を覆い始めた気がする。

渋谷のスパでガス爆発事故が起きたとき、それを〈テロ〉だと思ったという住民の声があった。だがそこで言う〈テロ〉とは何か。海外でアルカイダの自爆テロに遭遇した人なら、突然の大音響に判断力を失って、勘違いしてしまうということもあるだろう。しかし新聞は、その匿名の住民がそう思った理由までは伝えていない。そして〈テロ〉という文字のみが紙面から浮かび上がる。問題はその文字が、ありもしない〈テロ〉まで実体化してしまう危険があることだ。爆発音即ち〈テロ〉という回路が心の中に生じてしまう。しかも政府の閣僚が、友人の友人はアルカイダであるなどと不用意な発言をして、虚構の実体化に拍車を掛ける。

『広辞苑』によれば、テロリズムとは、「政治的目的のために、暴力あるいはその脅威に訴える傾向。また、その行為。暴力主義。テロ」あるいは「恐怖政治」とある。さらに「テロル」を引くと、語源はドイツ語 Terror（恐怖）で、「あらゆる暴力手段に訴えて政治的敵対者を威嚇すること。テロ」と書かれている。確かに、アルカイダが米国の協力者も敵と見なしている以上、われわれ日本人も敵の一員であり、威嚇される対象ということになる。だから自らを米国の協力者と見なす人が、爆発音が聞こえたとたん自分に〈テロ〉が及ぶと判断しても論理的にはおかしくない。しかし、ことはそんなに単純ではないだろう。

かつて地下鉄サリン事件が起きたあと、液体の入ったペットボトルなど車内の〈不審物〉が気になって仕方がなかった。事件が起きたときは日本にいなかったのに、犯行現場が、自分が普段使っている駅だったため、頭のどこかで自分が被害者になっていた可能性を考えてしまうのだ。三十年以上も前のことになるが、グラナダ近郊の村で知り合った老人が、夏祭りの花火の音を聞いて半狂乱になったのを見たぼくは、ことによると内戦の恐怖を思い出したのではないかと想像したことを思い出す。心の中に恒常的な恐怖を抱え込ませることは〈テロ〉の重要な目的だろう。だとすれば、渋谷の住民の〈テロ〉発言を引き出したアルカイダは、マスメディアを通じて日本人に恐怖心を植えつけることに成功したことになる。閣僚の発言は、こうした空気を読んで、治安強化に利用しようとする思惑があってのことかもしれない。おそらく安全のためには管理を強める必要があるという発想が根底にあるのだろう。

コルタサルは一九五一年に出身国アルゼンチンを去り、パリに移住している。それはペロンの全体主義的体制を嫌っての自主亡命だった。しかし、一九七五年に祖国で軍事政権が誕生すると、文字通りの亡命へと性格が変わる。すると彼は様々な抗議集会や会議に積極的に参加し、権力による人権侵害を強く批判するようになる。一方、作品にも彼の思想が現れるようになるが、ただし権力の暴力や支配を、新聞記事を使って間接的に語ることはあっても、それを直接描くことはせず、むしろそれが生み出す空気を表現するのだ。作中人物たちはたしかに暴力を振るい、殺人を犯す。だがそれらは、人権蹂躙、暴力による他者支配といった形で、読者の想像力を介することではじめて権力の犯罪に結びつく種類のものなのである。コルタサルは受動的読者を好まない。彼が書く相手は想像力を駆使する能動的読者である。したがって早い時期から彼の作品は開かれていて、結末は必ずしもひとつとは限らない。

それはともかく、コルタサルの短篇を読んでいると、物語の中のある限られた時と場所を越え、今ここにいる読者に何か訴えるものがある。読者は恐怖の原因が、表面的には何事もないように見える自分の周囲そして自分自身の裡にあることに気づかされるのだ。それはシークレットメッセージなのだろう。あるエッセーでコルタサルは、オーウェルの『一九八四年』を引きながら、善の内に悪があり、それが恐怖につながることを指摘しているが、彼の短篇では逆転した善としての悪が描かれる。

たとえば表題作の短篇「愛しのグレンダ」を例に取ってみよう。ある映画女優のファンから成るグループが、彼女が出演したもので自分たちが気に入らない作品のフィルムを集めて、すべて自分たちが気に入るように編集し直してしまう。ここまでならマニアックということで済むかもしれない。ところが一旦引退したはずの女優が復帰することになる。すると秘密結社化したグループは、彼女の評価を下げるような映画が作られないようにという善意から、たぶん彼女を何らかの方法で抹殺してしまうのだ。作者自身は「象徴的殺人」と呼んでいるが、これは自分たちの価値観以外認めないファナティックな行動といえる。読者ははじめ語り手のパースペクティヴを共有し、グループの行動をほほえましく見守り、語り手に感情移入すらするかもしれない。ところが語り手の考え方が次第に狂気染みてくる。彼らの行動がエスカレートするのを、今は手をこまねいて眺めているうちに、読者はある種の恐怖を感じ始めるのではないだろうか。

同様のことが「ノートへの書付」についても言える。ただしここではパースペクティヴは逆になっている。地下鉄を乗っ取ろうとしているグループの存在に気がついた調査員の手記という体裁を採ったこの短篇は、一種の探偵小説でもあり、グループの行動は監視されている。しかし語り手である調査員に彼らの行動を阻む力はない。読者は語り手のパースペクティヴでことの経過を追っていくため、彼の感情の起伏に共振するはずだ。そして自殺者すら生むグループのストイックな生活ぶりに同情するかもしれない。だが、最後に語り手は正体を知られたと思い、恐怖を感じ始める。それでもやがて死を覚悟の上で再び地下へ降りていくことを暗示して手記は終わる。ここで語られるグループも狂信的集団と言えるだろう。その増殖がもたらす恐怖。しかし、彼らを反体制グループと見て、むしろ支援する側に立って読むことも可能だろう。ここで読者の立場が問われることになる。旧オウムが現れたときの知識人の反応を思い出す。

これに対し、「ふたつの切り抜き」では主人公の女性批評家の姿勢は明らかだ。パリに住む彫刻家の作品の写真集に解説を寄せることを頼まれた彼女は、母国の軍事政権の蛮行に憤っている。ところが、彫刻家の家から帰る途中、出会った少女の家に行き、父親が母親を虐待する現場に出くわすと、正義感から母親と協力して逆に父親に暴力を振るってしまう。ただし、このあたりは幻想的で、彼女が本当にその場面に出くわしたのか、それとも夢なのか判然としない。というのも彼女が後で読まされた新聞の切り抜きに、遭遇したのとそっくりな事件のことが書かれていたからだ。とはいえ仮に夢だったとしても彼女が暴力を振るったことは確かで、そこから人間の裡には暴力の衝動が潜むというメッセージが読み取れる。軍事政権の蛮行を悪と見なす人間の裡に悪があるというパラドックスに読者は向き合うことになる。

この悪は手ごわい。悪の枢軸国と臆面もなく口にする人間の裡に悪があるのに、本人はそれに気づかないのだから。正義や善が悪の隠れ蓑になっている。テロリストと呼ばれる人々と彼らは、鏡像関係にあるのだ。それが恐怖の真の原因なのである。コルタサルが伝えようとしているのは、おそらくこのことなのだろう。彼の作品が刺激的なのは、こうした本質的なことを寓話として語っているからにちがいない。『愛しのグレンダ』は、能動的読者を欲している。

『悪い娘《こ》の悪戯《いたずら》』マリオ・バルガス＝リョサ著

昨（二〇一一）年、ノーベル文学賞受賞者として来日し、文学者の使命について格調高く語った著者は、ある評論の中で、自分がメロドラマを好み、ボヴァリー夫人が窮地に陥るのを喜ぶタイプの読者であることを告白してもいる。本書はその彼がメロドラマ好きの本領を発揮した長篇である。

語り手の〈僕〉が一九五〇年夏のリマを回想する。著者の第一短篇集の舞台でもある高級住宅地にチリからやってきて、その踊りで少年たちを虜にした少女〈悪い娘〉に、〈僕〉は熱を上げてしまう。ところが彼女は素性がバレかかると姿を消す。以後、「その女性は僕の人生に繰り返し現れては幸せの炎を灯すが、短期間で鬼火のごとくふっつりと消えてしまう」ことになる。リマからパリ、ロンドン、東京、マドリードという具合に都市を巡りつつ、女ゲリラ兵、官僚の妻、馬主夫人、果ては日本のヤクザの親分の愛人へと変身し続ける彼女に振り回される〈僕〉は、手の施しようがないロマンチストの独身男で、しかも涙もろいときている。

一方、上昇志向性が強く、経済力と地位のある男を捕まえてはその愛人や妻の座に就く彼女は、実は男というものを愛していない。〈僕〉と濃厚なセックスを交わしながらも、〈僕〉のプロポーズを拒むのだ。

前半はスラップスティック調で笑えるが、ヤクザが登場するあたりから、物語はバイオレンス・ロマンの性格を帯び、彼女の人生は下降線を描き始める。ここで彼女が社会的上昇にこだわった理由も明らかになる。ペルーの階級差の問題が見えてくるのだ。バルガス＝リョサの小説に相応しく、個人で果敢に社会制度と戦い、敗れたのだ。

東京そしてラゴスで彼女は暴力の被害者となり、窮地に陥る。自分をさんざん翻弄したこの〈悪い娘〉を、それでも〈僕〉は救おうとする。ところで、この波乱万丈の物語は誰が語ったのか。そのポストモダン風の謎のヒントは最後にある。

物語の進行につれて、ヒッピー文化をはじめ各時代のトレンドが批評的に回想され、これが実に楽しい。その一方で、当時の政治状況を押さえ、リマから送られてくるおじの手紙を通じてペルーの国情の悪化振りも描き出すというあたりは、この著者ならではの力業だ。通訳を仕事にしている〈僕〉は勉強熱心で、語学学校に通って資格を取ったりする。その真面目ぶりや熱心さは著者に通じるところがある。〈悪い娘〉は帰属する国や社会から逃れ、移動を続けるうちに、その立ち位置が曖昧になってしまっているのだが、実は〈僕〉も同じ感覚を抱いている。ここには長年外国で暮らし、ペルーとスペインの二重国籍を持つ著者の宙吊り感覚が現れているようである。物語から著者の心境を読み取るのも面白いだろう。

『つつましい英雄』マリオ・バルガス＝リョサ著

バルガス＝リョサの小説は、シリアスで重厚なものと、それとは対照的にエンターテイメント性が前面に出たメロドラマに概ね分けられる。彼の新作である本書は後者に属するが、ことはそう単純ではない。

作中二つの物語が交互に語られるのは彼が好んで用いる手法で、驚きはないものの、そこに旧作に登場した人物が次々と現れるのには目を見張る。しかも二つの物語は交わり、登場人物がないまぜにされさえする。別の長篇『フリアとシナリオライター』では、正気を失った脚本家が、登場人物をまぜこぜにして作品を破壊してしまうが、本書では作品が成り立っている。登場人物たちはあたかも役を得た俳優のように自然に振る舞っているのだ。

それは読者へのサービスであると同時に、彼が楽しんで書いていることの表れでもあるだろう。彼は神殺しを行い、作家として人物を自在に操っている。

舞台も一方はピウラ、もう一方はリマという、著者の作品に馴染みの町だが、代表作『緑の家』の舞台である娼家がかつて建っていたピウラのマンガチェリーア地区などは、中上健次が小説で描いた〈路地〉のように開発が進み、今や砂地が一部残っているにすぎない。時が経ったのだ。

主軸となる物語は、そのピウラで苦労の末に運送会社を築きあげた老経営者フェリシトと、みかじめ料を要求する脅迫状を彼に送った姿なき犯人グループとの闘いというミステリーである。犯人捜しを行うのは小説への登場回数を誇るリトゥーマ軍曹らで、彼は故郷の警察に戻ってきていた。放火に誘拐と、あの手この手を使って犯人たちは脅しをかけるが、フェリシトは屈服しない。その父親から教え込まれた態度を貫いたため、彼は英雄に祭り上げられる。それにしても犯人は誰なのか。やがて事件の真相が見えてくる。

この物語と並行して、官能小説『継母礼讃』の主人公だったリゴベルト夫妻の息子フォンチートが、不気味な人物に付きまとわれるという話が語られる。しかし、彼の行く先々に現れるというこの人物は、他の人々には見えない。この人物は果たして実在するのだろうか。

こうして読者は二つの謎の行方を追ってページを繰ることになる。フェリシトの息子の片方が実の子ではないといった家族関係の問題や恋愛沙汰、年齢差婚などが事件を複雑にしているが、資産が脅迫状の謎を解く一つの鍵になる。だがフォンチートの謎は果たして本当に解けたのか。いつも厄介な少年だ。

『通話』ロベルト・ボラーニョ著

本書は、世界的に人気が高まっていた最中に夭折した、チリ出身の作家ボラーニョの第一短篇集である。「あらゆることをやり尽くしたと考えていた」と作中の語り手で作家の〈僕〉が言う。これは様々な実験が試みられた一九六〇年代の〈ブーム〉の後の世代に共通する感覚でもありそうだ。そこからリアリズム回帰へと向かった若手が多い中で、ボラーニョは、パロディなど知的ひねりの効いた、ポストモダン的な手法を選択する。ときにボルヘスを思わせるのはそのせいだろう。

たとえば多くの作品は、語り手が直接経験したことではなく、人から聞いたことの語り直しというスタイルを採っている。そのため、偏在する殺人や自殺の生々しさがやわらぎ、ときにユーモアさえ感じさせるのだが、それが単なる虚構の産物でないことを示すのが、楔のように打ち込まれる一九七三年という年号である。母国チリで軍事クーデターが起きたその年、移住先のメキシコからたまたま戻っていたために、著者は拘留されてしまうのだ。

『刑事たち』という短篇はこの体験に基づいているようだが、しかしここでボラーニョらしさが発揮される。彼の分身らしき若者の受難を全知全能の語り手でも本人でもなくそのとき立ち会った中学校時代の同級生である刑事二人が会話のみで語るのだ。コミカルであっけらかんとした語りを通じて伝わる恐怖は、晩年のコルタサルの短篇に似ていながら、それとも違う。告発というメッセージは隠し味となり、決して際立ってはいない。

ときに著者を思わせるぱっとしない語り手をはじめとして、この本にヒーローはいない。売れない作家や才能のない作家、いつも公園のベンチに座っている男、ロシアでマフィアの手下になった男、拷問死を免れたファシスト、女性の人生も語られる。学生時代に投獄された女やポルノ女優、男性遍歴を重ねる女。だがみんな自分の論理を持ってたくましく生きている。そんな人々との出会いや別れが、決して高揚しない文体で綴られる。自虐と優しさを感じさせ、ちょっと歪んで奇妙だが魅力的な世界がここにある。

現代キューバの作家たちと文化的環境

1

キューバは二〇〇九年に革命五十年を迎える。革命後、一貫して指導者であり続けたのがフィデル・カストロだったが、さすがの闘士も年齢と病には勝てず、最近ついに国家評議会議長の座を弟のラウル・カストロに譲った。それでも彼の威光が簡単に消えることはないようだ。筆者は一九七一年、まだ大学院生だったときに初めてキューバを訪れた。夏休みのアルバイトで、テレビのドキュメンタリー取材班のアシスタントを務めたのだが、ジャーナリストとして扱われたため、通常は入ることのできない施設を見学したり、要人に会ったりすることができたのは幸運だった。

取材班は七月二十六日に間に合うようにメキシコシティーからハバナに入った。この日はモンカダ兵営襲撃記念日と言って、カストロの革命の発端となる出来事が起きた日で、前後にカーニバルが開催される。ここにカストロが姿を見せる可能性があったからだ。取材班は強いビールの酔いと暑さに眠気をこらえながら待機したが、結局、彼は現れなかった。そのかわり数日後にスポーツ宮殿で行われた、オリンピック出場権をかけたバレーボールの国際試合に彼は突然現れた。たちまち各国から来た記者たちが彼を取り巻いたものの、キューバ人ガイドが前に押し出してくれたお蔭で、筆者は言葉を交わす程度の短いインタビューができた。今でも覚えているのは、日本はキューバに対して何かできるかという質問に対しカストロが、一瞬考えてからにやっとして、「砂糖を買ってほしいな」と答えたことだ。前年、砂糖生産一、〇〇〇万トンの目標を達成できなかっただけに、砂糖に対するこだわりがあったのだろうかと、今になって思う。前日録音マンがテープレコーダーを誤って海に落としてしまい、小さなカセットテープレコーダーしかなかったので、ディレクターは落胆のあまりフロアに座り込んでしまった。そんなわけで、そのシーンは残念ながら後日放送に使うことができなかった。

2

それでも七月二十六日に革命広場で恒例のカストロの演説があり、それに立ち会えたのは幸運だった。彼の大演説は名物と言ってよく、このときも五時間を超える長さで、強烈な日差しの下で始まったのが、最後には照明塔に灯が入り、さながらナイトゲームかロックバンドの演奏会場のようだった。もっとも演説と言っても、生産活動に関する数字を挙げての報告が主で、演壇に近いジャーナリスト用の席から見下ろすと、五十万人と言われた広場の群集も絶えず動いていて、静まり返ることがなかった。その雰囲気は、米ソ冷戦時代の当時まだ存在していた他の社会主義国の場合とは大きく違っていたにちがいない。そこにホセ・マルティの思想を継ぐこの国独特の社会主義体制のあり方を見た気がした。

そのとき初めてカストロの演説を生で聞いたわけだが、五時間を超えて終えたとき、締めくくりの言葉はやはりあの有名なスローガン、「祖国か死か《パトリア・オ・ムエルテ》、我々は勝利する《ベンセレモス》！」だった。一九六〇年代にペルーで農民運動を率いた指導者ウーゴ・ブランコが、逮捕されたのち、獄中で書いた本が『土地か死か』で、カストロのスローガンを踏まえていることは明らかだろう。あれかこれかという二分法のスローガンは、単純だがインパクトがあり、とにかく覚えやすい。キューバに行ってみるとはっきり分かるのだが、街にはスローガンを記した看板やポスターが実に多い。内容はほとんどが革命や愛国主義に関連がある。

考えてみれば、この国は米国と一九六一年に国交を断絶したままであり、常に臨戦態勢にある戦時国家なのであり、経済封鎖による物資不足が深刻であってみれば、やはり「ほしがりません、勝つまでは」式のスローガンを必要とするのだろう。さらに歴史を遡れば、十九世紀半ばの第一次独立戦争の時期には、「自由キューバ、万歳！」をスローガンに宗主国スペインと戦った経験がある。キューバ独立の父と呼ばれ、十九世紀末の第二次独立戦争でスペインに勝利する寸前に斃れた、詩人で思想家のホセ・マルティも、このスローガンを叫んだはずである。その後の歴史を彩る独裁者たちと戦った英雄は多いが、マルティのように無謬と見なされ、神格化された殉教者は、ゲバラをのぞけばそうはいない。この戦う知識人のイメージは、キューバにおいてひとつのモデルになっているようだ。そして、戦いを鼓舞するスローガンの使用も、マルティが活躍した十九世紀にモデルがある。

相手はスペイン、独裁政権、米国と変わるものの、キューバの歴史は絶えざる戦いを特徴としてきたのであり、米国に対しては、「クーバ、シ、ヤンキー、ノ！」（キューバ、イエス、ヤンキー、ノー！）をスローガンとしてきたことを考えれば、少なくとも官主導の文化の思考法に二分法が入り込んでいても不思議ではない。すなわち、革命防衛を優先させる「敵か味方か」「革命か反革命か」といった二分法である。

3

一九六一年六月、雑誌『ルネス（月曜日）』が裁かれる。革命の意義を称揚するかわりにキューバの夜の生活を描いたという理由で国内では上映禁止になった映画『ＰＭ』を擁護する記事を載せたためである。作家や芸術家たちが召喚され、意見を求められる。彼らが雑誌と表現の自由を支持すると、カストロは長い演説を行い、形式については制限を加えないものの、内容については、「革命の内にあればすべてを認めるが、革命に反すれば何も認めない」と断言したのである。このときから知識人は自己検閲を行うようになり、そうでない場合は亡命するか獄舎に繋がれたのだった。カストロのスローガン的なメッセージもまた二分法によっていることは言うまでもない。

このメッセージを拠り所に、一九六〇年代のキューバでは、従来の小説がブルジョア的であるとして否定され、いわゆる革命的文学が称揚されることになる。それを端的に示したのが、第一回カサ・デ・ラス・アメリカス賞をホセ・ソレル・プイグの長篇『ベルチリヨン166』が受賞したことだった。バチスタ独裁政権下で反政府活動を行う人々の群像を描いたこのリアリズム作品は、革命小説の条件を満たしていたのだ。

キューバの批評家アンブロシオ・フォルネは一九六〇年代のキューバの小説の特徴として、主人公が「過去と闘い、否定し、革命社会の価値がそれに勝るものであることを知る」というパターンを挙げている。そして「(過去に対する)報復というテーマ、(現在に対する)自覚、(未来に向けての)浄化あるいは脱皮というのは、これが唯一というわけではないが、六〇年代におけるキューバの小説の支配的テーマだった」と述べている。

キューバの研究者ロヘリオ・ロドリゲス＝コロネルによれば、一九七〇年代の小説についても同様の傾向が見られ、そこから生まれたのが、リアリズムを基調とした「暴力の小説」と呼ばれる証言の文学だった。さらに一九七一年に詩人のエベルト・パディーリャの詩が反革命的と見なされ、この詩人が拘禁後、自己批判を強要されるという、いわゆる「パディーリャ事件」が国際的スキャンダルとなる一方、官僚主義的文化統制が強まり、後に「灰色の五年」と呼ばれる時期が始まる。一九六〇年代にはまだ外国文学が翻訳されていたが、この時期になるとそれも途絶えてしまう。サルトルやペルーのバルガス＝リョサのように「パディーリャ事件」を批判した外国人作家は、好ましからざる人物になってしまうのだ。パディーリャはその後、カストロと親しいガルシア＝マルケスの仲介で、米国に亡命している。筆者は一九八〇年にマドリードで開かれた世界詩人会議に出席した折に当の詩人に会い、事件の詳細がわからぬままに話をしたが、とにかく閉ざされた世界から外に出て旅がしたかったという彼の言葉が印象的だった。

ところで、亡命したからといって必ずしも二分法から自由になれるわけではない。マイアミに行けば、亡命者のコミュニティがあるが、そこで受け入れられるためには、反カストロの姿勢を鮮明にしなければならない。つまり踏み絵をさせられるのだ。でなければコミュニスト呼ばわりされてしまう。そのため国土再征服後のスペインに留まった改宗キリスト教徒ではないが、表面的に装って、反カストロとなる必要がある。作家の中には、リトル・ハバナがあるマイアミが、本国よりもっと狭い〈島〉であることを知り、幻滅すると同時に二つの世界の間で宙吊りになってしまうケースも見られる。また、外から自国を批判するあまり、自国以外見えない作家もいる。彼らも二分法に捕われてしまった人々と言えるだろう。

「暴力の小説」が主流となるような状況をラテンアメリカ全体に置いて見ると、奇妙なことに気付く。すなわち一種のねじれ現象が見られるのだ。というのも、ガルシア＝マルケスがやはり「暴力の小説」と呼ばれる自国コロンビアの証言の文学を批判しているように、一九六〇年代のラテンアメリカでは、証言の文学のような「古い小説」を乗り越える形で、実験的な「新しい小説」が全盛期を迎え、世界的〈ブーム〉を生んでいるからであり、その余熱は一九七〇年代にまで及んでいる。その意味でこの時期のキューバ文学はラテンアメリカ文学の流れに逆行しているのだ。

とは言うものの、実はキューバにも「新しい小説」の書き手は存在する。〈時間の魔術師〉あるいは〈バロック作家〉という異名を取るアレホ・カルペンティエルはその先駆と言えるが、彼以外にも、言葉遊びとエロスと哄笑に満ちた作品を得意とするギリェルモ・カブレラ＝インファンテや不条理小説の名手ビルヒリオ・ピニェラ、実験小説を書き続けたセベロ・サルドゥイ、詩的なイメージが溢れる伝記的作品で知られるレイナルド・アレナスといった、世界的に評価の高い作家が現れている。またネオバロック詩人として知られるホセ・レサマ＝リマも『楽園』（邦題：パラディーソ）という小説で、一躍「新しい小説」の書き手となっているのである。

しかし、彼らは公式文学の枠の中では、反政府的政治姿勢や同性愛などを理由にいずれも異端的存在とならざるをえなかった。その結果、カブレラ＝インファンテ、サルドゥイ、アレナスが亡命の道を選ぶ一方、アルゼンチンから帰国したピニェラやカリスマ的存在であったレサマ＝

リマは内的亡命者として国内に留まり、不遇をかこつことになるのだ。

5

セネル・パスの中篇『狼と森と新しい人間（邦題：苺とチョコレート）』の語り手である学生のように、キューバ共産党のドグマに忠実で、社会主義リアリズムの小説を書いていた作家ならともかく、世界ではビートルズが若者を魅了していることを知り、同時代の文化に繋がりたいと願う若手作家たちにとって、「灰色の五年」は実に鬱陶しかったはずである。セネル・パス自身、いくつかの短篇が革命的でないと批判されたことから、その時期に沈黙してしまうのだ。しかし、「灰色の五年」が過ぎると、状況はいくらか好転し、政治性を意識するあまり萎縮していた若手が活動を再開する。彼らはガルシア＝マルケスやカブレラ＝インファンテ、アレナスら先行する作家からテクニックを学ぶ一方、同性愛者弾圧や二分法を批判するような短篇を発表する。今日、ミステリー作家として世界的に知られるようになったレオナルド・パドゥーラが編んだ短篇のアンソロジー『イエロー・サブマリン』に、パスらの作品とともに自身のゲイ小説が収められているのはそのひとつの例である。タイトルはもちろんビートルズの曲名から採られているが、セネル・パスの最近作『ダイアモンドを持って空に』も「ルーシー・イン・ザ・スカイ・ウィズ・ダイアモンズ」を踏まえている。現在、ハバナにはジョン・レノンの座像が建てられている。『永遠のハバナ』でこの像を象徴的に撮った映画監督のフェルナンド・ペレスをはじめ、この国にもまちがいなくビートルズ世代が存在する。

パスは先に挙げた『狼と森と新しい人間』で、教養豊かなゲイの青年との出会いによって、イデオロギーの枠の中で純粋培養されて育った学生が成長し、文化の素晴らしさに目覚める様を描いているが、ここでは二分法に対する文化的複数性やマイノリティーや他者に対する寛容さの重要性が主張されている。この小説を原作に撮られ、世界的にヒットした映画「苺とチョコレート」ではさらにその問題が強調されている。苺かチョコレートか、ではなく、苺とチョコレート、なのだ。

あるいはカルペンティエルの場合を考えてみてもいい。死期が近づいたころに発表された二つの小説は対照的である。『ハープと影』はコロンブスの列聖を巡る物語で、彼自身の回想を交えながら、コロンブスは偉人なのかそれとも征服者なのかという二項対立的命題が立てられる。これは寓意的で、キューバ革命やそのヒーローたちにも当てはまるし、カルペンティエル自身にすら当てはまる。この長篇を出した翌年、彼はロシア革命を逃れてパリに渡った女性を主人公に、スペイン内戦、キューバ革命を描きこむ壮大な長篇『春の祭典』を発表した。注目されるのは、カルペンティエル自身が投影されていると思われるキューバ人の男性が、反革命軍の侵攻を阻止する戦闘に参加して負傷することである。これは革命への参加と帰依を意味する信仰告白なのだろうか。ここで意味をもってくるのが『ハープと影』である。なぜなら、そこでは真実は白でも黒でもなく灰色であることが述べられ、また、複数の柱が重なって一本に見えるという象徴的な場面が描かれているからだ。おそらくこれら二作についても二分法ではなく、真実は双方あるいはその間にあると読むべきなのだろう。

6

一九九〇年代にスペインを中心にキューバ文学のブームが見られた。それは観光を産業化するようになったキューバに関心が集まったことや、運よく出版されても発行部数が少なく、国外に出なかった作品が、スペインの出版社から続々と再版されて注目を浴びたこと、それを刺激に新たな書き手がスペインの文芸コンクールに応募するなどして、文学的活況が生まれたからだ。とりわけ、ハバナの下町の荒廃振りを描くペドロ・フアン・グティエレスの『汚濁のハバナ三部作』のような作品は、革命社会に好ましくないという理由で国内では出版されなかったが、スペインから出ると話題を呼び、グティエレスは国外で有名な作家となった。一方、先に挙げたミステリー作家パドゥーラが国内でも人気があるのは、マリオ・コンデという警官が事件を捜査する過程で、革命社会の矛盾や影の部分を暴くからで、それが官製の現実の無謬性に胡散臭さを感じている読者の共感を得たためでもあるだろう。

一九八七年の演説でカストロが表現の自由を認める発言をして以来、公式には言論統制はなくなったことになっている。だが、作家たちに社会批判は許されても、政治批判は許されない。長篇『カラコル・ビーチ』で、アンゴラに派兵されて精神を病んだ帰還兵の犯罪を描いたエリセオ・アルベルトは、ジャーナリズムにおける辛辣な政治批判を咎められ、帰国を許されない状況にある。最近の評論集『二つのクーバ・リブレ』のタイトルはカクテルの名前とそれの元であるスローガン「自由キューバ万歳《ビバ・クーバ・リブレ》」を掛けてあるが、自由なキューバも複数あると言った意味合いを含んでいるようだ。彼は現在メキシコシティーに住んでいるが、帰国を望んでいるということを、数年前に会ったとき、本人から直接聞いた。その点では自ら亡命の道を選び、あからさまにカストロを批判していたカブレラ＝インファンテやアレナスの場合とは大きく異なっている。陰謀によって職場を辞めざるをえなくなり、亡命した男が、長い歳月の後に一時帰国し、自分の失脚の原因を突き止めようとする物語『我が人生の小説』を出したパドゥーラは、マリオ・コンデのシリーズから敢えて離れて書いたその作品が政治的になりすぎたのではないかと、ハバナで会ったときに危惧していたのを思い出す。

全体として見ると、ゲバラが提唱した「新しい人間」すなわち古い思想に染まっていない共産主義的人間として、常に未来志向を要求されてきた若者が、成熟した人間となった今、革命が提示してきたユートピア的未来が現実的ではなかったことに気付き、自らの目で見た真の現実を表現しようとしているという共通点が浮かび上がる。国内に留まる限り、ニューヨークに去ったダイーナ・チャビアーノやパリに住むソエ・バルデスのように、外から自由に革命キューバを批判することはできない。そこで、子供の視点を使ったり、エンターテインメントを利用したりと、様々な工夫を凝らすことになる。そんな彼らが手掛けた作品からシークレットメッセージを読み取るのは、実にスリリングな作業である。

米国流の資本主義とグローバリゼーションが多くの矛盾を生んでいる今、キューバの社会主義をそれに対置して評価する動きもある。それは説得力がある。米国のマイケル・ムーアの映画「シッコ」などはその典型だろう。だが、キューバの中堅作家たちの作品を深く読み込むと、彼らの複雑な心理が見えてくる。それは正義を貫く偉大な親を持ってしまった子供の悩みに似ている。子供が成長する上で象徴的親殺しは欠かせないが、この国では作家による象徴的親殺しが体制右翼や官僚によって革命批判、下手をすれば反革命と見なされてしまう可能性があるのだ。この良心的批判に対する不寛容の問題は、やはり二分法的発想から生じるもので、小説および映画の『苺とチョコレート』に鮮やかに描かれている。革命キューバは米国よりも優れていると作家たちが思っても、そこにはやはり様々な矛盾がある。それを批判することが難しいのだ。彼らが間接的批判を可能にする寓話を好む理由のひとつはおそらくそこにあるのだろう。カストロという偉大な父が、今現場から退場しつつある。このことは作家たちにどのような影響を及ぼすのだろうか。亡命作家たちの動きと併せてとても興味がある。

ラテンアメリカとドストエフスキー

作家の読書体験を知ることは必ずしも容易ではない。ましてスペイン語圏の作家となると、自伝や評伝が少ないばかりか、一般に厳密さやクロノロジカルな記録性に無頓着なこともあり、なおさらである。そのためラテンアメリカ作家のドストエフスキー体験がいかなるものかという問題は興味をそそられるものの、そう簡単には分からない。

たとえば、早くは短篇の名手として二十世紀初めに活躍したウルグアイのオラシオ・キロガにポーとともにドストエフスキーの影響があることが指摘されているが、そのことを具体的に論じた文章には出会わないし、彼がドストエフスキー作品を何語で読んだのかも定かではない。ただ、『ペドロ・パラモ』で知られるメキシコの作家フアン・ルルフォの場合には、スペイン語訳でドストエフスキーを読んだであろうことを示す資料がある。それは蔵書に含まれるドストエフスキー作品のリストで、ルルフォ財団理事長ビクトル・ヒメネス氏から提供されたものだが、訳本はルルフォの転居の際に紛失したりしているため、実際にはもっとあったはずだという。

1 『妻への手紙　一八六七年―一八八〇年』（N・S・パレンシア訳）アポロ、バルセロナ、一九四四年。
2 『罪と罰　I』（アドルフォ・ナダル訳）ラ・ナーベ、マドリード、一九三〇年。
3 『罪と罰　II』（アドルフォ・ナダル訳）ラ・ナーベ、マドリード、一九三〇年。
4 『分身』（アドルフォ・ナダル訳）ラ・ナーベ、マドリード、一九三〇年。
5 『永遠の夫』（リカルド・バエサ訳）プブリカシオネス・アテネア、セゴビア、一九二七年。
6 『白痴　I』（カルメン・アブレウ訳）プブリカシオネス・アテネア、セゴビア、一九二六年。
7 『白痴　II』（カルメン・アブレウ訳）プブリカシオネス・アテネア、セゴビア、一九二六年。
8 『白痴　III』（カルメン・アブレウ訳）プブリカシオネス・アテネア、セゴビア、一九二六年。
9 『賭博者』（アドルフォ・ナダル訳）ラ・ナーベ、マドリード、一九二八年。
10 『滑稽な男の夢』（アドルフォ・ナダル訳）ラ・ナーベ、マドリード、一九三三年。
11 『おじの夢』（アドルフォ・ナダル訳）ラ・ナーベ、マドリード、一九二八年。
12 『臆病な女、他』（アドルフォ・ナダル訳）ラ・ナーベ、マドリード、一九三〇年。
13 『カラマーゾフの兄弟　I』（アドルフォ・ナダル訳）プブリカシオネス・アテネア、マドリード、一九二七年。
14 『作家の手記』（ベルナルド・ベルビツキーによるロシア語からの訳）エメセ、ブエノスアイレス、刊行年不明。

15『ステパンチコボ』（リカルド・バエサ訳）プブリカシオネス・アテネア、マドリード、一九二八年。

16『未成年 I』（カルメン・A・デ・ペニャ訳）プブリカシオネス・アテネア、マドリード、一九二二年。

17『未成年 II』（カルメン・A・デ・ペニャ訳）プブリカシオネス・アテネア、マドリード、一九二二年。

18『脆い心、他人の女、ポルツンコフ』（アドルフォ・ナダル訳）ラ・ナーベ、マドリード、一九三〇年。

19『小さき英雄』（アドルフォ・ナダル訳）ラ・ナーベ、マドリード、一九三〇年。

20『九つの書簡小説』（アドルフォ・ナダル訳）ラ・ナーベ、マドリード、一九三〇年。


このリストを見て気付くのは、『妻への手紙』と刊行年不明の『作家の手記』をのぞけば、すべてが内戦以前のスペインで刊行されていることで、ガルシア・ロルカら〈一九二七年の世代〉の詩人たちが活躍したこの時期のスペインは、外国文学に対して開かれていたことが分かる。その後、ボルヘスが師と仰いだラファエル・カンシーノス＝アセンスがドストエフスキーの全作品を翻訳しているはずだが、それはリストには見あたらない。

手掛かりが乏しいだけに、詩人パブロ・ネルーダの『私は生きてきたと告白しよう』（邦題：

ネルーダ回想録　わが生涯の告白）などはその体験を垣間見ることのできる貴重な資料といえるだろう。この自伝のなかにわずかながら彼がチリ南部の辺境、テムーコ時代のことを語っている箇所がある。一九一〇年代の当時、彼はまだ高等中学校の生徒だった。そのころ女子高等中学校の校長として詩人ガブリエラ・ミストラルが着任する。彼女は文学好きの内気な少年だったネルーダがたまに訪れると本を与えたが、それは彼女が「世界文学のなかでももっとも驚くべきもの」と見なしていたロシア小説だった。その結果ネルーダは「ロシアの小説家たちのあの真摯にして恐るべき世界観のなかに」引き込まれ、以来トルストイ、ドストエフスキー、チェーホフが彼の愛読書となったのだった。首都サンティアゴで学生生活を送るようになった彼は学生連盟の雑誌「クラリダー」に文芸評論を寄稿するようになるが、その折に使ったペンネームは〈サーシカ〉で、アンドレーエフの小説『サーシカ・ジョグリョーフ』の主人公の名から取られている。コミュニズムに接近する以前のネルーダは、いかにも若者らしく、アナーキズム的精神に魅了されていたのである。

　ではネルーダのすべてを評価すると言っているガルシア＝マルケスはどうだろう。カフカ体験やウルフ体験については彼一流の語り口で自ら明らかにしているが、ドストエフスキー体験についてはとくに語っていないようだ。だが、ダッソ・サルディバルの評伝『種への旅』によると、ボルヘス訳の『変身』を読んでベッドから転げ落ちるほど衝撃を受けた一九四八年ごろに、作品は不明だがドストエフスキーも読んでいる。

トエフスキーに対するボルヘスの違和感を認めることができるのではないだろうか。

キューバの女性作家でコルタサルと親交のあったウグネ・カルベリスによると、子供の頃からドストエフスキーに親しんできた彼女と違い、コルタサルもこのロシアの作家にはさして関心がなかったようだ。彼女は理由を明らかにしていないが、基本的には短篇作家だったからかもしれない。一方、ボルヘス、コルタサルと同じアルゼンチン作家でも、エルネスト・サバトの場合は、その実存主義への傾斜と関わるのだろうが、ドストエフスキーに霊感を受けていることが指摘されている。一例を挙げると、ニューメキシコ大学の研究者タマラ・ホルザフェルが学会誌「ヒスパニア」(一九六八年九月)に掲載された論文で、ドストエフスキーの『地下室の手記』とサバトの第一小説『トンネル』の比較を行い、嫉妬が原因で殺人を犯し、獄中で回想する『トンネル』の主人公で一人称の語り手の画家カステルを、『地下室の手記』の語り手で主人公の地下生活者と重ねている。寡作なサバトは小説を三つしか書いていないが、他の二作『英雄たちと墓』、『殺戮天使アバドン』もドストエフスキーの影響が色濃い。

サバトは不仲だったボルヘスと対話したことがあり、それは『ボルヘスとサバトの対話』として一冊の本になっている。サバトがドストエフスキーの例を持ち出すとボルヘスはセルバンテスの例を持ち出すといった具合にどこか噛み合わず、息苦しい会話のなかに、小説家が書こうとする世界をサバトが島にたとえた箇所がある。そこで彼はやはりドストエフスキーを引いて次のように言っている。

ドストエスキーがその島に辿り着くと、彼の分身たちに出くわす。ラスコリニコフばかりじゃない。娼婦や将軍、イカサマ師など、彼を表すと同時に裏切る存在さ。その意味で、すべての小説はひとつの自伝なんだ。ありふれた意味や文字通りの意味においてではなく。ある小説の登場人物たちは夢のそれと同様伝記的性格を帯びている。たとえ怪物的だったり、一見それを夢見る者自身を怖がらせるほど見知らぬ存在だったとしてもね。

研究者として携わった数学という合理的世界を離れ、人間の意識下に潜む闇の世界を凝視し、悪の問題に挑んだサバトは、『英雄たちと墓』で近親相姦を犯した男の悪夢を描いて見せた。後に彼が一九七〇年代に猛威を振るった軍事政権の下で犠牲になった行方不明者の調査委員会の責任者として、膨大な報告書を作成したことは、この文脈に位置づけると容易に理解できる。

作家の姿勢について明確な考えを持つサバトは、あるインタビューに答えて次のように言っている。

真の作家はその時代の非情な証人であり、その時代の政治思想や哲学と妥協してはならないと思う。なぜならその証言は、政治思想や社会思想、科学思想の世界よりももっと奥が深くて神秘的だからだ。〔…〕スターリン時代を通じ、他の凡庸な作家たちが文学であると同時にプロパガンダでもある作物で荒稼ぎをしている一方で、ドストエフスキーは「不健康」「腐敗的」「反革命的」「破壊的」という理由で追放の憂き目にあった。にもかかわらずそのドストエフスキーは、彼の時代のもっとも恐るべき真の証言者のひとりとなったのだ。

キューバ出身でニューヨークに住む作家エドムンド・デスノエスは、かつて小田実が英語版から訳した『いやし難い記憶』の作者である。この小説のオリジナルタイトルは『低開発の手記』とも訳せる Memorias del subdesarrollo で、『地下室の手記』のタイトルのスペイン語訳 Memorias del subsuelo と似ているため、筆者はインタビューの機会を得た折にそのあたりを訊ねてみた。すると彼はこう答えた。「ドストエフスキーを読むまで、スラブ人の感情世界は奇妙で異国的なものだった。だがドストエフスキーを読んでからは、ラテンアメリカに住む者もそれ以外の地域に住む者も、われわれはみんな自分の人格のどこかでスラブ人となったのだ」。そして彼は『低開発の手記』というタイトルがドストエフスキーの『地下室の手記』から取られていることを認めた。そのタイトルは、革命が成功した直後の社会の混乱を覚めた目で観察する主人公で語り手である知識人の自意識とポジションを暗示しているようだ。

十九世紀以来、革命が日常的課題であり続けてきたラテンアメリカにおいて、知識人はドストエフスキー的状況を経験せざるをえなかった。そこで知識人としていかなるポジションを取るか選択を迫られたとき、ドストエフスキーは彼らにひとつのモデルを提供し、多数に与しない作家を励ましてきたと言えるのではないだろうか。

『世界の果ての世界』あるいは反転した『白鯨』

1　長篇がもたらすイメージ

幼少期に読んだ外国の長篇小説というのは大抵の場合子供向けに編集された抄訳であることが多く、後に訳書の完全版や原典を見て、あまりの長さに啞然とすることがある。だが、たとえ読んだのが抄訳でも、そこから得られた強烈なイメージが生涯忘れられないものとなることも少なくない。もちろん原典にはない挿絵がそのイメージの元だったりもするのだが、それはともかく、『ドン・キホーテ』の主人公が風車に向かって突っ込んでいく場面や、『ガリバー旅行記』の主人公が漂着したリリパット国で小人に囲まれている場面、『海底二万哩』でノーチラス号に大イカが巻きつく場面などは、主観によるデフォルメはあるとしても、多くの人の記憶に焼き付いているのではないだろうか。

世に知られた『白鯨』のモービイ・ディックとエイハブ船長の死闘もそのひとつかもしれない。もっともこれは挿絵かもしくは映画の印象に騙されている可能性がある。映画では、グレゴリー・ペックが演じる義足のエイハブが、自分が突き刺した銛のロープで鯨の巨体に括りつけられたまま息絶えてもなお姿を見せているが、原作ではラストの手前であっけなく海中に飲み込まれてしまう。したがって、ラストまでエイハブが姿を消さないとすれば、それは映画に触発されたか、さもなければ記憶の中で捏造されたイメージということになるだろう。巽孝之が詳しく述べているように、この誤ったイメージが日本では映画や漫画によって流布されることになり、あのエドワード・サイードさえも映画がもたらしたイメージを抱いていたらしい。

2 『白鯨』とラテンアメリカの小説

ラテンアメリカの文学作品を読んでいると、ときおり『白鯨』から得られたのではないかと思われるイメージに出くわすことがある。たとえば、ガルシア＝マルケスの短篇『純真なエレンディラと邪悪な祖母の信じがたくも痛ましい物語』を覆うのは、権力と悪の象徴としての神話的祖母のオーラだが、この祖母が浴槽につかる姿は白鯨に喩えられている（ただし、『白鯨』でメルヴィルは、鯨の白という色が善とも悪とも言い切れない両義性を備えていると言っている）。西欧の神話の脱構築ということで言えば祖母は性を違えたミノタウルスのはずだが、そこにはモービイ・ディックのイメージも重ねられているようだ。あるいはバルガス＝リョサの『フリアとシナリオライター』のラジオ劇場で語られるエピソードに登場する黒人の密航者はどうだろう。港町に現れるこの人物は裸同然で、前歯が一本しかないというグロテスクぶりだが、全身が入れ墨で覆われている。これを戯画化されたクイークェグのイメージと見ることはできないだろうか。
事の当否は措くとして、『白鯨』の様々なイメージが作家たちに痕跡を残していることは確かだろう。作品の形式ということで言えば、カブレラ＝インファンテが亡命先のロンドンで英語を使って書いた『聖なる煙（邦題：煙に巻かれて）』で煙草についての衒学的博識が披露されるのは、やはり『白鯨』における捕鯨関連の蘊蓄を意識しているからではないか。ただし、メルヴィルのほうは至って真面目なのに、カブレラ＝インファンテのほうは、読者を煙に巻くような遊びと不真面目さを特徴としているという決定的違いがある。いずれにせよ、そのあたりについて訳者の若島正は解説で何も触れていないから、両者に類似が見られるとするのは、単なる牽強付会の説となるかもしれない。そこで別の例として、ロベルト・ボラーニョの例を挙げてみよう。彼はその巨大さと特異な文体によって読者を驚かせたメガノベル『２６６６』（これ自体が大鯨のスケールを備えている）で、作者の分身的特徴を持つ大学教授アマルフィターノに大作というものの価値を力説させている。

〔……〕彼（薬剤師）は明らかに、疑いようもなく、大作よりも小さな作品を好んでいた。『審判』ではなく『変身』を選び、『白鯨』ではなく『バートルビー』を選び、『ブヴァールとペキシュ』ではなく『純な心』を、『二都物語』や『ピクウィック・クラブ』ではなく『クリスマス・キャロル』を選んでいた。なんと悲しいパラドックスだろう、とアマルフィターノは思った。いまや教養豊かな薬剤師さえも、未完の、奔流のごとき大作には、未知なるものへ道を開いてくれる作品には挑もうとしないのだ。彼らは巨匠の完璧な習作を選ぶ。あるいはそれに相当するものを。彼らが見たがっているのは巨匠たちが剣さばきの練習をしているところであって、真の闘いのことを知ろうとはしないのだ。巨匠たちがあの、我々皆を震え上がらせるもの、戦慄させ傷つけ、血と致命傷と悪臭をもたらすものと闘っていることを。

ここで注目すべきは、メルヴィルのふたつの作品を対比し、『白鯨』を「未完の、奔流のごとき大作」、「未知なるものへ道を開いてくれる作品」と見なしていることであり、見方によっては『2666』の作者の自己言及的作品論になっているところが興味深い。また、第五部で作者は本筋から離れ、子供時代の主人公が海藻をスケッチするところで、それこそメルヴィルに倣い、本筋から脱線する形で博物学的知識を衒学的に延々と披露している。以下はその一部である。ただしここで紹介される海藻がすべて実在するという保証はないので、一種のパロディになっている可能性もある。

そのころ彼は、あらゆる種類の海藻をノートに描き始めた。*Chorda filum* という、薄くて長いひも状の、長さ八メートルになることもある海藻の絵を描いた。枝はなく、見た目めは脆そうだが、実際はとてもしっかりしている。この海藻は潮汐点の下に生息する。〔……〕*Porphyra umbilicalis* の絵も描いた。とりわけ美しい海藻で、長さは二十センチほど、赤紫色をしている。地中海、大西洋、イギリス海峡、北海に生息する。*Porphyra* にはいくつかの種があって、どれも食用になる。とくにウェールズ人はこの海藻を好む。

エドワード・サイードは『『白鯨』を読むために』というエッセイの中で、『『白鯨』は、その捕鯨の歴史と実践についての詳細な講釈もふくめて、アメリカ文学におけるもっとも偉大な〈ハウ・ツー本〉である」と言い、「それは、ヘミングウェイの『午後の死』のように自己教訓的なものと哲学的なものを兼ね備えており、その熱意によって、その膨大な記述を生み出している」と述べている。

ヘミングウェイの例はここでは問題にしないとしても、こうしてみると、『白鯨』がラテンアメリカ作家にとっても重要な古典になっていることは否定できないだろう。したがって、古今東西の古典を渉猟し、英米文学に造詣の深かったボルヘスが、何らかの形でメルヴィルを論じていたとしても不思議はない。実際、スペイン語圏における重要な翻訳者としても知られる彼は、一九四四年にメルヴィルの「バートルビー」の翻訳を出していて、現在彼の『序文つき序文集』に収められている当の訳書の序文で、短いながら『白鯨』論を展開している。

彼はそこで、「ページをめくるごとに物語は膨らんでゆき、ついには宇宙の規模を侵犯するに至る」この「無窮の小説」の一般的に可能な読みについて触れたのち、作者メルヴィル自身が作品の象徴性を否定することによってむしろその象徴性が逆説的に肯定され、そのために批評家たちがこぞって「道徳的解釈」を行ったことを指摘している。ボルヘスによれば、その種の批評のひとつがE・M・フォースターの『小説の諸相』に見られる解釈であるという。

その証左として彼が引用するのは、「『白鯨』の精神的主題をあえて凝縮した言葉で説明すればこうです。すなわち、あまりにも長すぎた、あるいは間違ったやり方でなされた悪との闘争です」という一節である。フォースターの文章はさらに、「白鯨が悪なる存在であり、エイハブ船長は絶えざる追跡のために偏執狂と化し、その悪との闘争はしだいに復讐劇へと変じます」と続く。それはボルヘスが『北アメリカ文学講義』において、「モービイ・ディックとは悪の化身である白い鯨の名であり、この鯨を追う狂える追跡が作品の筋となっている」と要約している個所に呼応している。ただしフォースターは、「この小説における行動はすべて闘争であり、唯一の幸福は休息です」と述べながらも、『白鯨』の本質を「予言の歌声」であるとする。だがボルヘスは、この「予言」という要素には興味を示していない。それよりもむしろ象徴性にこだわり、彼好みの語彙をちりばめながら次のように結論する。

それは分からぬでもないが、《鯨》という象徴は宇宙が邪悪であることを示唆するよりはむしろ、その広大さ、その非人間性、その獣的な、あるいは謎に満ちたノンセンスを示唆するにふさわしい。チェスタトンは短篇のどこかで無神論者の世界を中心をもたぬ迷宮にたとえている。『白鯨』の世界はそのようなものだ——グノーシス派の人びとが直観したように邪悪なものとして認識しうるばかりでなく、ルクレティウスの六歩格詩に描かれているような不条理でもあるひとつの宇宙《コスモス》（ひとつの混沌《カオス》）。

ここで述べられているのはボルヘスが『白鯨』を「無窮の小説」と呼んだ所以であるが、しかし、この世界文学を逍遥する作家は、同じ文章の中で、興味深い発言を行っている。その個所は『白鯨』と「バートルビー」に「秘めたる本質的な類似」があることを指摘したものである以上、見過ごすわけにはいかない。

前者においてはエイハブの異常な執着が乗組員全員を当惑させ、死に至らしめる。後者においてはバートルビーの純真な虚無主義《ニヒリズム》が仲間たちに、さらには彼の物語を語り彼に架空の仕事を保証する愚かな男にまで感染するのだ。それはあたかもメルヴィルが次のように書いたかのようである——「一人の男が理性に背くだけで、ほかの者たちがそうなり、世界がそうなるに十分である。」世界の歴史はこの種の懸念をふんだんに確認している。

この部分を政治的に読むならば、当時の世界情勢を考えると、ヒトラーの名が浮かぶのではないだろうか。その一方で、アルゼンチンという、コスモポリタン作家ボルヘスの国籍を敢えて考慮するとき、思い当たるのがペロンの名である。ムッソリーニに心酔し、第三帝国を擁護した独裁者ペロンを、ボルヘスが生涯にわたって批判し続けたことはよく知られている。だとすれば、『白鯨』をコスミックなレベルで読むボルヘスは、同じ小説を一方でローカルな、またきわめて個人的なレベルでも読んでいたのかもしれない。あるいは、鯨を巨大な魚と見なし、それとの死闘ということで言えば、キューバで暮らした北米の作家ヘミングウェイの『老人と海』が思い浮かぶ。だが、サンティアゴ老人にとって悪は巨大なマカジキを食い荒らすサメであり、マカジキそのものは復讐の相手ではないし、悪でもない。

3　セプルベダと捕鯨小説

作家が『白鯨』をいかに読むかという問題は、その作家の世界観や文学観を知るための格好の材料を提供してくれる。前述のフォースターは、『白鯨』における行動はすべて「闘争」であるが、それを善と悪あるいは悪と悪との闘争と見るのは明らかに間違いであるとしている。とはいえ、この小説に描かれる「闘争」が、ある種の作家にとっては抗しがたい魅力となることは確かだ。その典型的な例として挙げられるのが、チリの作家ルイス・セプルベダの場合である。彼は推理小説、海洋冒険小説、捕鯨小説の性格を併せ持つ中篇『世界の果ての世界』（一九八九年）ににおいて、『白鯨』を読んで捕鯨船に乗ることに憧れた少年の冒険と、成長してから目撃する「悪との闘争」について語っている。

物語は三部から成っている。第一部の冒頭で、ハンブルク空港で亡命チリ人の〈私〉が飛行機を待ちながら、「おれをイシュメールと呼んでくれ……、おれをイシュメールと呼んでくれ……」とスペイン語で繰り返す（Llamadme Ismael …）。そこから彼の回想が始まる。十四歳のときに、スペイン内戦に義勇軍として参加した経験のある叔父から『白鯨』をもらった〈僕〉は二年後にそれを読み、いたく感動する。ファシズムという〈悪〉と闘った義勇軍というのが後の主人公たちの社会的行動や同志たちの戦闘的行動を示していることは明らかだろう。

〈僕〉は南の呼び声に抗えず、叔父の戦友の船に乗せてもらい、パタゴニアの果てに向かう。エイハブの末裔たちが住む地に憧れた彼は、その地で念願がかなって捕鯨船に乗り込み、漁に立ち会うことになる。だが海岸に累々と並ぶ鯨の白骨や、獲物の解体作業を観たりするうちに、おそらくはその残酷さを知ったことから、夢に見ていた鯨取りになることを断念してしまう。すると叔父たちもその選択をよしとする。往時に比べ、鯨の数がめっきり減っていたからだ。

ここにこの小説のテーマが顔をのぞかせる。すなわち、エコロジーの問題である。筆者はかつてマドリードで開かれた世界詩人会議でチリの詩人ニカノル・パーラに会い、その折に、チリのクーデター後に左翼系の知識人がこぞってエコロジストになったという話を聞いたことがあるが、今思えば、『パタゴニア・エキスプレス』という著者のセプルベダ自身が「スケッチ群」と呼ぶ紀行文で語られているように、軍事政権下で獄中生活を送ったのち亡命者となって世界を遍歴したセプルベダも、そのような背景を持つエコロジストだったのだ。実際、彼は、その後グリーンピースのメンバーとなっている。日本でもベストセラーになった彼の中篇『カモメに飛ぶことを教えた猫』が海洋汚染を告発する児童文学的性格の小説であることも、以上の文脈から理解できるだろう。したがって『世界の果ての世界』の語り手はきわめて作者に近いと言える。しかも、本書執筆の意図を明かすかのように、冒頭の献辞の一つは、グリーンピースの基幹船である新たな「虹の戦士号」の乗組員に捧げられているのだ。

第二部では、時が流れ、一九八八年、少年は大人になり、ハンブルグにいる。フリーのジャーナリストである彼は、グリーンピースと繋がりがあり、あるとき日本の調査捕鯨船ニシン・マルがチリ南端の海で事故を起こしたことを知る。船はチリ海軍に救助されるのだが、それはグリーンピースが入手した秘密情報だった。ところがここで、同名の船が二隻存在するという奇怪な事実に遭遇する。だが、それがトリックであることがやがて暴かれる。

第三部では、修理を終えた捕鯨船が鯨の聖域で漁を行おうとするのをグリーンピースのメンバーが阻もうとするところが描かれる。ここで〈私〉は信じがたい光景を日にする。ボートで立ち向かう一人のメンバーを助けようとするかのように、すべての鯨が捕鯨船に体当たりし、座礁させてしまうのだ。この幻想的場面により、リアリズムによって語られてきたノンフィクションを思わせる作品は、突如性格を変え、ひとつのファンタスティックな寓話となる。とはいえ、本書では、日本は捕鯨以外にも象牙の輸入やチリの森林破壊の元凶として厳しい批判に晒されていて、作者の最大の関心が環境問題にあることを物語っている。ちなみに一九九八年には実在する日本の調査捕鯨船日新丸がグリーンピースの所有船に攻撃を受けるという事件が実際に起きている。『世界の果ての世界』をすでに読んでいた筆者は、その事件を扱った新聞記事を読み、当時連載していたコラムにそのことを書いたところ、水産庁からその後の動向を報告するクロニクルが送られてきた。

一方、現実レベルでも、攻撃を受けた鯨が捕鯨ボートばかりか本船にまで攻撃を加えることはあるようだ。メルヴィルに『白鯨』執筆の上でヒントを与えた一八二〇年の捕鯨船エセックス号難破事件では、一頭の巨大なマッコウクジラが船を難破させたという。ただ、群れが団結して本船を攻撃するのかどうかはわからない。ありえないと断言はできないが、やはりここはファンタジーと見るのが妥当ではないだろうか。

この『世界の果ての世界』では、鯨を追うエイハブとピークオッド号が、捕鯨船を追うグリーンピースのメンバーとその所有船に置き換えられている。『白鯨』ではモービイ・ディックこそが悪であるのに対し、『世界の果ての世界』では反転して、悪という属性は捕鯨船に付与されるのだ。小説の冒頭で、〈私〉が「おれをイシュメールと呼んでくれ」とつぶやいたのは、彼が捕鯨船に対するピースボートの所有船と鯨の連合軍による海戦を目撃し、それを語る役割を引き受けるという宣言だったことになる。

サイードは先に挙げたエッセイで、「『白鯨』を読むということは、妥協とか、なあなあの解決とか、前進しようとする究極の意思以外のあらゆるものを根絶しようとする、メルヴィルの情熱に圧倒される経験なのである」と述べている。叔父にもらった『白鯨』を読んで感動した少年も、おそらく同様にメルヴィルの情熱に圧倒されたのだろう。それに、そもそも彼の叔父自身がやはり『白鯨』の作者の情熱に圧倒されたはずである。義勇軍としてスペイン内戦に赴いた叔父はその種の情熱に強く感応するタイプの人間だと思われるからだ。同じようにスペインに赴いたヘミングウェイの情熱が思い出される。

ここで注目したいのは、エイハブに憧れた少年自身はエイハブにならなかったことだ。物語は〈僕〉すなわち過去の〈私〉と今の〈私〉という、年齢の異なる二人の〈私〉によって語られる。あるいは第一部で主人公の少年が語っている個所も、回想であることを考慮すれば、語り手は同じと見なすこともできないわけではない。どちらにしても、重要なのは、成長した主人公がエイハブではなくイシュメールになることを選んだという事実だろう。エイハブとなるのは献辞にあった新「虹の戦士号」の乗組員であり、この現代版エイハブがエコロジストにとって〈悪〉の象徴である調査捕鯨船を追跡するのをメルヴィルに倣って「参加者」の視点から、また「全知全能者」の視点から語るのである。『世界の果ての世界』が、勧善懲悪的小説になるのをぎりぎりのところで免れているのは、『白鯨』という世界文学の偉大な古典を踏まえ、かつそれを反転させていること、そしてとりわけ第三部において、語り手がイシュメールの視点を用い、その視点を貫いていることによると言えるだろう。とはいえ語り手は、捕鯨船追跡を「間違ったやり方でなされた悪との闘争」と考えてはいないので、その意味では、完全に中立の立場を取っているわけではない。彼もまたグリーンピース型のエコロジー思想の持ち主だからである。

（参考文献）


カブレラ＝インファンテ、ギジェルモ『煙に巻かれて』若島正訳、青土社、二〇〇六年。

サイード、エドワード・W『故国喪失についての省察』大橋洋一、他訳、みすず書房、二〇〇九年。

Sepúlveda, Luis. *Mundo del fin del mundo*, Tusquets, Barcelona, 1996.

巽孝之『『白鯨』アメリカン・スタディーズ』みすず書房、二〇〇五年。

野谷文昭『マジカル・ラテン・ミステリー・ツアー』五柳書院、二〇〇五年。

ボラーニョ、ロベルト『２６６６』野谷文昭、内田兆史、久野量一訳、白水社、二〇一二年。

ボルヘス、ホルヘ・ルイス『序文つき序文集』牛島信明、内田兆史、久野量一訳、国書刊行会、二〇〇一年。

ボルヘス、ホルヘ・ルイス、Ｅ・センボライン『ボルヘスの北アメリカ文学講義』柴田元幸訳、国書刊行会、二〇〇一年。

メルヴィル、ハーマン『白鯨』八木敏雄訳、岩波書店、二〇〇四年。

『フリーダ・カーロとディエゴ・リベラ』堀尾真紀子著

描くときに鏡や写真を使うことが多いからかもしれないが、画家の自画像の眼差しは、大抵の場合こちらを凝視している。その中には、ゴッホやエゴン・シーレの作品のように、あまりに鋭い眼差しが、チェシャー・キャットの笑いではないが、画家の姿が消えても空中に残っていそうなものもある。フリーダ・カーロの眼差しはまさにその典型である。一度彼女の肖像画を見たら、誰しもその眼差しを永久に忘れることはできないのではないか。人を威圧しているようにも見え、彼女の強い意志を感じさせるが、一方で計り知れない孤独や心身の痛みを語っているようでもある。とくにその目から涙がこぼれるとき、なんともやるせない気持ちにさせられるのだ。

フリーダの人生は壮絶な闘いだった。ヘイデン・エレーラ、ローダ・ジャミ、マルタ・ザモーラに加え、最近ではクリスティーナ・ビュリュスと、ル・クレジオを例外としていずれも女性によって書かれた評伝が翻訳されているが、焦点の当て方に多少の差があるにせよ、そこで語られる災難と不幸の連続に、どれを読んでも後で思わずため息が出る。メキシコそして世界の動乱の中で、女性としても画家としても短くも激しい生涯を送った人物が、今日のメキシコの庶民や米国のチカーノたちの間でアイコンとして一種の信仰の対象となっているのは、ある意味でチェ・ゲバラの場合に似ているかもしれない。

堀尾真紀子が書いたフリーダについての文章を読んだのは、文化の香りがする月刊誌として精彩を放っていたころの「マリ・クレール」に載った記事が最初だった。すでにエレーラによる評伝の邦訳が出ていたが、三人称で語られ、これぞ評伝という感のあるその本の客観的な文章とは対照的に、一人称による紀行文を枠組みとしながら、個人的感想を交えて対象に迫る堀尾の文章は、ストレートで飾り気がなく、権威主義的ペダントリーを発散することもなかったので、リラックスして読めた。フリーダの前では自分も一ファンになってあれこれ考察を巡らせるというスタイルに、ある種の謙虚さが感じられ、親近感を抱いたのだ。やがてその連載は単行本となり、その後文庫化されることで、多くの読者を獲得したはずである。

連載が続いている最中に、今は閉館してしまった西武の有楽町アート・フォーラムで、「愛と生、生と死の身体風景　フリーダ・カーロ展」が開催された。それが連載と連動していたのかどうかは知らないが、私自身、フリーダの作品をまとめて見るのはそのときが初めてだっただけに、大きな衝撃を受けたものである。民族衣装や鮮やかだが幾分暗い色彩とともに記憶に残るのは、やはり、しばしば痛々しさを感じさせる自画像の、あの眼差しと、鳥が翼を広げたような黒く太い眉である。写真ではすでに見ていたが、会場で向き合った絵は、写真では必ずしもはっきりとは分からない文字通りのオーラを放っていて、それが実に印象的だった。その後、メキシコでもフリーダの絵を見る機会が何度かあった。毎回その前に立つと、彼女の絵は、絵であることを超えて、内包する物語を語りだす。もっともそれは、エレーラや堀尾の文章を読んでいたせいかもしれない。

フリーダの自画像の眼差しに一足先に魅せられ、それが孕む謎を解こうとしたのが堀尾であったことを、文庫を再読して改めて知る。彼女はメキシコシティーのチャプルテペック公園にある近代美術館で、『二人のフリーダ』という「奇妙な絵」とそこに描き込まれた眼差しに偶然遭遇した。この体験は新著『フリーダ・カーロとディエゴ・リベラ』でも語られている。ただし、後者ではこの絵のタイトルが明かされないのは、前著との差異化を図るためだろうか。というのも、新著の情報の多くはすでに前著に含まれているからで、読みながら絶えず既視感に襲われたのはおそらくそのせいだろう。

新著もまた、フリーダの絵が発する内面の声を聞き取り、激しく共振し、西欧的美意識の桎梏から解放された、女性美術批評家の精神の動きとその軌跡の証言という性格を基本的に備えている。だから著者は自画像の眼差しにこだわることになる。だが、前述の連載の時期からはすでに四半世紀が経つ。その間彼女はたびたびメキシコを訪れ、リサーチを行い、考察を深めていったであろうことは想像に難くないが、かつてインタビューを行った相手、たとえばフリーダの高校時代の恋人アレハンドロはすでに故人となったことが記され、時の推移を感じずにはいられない。その結果、前著との決定的な違いが存在することになった。それは二〇〇七年、フリーダ生誕百年の年にメキシコで行われたイベントに参加し、彼女の家だった「青い館《カサ・アスル》」で公開された新しい資料を参照していることである。この点で本書は、前著はもとよりエレーラの評伝に記述されている内容の先をもカバーすることになった。

新資料のひとつが書簡である。中でも著者のフリーダとリベラの関係の見方に大きな影響を与えたのではないかと思われるのが、フリーダがニューヨークからリベラに書き送ったデッサン付きの手紙だ。というのも、当時、『ドロシー・ヘイルの自殺』の制作に着手していたフリーダが、手紙を通じて夫に助言を求めているからである。「このデッサン付きの手紙からは、フリーダが新しい絵に取りかかるときの構想の悩み――必ずしも直感的に筆を進めるというのではなく、いくつかの案から集約してゆくことや、それらの逡巡を夫、ディエゴにかなり具体的に相談していたことなどがわかって大変興味深い」と堀尾は述べている。さらに、三つの連続場面から構成された不気味とも言えるこの絵を、彼女は、「〝レタブロ〟(奉納絵)と解釈すれば容易に受け入れることができはしまいか」と言うのだが、これは必ずしも新説とは言えないだろう。

それよりも私はむしろ、フリーダが芸術面でリベラをアドヴァイザーとしていたということに注目したい。なぜなら、だからこそ女性問題でさんざん苦しめられながらも彼女がリベラに執着し続けた理由とも考えられるからである。ただし、著者自身はここではこの見方を暗示するだけで、積極的に論じてはいない。そのかわりフリーダとリベラの絵を比較するという、読者へのサービスを行ってみせ、フリーダに軍配を上げている。堀尾によれば、二人の人物描写を比べると、リベラの人物群像が「やや様式化され」ているのに対し、「フリーダの観察ははるかに鋭いものがある」という。「彼女は対象のうちに入り込み、そのディテールを捉えることによって、そのものに隠された固有の性格をひきずり出している。ディエゴの絵はより時代を語り、フリーダの絵はより個の内面を語っている」と見るのだ。その上で、彼女は、「フリーダの絵が、ディエゴの絵より更なる普遍性をもつように思われてならない」と結論している。メキシコのジャーナリストで作家のエレナ・ポニアトウスカによると、リベラは先住民を醜く描いたとして非難されたこともあるというが、堀尾の評価には、壁画をプロパガンダと見る批評の影響もあるのかもしれない。だが、「自分にしかわからない肉体のつらさや心の痛み」を画題としたフリーダの絵を彼女の「無言の日記帳」と見て、そこに「真実」があるとする著者には、そもそも二人の絵を比較する必要などなかったのだ。

さらに、堀尾の言葉を再び引用するなら、「対象のうちに入り込み、そのディテールを捉えることによって、そのものに隠された固有の性格をひきずり出している」というのは、実はフリーダの自画像にも当てはまるのではないだろうか。つまりフリーダは、おそらく鏡に映る自分を対象として凝視し、そのディテールを捉え、まさに他者としての自分に隠された固有の性格をひきずり出していると言えないか。そう考えると、彼女の自画像の眼差しは、実はそれを見る者を見据えているのではなく、自分自身を見据えていることになる。その意味で、フリーダが「自分にしかわからない肉体のつらさや心の痛み」を鋭く捉えているという見方には頷ける。

ここで、フリーダの自画像にしばしば描かれる涙について考えてみたい。これについて著者は次のように述べている。「泣くことを拒否して敢然と苦しみに立ち向かっているその顔にはしかし、思わず涙が伝っている。襲いくる苦痛とそれに雄々しく耐える毅然とした決意の強調——これほどまでに自己を印象づけるテーマがあろうか」。ここで著者は、確か前著にはなかった予想外の言葉を書き付ける。「それはこの上ない裏返しの自己憐憫と自己陶酔に満ちて見る者に自分を押しつける」というのだ。しかもその理由を、フリーダの絵はすべてリベラに向けて描かれているからだとしている。ここには著者の考察の深まりが感じられる。

著者は、晩年のフリーダが意識の中でリベラとの関係を転倒させたことを指摘し、それが形として現れたのが『愛は抱擁する』であると述べる。その絵に「ディエゴへの執着と、それがことごとく裏切られることへの長い間の苦しみを通して、フリーダがやむなく到達した境地」を見るのだ。このように、本書はディエゴとの関係により比重を掛けているのだが、そのことはタイトルにも示されているようだ。ル・クレジオによる評伝『ディエゴとフリーダ』のタイトルを敢えて逆にして『フリーダ・カーロとディエゴ・リベラ』としたのは、二人の「関係の転倒」を強調したかったからだろう。

最後に、瑣末なことだが、本書の帯がブルトンに倣ってフリーダを「メキシコが生んだ世界的シュルレアリスト」としているのに対し、著者自身はレメディオス・バロらヨーロッパからの亡命画家が描く超現実（シュルレアル）とフリーダらメキシコ出身の画家が描く土着的魔術的現実を区別している。その意味で、帯の惹句は本書を裏切っている。

『フィデル・カストロ――みずから語る革命家人生』イグナシオ・ラモネ著

「人の生涯とは、人が何を生きたかよりも、何を記憶しているか、どのように記憶して語るかである」とガルシア＝マルケスはその自伝に書き付けている。たしかに自伝ならば、主観というフィルターを通すことが許され、語りたくないことは隠すこともできる。しかもそれが作家のものであれば、主観的な語り口が大きな魅力ともなる。一方、第三者によって書かれた伝記の場合は客観性が要求され、隠された事実にも光が当てられる。ならば本書『フィデル・カストロ　みずから語る革命家人生』をどのように位置づけたらいいのだろうか。

邦訳が底本にしているスペイン版のタイトルは、『フィデル・カストロ　二人の声による伝記』（二〇〇六年）となっている。ところが、同じ年にキューバで出た版には『フィデル・カストロとの一〇〇時間　イグナシオ・ラモネとの対話』とあり、さらに表紙に「フランス語版のためにラモネが行った様々な質問を収める」と書かれている。基本的には同じもののはずだが、このようにニュアンスに差がある。つまり、前者ではフランスのジャーナリスト、ラモネの役割がフィデルと同等なのに対し、後者では「伝記」ということが謳われず、ラモネはあくまでインタビュアーという印象を受ける。

もう一つ興味深いのは、使われている写真で、同じものは二、三枚しかない。よく似ていても微妙に異なっているのだ。さらに言えば、スペイン版にはフィデルとラモネのツーショットが二枚も使われているのに、キューバ版は裏表紙に小さな写真があるだけで、そのかわり江沢民とのツーショットがあるという具合である。タイトルそして邦訳書にはない写真の使い方に込められた意図を読み取るのはスリリングな作業だが、本書の内容に触れるのが評者の役目である以上、謎は謎のままにしておこう。

一九四三年生まれのラモネが、キューバ革命にリアルタイムで魅せられた世代に属することは、序文からも明らかである。偶然にも訳者も同年生まれで、革命に鼓舞されたことはそのあとがきに読み取れる。訳者が「中立」を強調するのはそのためだろう。ここで問題になるのがタイトルだ。本来ならラモネが伝記作者になってもいいはずなのだが、彼はあえてそうしなかった。むしろフィデルの「自伝」制作の協力者という立場を取っている。もっとも、事実的なことはキューバ人の歴史家がもう一人の協力者としてしっかり抑えていることも忘れてはならない。この人物の声は本文からは聞こえないのだが、原注から聞き取れることがある。たとえば『ヘミングウェイ — キューバの日々』の作者で亡命した作家、ノルベルト・フエンテスについて「日和見主義者」と厳しく決め付け、フィデルの批判を補強しているのだ。

舌鋒の鋭さはフィデルの魅力のひとつだ。とくに米国を批判するときは実に小気味がよく、だから米国に物の言えない政治家に憤懣やるかたない人々を惹きつけるのだろう。この小気味のよさは、スペインのアスナール元首相や英国のブレア元首相をこき下ろすときにも発揮される。小ブッシュについては言わずもがなである。しかし、彼はカーターを褒め上げる。たしかにカーター時代は国交回復を期待させた。このように米国のみならず各国の元首についてこれほどずばずば言えるのは今の世界には彼をおいていないのではないだろうか。病に倒れたときに思ったのは、この舌鋒が聞けなくなるのが残念だということだった。しかし、回復後はウェブ上で再開し、少なからずほっとさせたものである。

〈敵〉が相手のときは一刀両断にもできる彼だが、同国人が相手となるとそうはいかない。国際的な批判を浴びたオチョア将軍処刑については、彼が麻薬取引に関わっていたという公式見解を淡々と語るのみであり、ラモネも深追いしない。ゲバラとの関係についてもとくに新しいことは述べていない。また先のフエンテス以外にも、カブレラ＝インファンテら亡命した重要な文化人について彼がどう思っているのか知りたいところだが、ラモネは表立って質問していない。だが、答えにくい質問を回避していたら、本書の価値は半減していただろう。人権や同性愛者の問題もそのひとつだ。彼の言葉から分かるのは、それらは国が臨戦態勢にあるために生じるということである。その臨戦態勢があまりに長く続き、それ自体が日常になってしまっているのがキューバの悲劇かもしれない。

本書のいわゆる伝記としての性格は、子供時代を語った最初の数章にこそ見られるが、大部分は事件と行動の記録およびその解説である。記憶よりも記録の書という感じがするのはそのためだ。家族を表に出さない彼は、本書でも家族関係について触れていない。それに、ガルシア＝マルケスの自伝が性的体験を奔放に語っているのに比べ、ほとんど完全に女性や恋愛の話は避けられている。それを語れば敵に弱みを握られるとでもいうかのようだ。戦う姿勢が骨の髄まで染み込んでいるのだろう。実際にはユーモア感覚があり、オリバー・ストーンの映画『コマンダンテ』でも見られた、意地悪な質問には見事に切り返したりする彼の持ち味は本書では発揮されていない。むしろ杓子定規な反論が目立つのは、互いに「あなた《ウステ》」で呼び合っていることとも関係がありそうだ。やはりこれは公式の〈伝記〉なのである。

それにしてもフィデルの意志と信念の強さ、そして自信の大きさには感心してしまう。私欲がないというのは本当のようだ。世界の指導者、とりわけ中東の強権主義を背景にした人々の影の部分が次々と明るみに出るなかで、私腹を肥やすということが言われないのは奇跡かもしれない。それもおそらくは〈敵〉に弱みを握られてはならないという信念があるからなのだろう。その信念が、戦うことから生まれたであろうことは、彼の幼年期がすでに語っている。考えてみれば、この人物はその生涯の大部分を戦いに捧げてきた。正義や大義という言葉がしばしば口をつくのもそのためだ。だがそのような信念を十全に発揮するためには戦わなければならないとすれば、これは一種のパラドックスでもある。獅子座生まれの彼は生まれついての戦士なのかもしれない。ガルシア＝マルケス風に言えば、それはもはや宿命と言えそうだ。世界に矛盾が存在する限り、彼は戦い続けるだろう。

キューバが世界の革命運動に及ぼした影響には並々ならぬものがある。シンボリックな意味ではゲバラの存在が大きいが、実質的に中心に居続けたのはやはりフィデルなのだとつくづく思わされる。無責任な言い方になるが、もしゲバラとフィデルがいなかったら、世界はそれほど面白くなかっただろう。

大学院生のときにキューバに行き、フィデルと言葉を交わしたときの興奮が甦る。革命広場で、主催者発表によれば五十万人の市民を前に、指を突き上げ、腕を振り回し、甲高い声で叫ぶ姿が目に浮かぶ。だから訳者の気持ちが理解できる。あのときほど無邪気ではないが、キューバとフィデルが絶えず気になる。これはひとつの世代病かもしれない。なお、本書は例によって膨大な訳注が付されている。さらに訳者による類書の文献解題があれば読者には親切だっただろう。

『わが夫、チェ・ゲバラ』アレイダ・マルチ著

生誕八十年を迎え（二〇〇八年当時）、再びゲバラが注目されている。周期的に訪れるブームではあるが、今回は新自由主義や市場経済の横暴に対する人々の憤懣が背景に存在するのが特徴だ。とはいえ、雑誌の特集が示すように、大方はフォトジェニックな彼の肖像を利用しつつ、英雄神話を再生産している。

そんな中で、故人の妻による本書は、血の通った等身大の男を甦らせている点で新しい。いや等身大とは言えないかもしれない。師範学校の学生時代に反独裁運動に加わった彼女にとりゲバラは、最初は噂の戦士、やがて憧れのヒーローとなるからだ。彼女の眼差しには愛情以前にまず畏敬の念が感じられることも確かだ。

だから本書は農村出身でカーニバルの女王に選ばれもした女性のシンデレラ物語と言える。印象的なのは彼女が教育そして革命運動を通じて成長していくことで、その意味では成長物語でもある。そして革命が成就した後でさえ男性優越主義のはびこる社会において、女性のために闘う。ここには女権運動家としての彼女がいる。

しかし、読者の多くが知りたいのは、著者が封印してきたゲバラとのロマンスだろう。密命を帯びて登った山での出会い、愛を告白されながら最初は気付かなかったこと、負傷した彼に三角巾代わりに渡した黒いスカーフを彼が肌身離さず、持ち続けたこと、結婚式や新婚当時の様子、さらには彼の子煩悩ぶりなど、伝記作家なら装飾を施しそうなところを、著者は抑制された素朴な文体で生真面目に語っている。その調子は戦闘や別離の場面でも変わらない。

恋人として、妻として、四人の子供の母として、さらにゲバラ亡き後は政治家として、彼女は革命とともに真摯に生き続ける。ゲバラの前妻や二人の間の娘が現れる場面があるが、ドラマは起きない。心の動揺はあったはずだが、後の再婚についてと同様、彼女は多くを語らない。

革命の勝者の視点で書かれてはいるが、豊富な写真と訳注が本文を補い、〈身内〉から見た人間味あふれるカストロ像などの貴重な記述もあって興味は尽きない。

「チェ28歳の革命／チェ39歳別れの手紙」スティーブン・ソダーバーグ監督

ソダーバーグの二部作は、第一部が勝ち戦、第二部が負け戦と、対称的な構成になっていて、前者では強運の、後者では悲運の戦士と、二人のゲバラが対照的に描き分けられている。そこから観客は、第一部では勝利に向かって時間が加速することを望み、第二部では終結を阻むべく、時間の遅延を願うのではないだろうか。つまり、期待の地平を挟んで、正反対の心理状況を味わうことになるのだ。二部作の大きな特徴はそこにある。

デル・トロの演じるゲバラは、決して超人的でセクシーな英雄ではなく、むしろ地味で冴えない普通の男に近い。ゲリラの目線のようなローアングルで撮られる彼の行為も同様だ。有名なエピソードもあっさり描かれ、そうすることで、脱神話化が行われ、彼にとっては戦いが日常的現実であったことが表現され、観客は容易にその現実に入り込むことができる。史実は実写を含め白黒で、映画の現在はカラーで撮られていることも、その一助となっているようだ。

映画を見てあらためて驚かされるのは、ゲバラの意志の強さとともに、彼が生涯成長し続けたことだ。日記をつけるときに分析し、反省し、学習するというプロセスがもたらす結果なのだが、死を前にしても冷静でいられたのは、危機をも観察し把握しようとしたからだろう。第二部のデル・トロが素晴らしい。年齢が近いということもあるのだろうが、ゲバラになりきって、彼の成長を表現し、最期の演技によってカタルシスさえもたらしてくれる。

「チェ28歳の革命」

「チェ39歳別れの手紙」

「低開発の記憶――メモリアス――」トマス・グティエレス・アレア監督

「低開発の記憶――メモリアス――」を初めて見たのがいつだったかは覚えていないのに、そのとき受けた衝撃は忘れられない。〈第3世界〉を感じさせるカーニバル的混沌をドキュメンタリー・タッチで描いたシーンの迫力と、主人公のシニカルな批評的モノローグが無理なく共存し、さらに実写や新聞記事が混じりあうコラージュ的性格に驚いた記憶は、今も鮮明に残っている。この実験的映画がいわゆる〈ラテンアメリカの新しい映画〉の傑作であることや、アレアが一九五〇年代初めにローマに留学してネオレアリズモを学び、帰国後にドキュメンタリー制作に着手し、やがて〈新しい映画〉のひとつ、〈反逆する映画〉の運動の担い手になるという歴史的事実を知ったのは、もっとあとのことだ。時期は異なるが、留学生の中には同じキューバのフリオ・ガルシア・エスピノーサ、アルゼンチンのフェルナンド・ビリをはじめ、当時ジャーナリストだったガルシア＝マルケスもいた。

この〈新しい映画〉の運動がヌーヴェル・ヴァーグと親近性をもっていることを知れば、アレアの映画の新しさと同時代性がある程度納得できる。実際、初期に出た評のなかにはジャン・ヴイゴ、フェリーニ、ゴダールと比較するものがある。あるいはブルジョアを描いていることからブニュエルの名を出す評もある。しかし、「低開発の記憶」を見直すと、予想以上の情報量の多さもさることながら、多岐にわたる要素に満ちていることに改めて気づく。なかでも印象的なのが知的ユーモアである。最初に公開された当時と今では観客側の余裕にも違いがあり、感じられるユーモアも異なるだろうが、とにかくユーモアは確実に存在する。それに、フィルモグラフィーによると、アレアは初期にユーモラスな短篇を何本か撮っているから、この要素がのちの長篇に滲み出ていてもおかしくない。そしてこの要素こそが、〈新しい映画〉の監督たちのなかでもアレアを独特の存在にしているのではないだろうか。

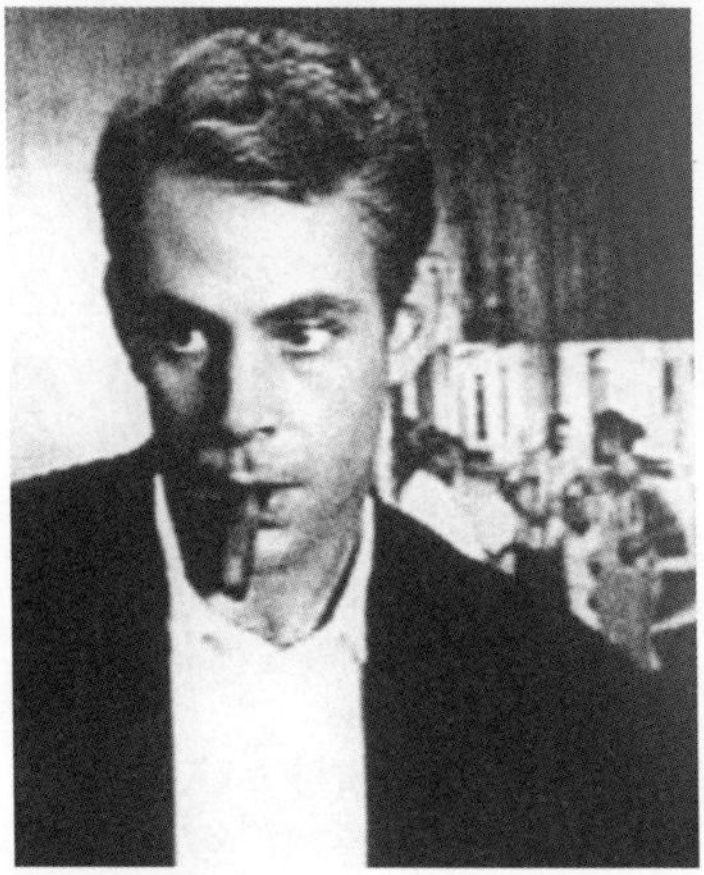

上下共「低開発の記憶」

最初に見たとき気づかなかったのだが、このユーモアとも関連する要素として、引用がいくつも見られるのも特徴だ。とりわけブニュエルへのオマージュとさえ思いたくなる要素が存在する。たとえば小男がチェロを担いで歩く構図はブニュエル映画になじみのものだ。だが、もっとも印象的なのは反復である。セルヒオがエレナと話しているとき、岩の上の男女の絡みのカットが四回繰り返される。また後ろ姿の女性が入浴するカットと足のカットが三回繰り返される。もちろんこれらは、「女優なら別人になれる」というエレナの言葉を否定するようにセルヒオが持ち出すイメージなので、演技上必要な反復であるという合理的解釈も成り立つ。とはいえ、完全かつ機械的な反復は、どうしてもブニュエルの「皆殺しの天使」を引用しているように見えるのだ。

ブニュエルの影は反復に見られるだけではない。ノエミから川の中での洗礼の話を聞き、セルヒオがエロティックな場面を想像する。前述の反復の場面もそうだが、エロティックな妄想自体がブニュエルとダリの「アンダルシアの犬」を連想させる。その一方で、水に濡れたノエミは「昇天峠」のある場面を思い出させるのだ。それはやはり主人公のエロティックな妄想で、花嫁衣裳を着た新婦が川に突き落とされ、身体が透けて見えたり、それが誘惑者の踊り子に変化してやはり身体が透けて見えたりする場面で、アレアはそのイメージを引用しているようなのだ。

さらに、セルヒオがヒゲを剃ったと思われる洗面台のカット、彼が望遠鏡で月を見るシーン、そしてポスターの一部である女性の目のクローズアップと続くところ。そのあとセルヒオはガラスの雄鶏の首をはねるが、これらを繋ぎ合わせると「アンダルシアの犬」のあまりに有名な冒頭のシーンが出来上がる。ついでに言えば、雄鶏の首をはねるカットは、ブニュエルのドキュメンタリー映画「糧なき土地」で、村の祭りで馬に乗った男が雄鶏の首を引き抜く残酷なシーンを思い出させもする。

　こうした仮説を立ててみたくなるほど、「低開発の記憶」は映画的記憶にも満ちている。それが、異質で矛盾する声や言説をはらんだポリフォニックな小説を下敷きにしたこの作品に、あらたな映画的厚みと強度を与えている。この作品は、見るたびに発見がある。

私、あなた、彼ら——共生の可能性を求めて

この映画「私の小さな楽園」の風景の美しさに何度息を飲んだだろう。それはいわゆる名勝や景勝のステレオタイプな美しさではない。観光というフィルターに掛けられた美しさはどこか媚びている。それは人がお墨付きを与えた美だからだ。もちろんそういう場所も、最初は手垢のついていない始原の美しさを人知れず輝かせていたのだろう。誰かがそれを発見したときからそのステレオタイプ化が始まる。だがこの映画は、新たな風景が現れるたびに、映画である以上様々なフィルターが掛かっていると分かっていながら、これこそ始原の美しさではないかと思わせるのだ。神（別にキリスト教の神というわけではない）が世界を作って間も無いころの自然とはこうではなかったかとさえ思う。それにしても、この映画はなぜ風景をこんなにも美しく描いているのだろうか。

ブラジルのノルデスチ（北東部）、セルタォンと呼ばれる地方は降雨が少なく、絶えず旱魃に悩まされる。厳しい自然は人を極限状況に置く。この敵対的な自然の中で本能や欲望を剝き出しにした人間が演じるドラマを作家やシネアストは好んで描いてきた。ギマランエス＝ローザの

『大いなる奥地』然り、グラウベル・ローシャの「黒い神と白い悪魔」「アントニオ・ダス・モルテス」然り。カンガセイロ（盗賊）が跳梁するそこでは、暴力的な自然の中で生きる人間もまた暴力的な存在である。荒涼とした剝き出しの地面に白骨化した動物の屍骸が転がっている風景が現れる映画は少なくない。それは人がいつその動物と同じ運命を辿っても不思議ではないという、自然と人の暴力を表象している。

ところがこの映画では、濁った水でさえ美しい。それは敵対していないのだ。砂糖きび刈りの様子から、労働の苛酷さは伝わってくるが、それは人が労働によって自然を切り取ったことに対する代償だろう。自然はその程度の農業なら許容すると言わんばかりだ。人々は肉体を酷使して

「私の小さな楽園」

立ち向かっている。だから自然は許すのだろう。ここには自然と人の共生関係がある。大地を這うようなカメラワークがそれを強調している。とはいえ、この映画はエコロジー映画ではない。監督の本当の関心は別のところにある。それは人間同士の共生であり、その場を提供しているのが、世界の始まりのような美しい自然なのだ。

主人公ダルレーニたちが住む場所は、町から離れたところに存在する小宇宙として描かれている。それは『百年の孤独』の舞台となるマコンドよりも小さな世界で、名前すらない。外の世界とはロバと車、そしてラジオによって繋がっているだけである。だが、人々の陰影は濃い。あるいは彼らは原型的人物として描かれていると言ってもいいだろう。神話的世界を感じさせるのはそのせいだ。

そこでオジアスという男性原理とダルレーニという女性原理が出会う。そこにゼジーニョという中性的存在、さらに群れからはぐれたらしいよそ者シロが加わることで、単純だが複雑な人間関係と葛藤が生じる。だが驚かされるのは、予想に反して、その葛藤が決して暴力を生まないことである。人は天寿をまっとうして死ぬだけだ。血が一滴も流れないブラジル映画というのも珍しい。したがってこれが実話に基づく映画であるとしても、監督が興味を抱いたのはやはり人間関係であり、しかもそれを写実的リアリズムによって等身大に再現しようとしてはいない。

邦題が上手く表現しているように、彼らの世界は一種の楽園である。だから美しい。つまりこの映画は、なぜ楽園が存在するのか、そのメカニズムを分析しようとしているのだ。原題の

「私、あなた、彼ら」はそのメカニズムの謎を解く鍵ではないか。なぜなら、それが示しているのは、まさしく共生という人間関係だからである。

そこで試されるのが所有と権力の問題であり、家族の問題である。この映画では一夫一婦制や親子といった、近代国家の基盤となっている制度がいかに窮屈であり、葛藤を生む原因となっているかが逆に炙り出されている。ディマスの実父が決して顔を見せないのは、ラテンアメリカ特有の父親不在という現象を象徴しているからだろう。そうした父親不在が母子の一体感を強め、母親が息子にマッチョになることを強いるところからマチスモや独裁者が生れるということもラテンアメリカの表象芸術はしばしば語ってきた。それは母親が権力者として息子を支配するところに問題がある。

ところが、この映画では、冒頭でこそ父親不在の母子という構図を見せながら、その構図は映画の展開とともに脱臼されてしまうのだ。オジアスの家父長的権力は全能ではない。それはダルレーニの女性原理と母性によって機能不全に陥ってしまうのである。さらに三人の男たちは女性としてのダルレーニを巡って葛藤する。だがその葛藤は、やはり実話に基づくスタンバーグの映画「アナタハン」の場合とは異なる。すなわち孤島に残された一人の女性と多くの兵士の共生的関係が、時間とともに崩れ、暴力を生むという物語とは違い、ダルレーニと三人の男たちは時間とともに成長し、むしろ共生関係を強め、完成させていくのだ。

ダルレーニは女王ではない。彼女はいわば地母神的存在であり、彼女の前で男はすべて平等なのだ。もちろん子供も例外ではない。実父が誰であろうと差別されることはない。こうした人間関係は原始的共同体に見られることがあり、現代においてはそれこそ時代錯誤と見なされるだろう。しかし、個のアイデンティティや家族というシステムが揺らぎ始めた今、この映画の探究の試みはむしろ共感を得るのではないか。家族とは何か。権力に基づかない関係は可能か。これはそのような問いと考察の映画として見ることができる。ただし、演じているのは、強い眼差しをもった人々である。それが土地の匂いを感じさせるジルベルト・ジルの音楽とともに、この映画に生気とリアリティを与えている。

父子の背中が語ること

アルゼンチンはヨーロッパの鏡像、写しだと言われるが、人口を見ても、ラテンアメリカのなかでは例外的に白人系の比率が高い。そしてその大部分が、十九世紀後半から大量に流入し始めるスペインとイタリアからの移民である。だがそう言ってしまうと、この映画「僕と未来とブエノスアイレス」が描く多文化的状況が見えにくくなってしまうだろう。というのも、少数ではあっても、ドイツ系、イギリス系、フランス系、そして東欧系など様々なルーツをもつ人々がいるからだ。また、民族に視点を移せば、ユダヤ系やアラブ系の存在も見えてくる。細部を拡大することにより、外からは見えないアルゼンチンそしてブエノスアイレスが見えてくる。映画ではさらにペルー人、リトアニア系、韓国人らを登場させるところに、監督の細部へのこだわりが感じられる。

一九九二年にブエノスアイレスでイスラエル大使館が爆破されたのに続き、一九九四年にはアルゼンチン・イスラエル・コミュニティセンターが爆破されて多くの死傷者が出たことはニュースとなって日本にも伝えられた。これらの痛ましい事件は、複雑な中東情勢が遠くアルゼンチンにまで及んでいることとともに、ブエノスアイレスのユダヤ系コミュニティの存在をあらためて浮かび上がらせもした。

ある統計によると、アルゼンチンには二十五万人のユダヤ人がいて、規模からすると世界で七番目になるという。映画の主人公アリエルの父親が息子の割礼に立ち会う場面が映像として記録されているが、それはユダヤ系コミュニティの歴史の一部でもある。ブルマン監督には「オンセの7日間」というドキュメンタリーがあり、それはまさに九十六人の死者を出したコミュニティセンター爆破事件をモチーフにしている。

オンセというのはユダヤ系コミュニティのあるオンセ地区のことである。鉄道のターミナル駅のひとつがあるここは、フロリダ街のようなハイブローな目抜きからはずれた下町で、猥雑さが溢れ、多文化的雰囲気が横溢した場所である。商店街も親しみやすく、中国や韓国などの東洋系やペルー、ボリビアのようなラテンアメリカ諸国からの出稼ぎが見られるなど、白人国のイメージとは異なるエスニシティを感じさせ、人情劇を展開させるにはうってつけと言えるだろう。ブルマンはこの小宇宙を外からではなく内側から撮ることができるというメリットをもっている。

ところで、アリエルはポーランド系でもある。ワルシャワのゲットーから迫害を逃れて亡命した祖父母の代から数えて三世代目にあたる。アルゼンチンにおけるポーランド系コミュニティの存在は十九世紀初め、植民地時代の末期にすでに見られるが、組織的な移民が始まるのは一八九七年、十四家族がやってきて、農業に従事するようになったときからである。二十世紀に入ると、パタゴニアの石油開発やベリッソの冷凍工場で働く人々も現れる。そしてベリッソにはポーランド人会が作られている。だが移民の数が増えるのは、両大戦間のことだ。多くは農民で、アルゼンチン各地へと散って行く。注目されるのは、同じ時期に、ユダヤ系ポーランド人が大挙してやってくることだ。彼らは農民でなく、都市の住民だった。彼らは労働者や店員で、ブエノスアイレス、コルドバ、ロサリオなどの都市に定着する。これに対し、一九四六年から一九五〇年にかけて、〈ディピス〉と呼ばれる難民が到着する。これが最後の大量移民である。ただし、このグループはそれまでの移民とは性格が異なっている。彼らの多くはインテリで、その意味ではエリートであり、戦時中は連合軍とともにポーランドのために戦いながら、戦後の政治システム

「僕と未来とブエノスアイレス」

の変化を拒み、社会主義化された祖国をあとにした人々である。彼らはブエノスアイレスに住み、労働や文化活動に積極的に関わっていく。アリエルの祖父母のケースがいかなるものであったのかははっきりしないが、二人を受け入れたのは、ユダヤ系コミュニティだったようだ。だが祖母は今もポーランド国籍を持っている。この複雑な状況を解く鍵は、「オンセの7日間」にありそうな気がするのだが、残念ながら確かめることができない。

この映画に描かれる父親不在は、ラテンアメリカ映画や文学に馴染みのテーマである。たとえば同じアルゼンチンのソラナス監督による「ラテンアメリカ―光と影の詩」では主人公の少年マルティンが、出奔した父親のあとを追って旅に出る。それはアルゼンチンの枠を越え、アメリカ大陸のアイデンティティを発見する旅でもある。いかにもキューバ革命に共鳴した世代の作品らしく、主人公はヒロイックで志が高く、旅のスケールは大きい。同様にアリエルの父親もある種のヒロイズムを備えた存在だろう。進んで戦場に赴き腕を失うところなど、レパントの海戦でトルコ軍と戦い片腕が不自由になったセルバンテスを思わせる。けれどアリエルはヒロイズムからは程遠いキャラクターだ。ヨーロッパへ行こうと意気込んだものの、腰砕けになってしまう。彼はむしろ優柔不断なアンチヒーローなのだ。もっともそのことが、自分を棄てた父親に対するささやかな反抗になっているのだろう。怒りをストレートに表すことができず、観察ばかりしている彼にじれったさを感じもするが、なぜか憎めないのは、優しさを備え、人を傷つけたりしないからだ。父親に恨み言を言ってもすぐさま言い過ぎだったかどうかを母親に尋ねてしまう。そこから生まれるユーモアは露骨ではなく、哄笑を誘うことがない。パスポート申請の場面以上に僕が可笑しかったのは、たとえば現実がガラス越しに感じられると言いながら、実際にガラス越しに店の中を見ている場面だ。あるいは、父親を見つけて真剣に逃げるところも可笑しい。ただし、可笑しいと言っても、微苦笑を誘われるということだ。

そんなアリエルが帰還した父親と和解する。母親の口から彼女の不貞が出奔の原因と知り、さらに父親がすでに赦していることが分かり、どこかユダヤ教的父権主義の漂う彼を見直すのだ。どうやらこの父親も実は優しい人間らしい。アリエルのわだかまりが解け始める。父親は寛容がいかなるものであるかを身をもって示したのだ。彼がライターを差し出すのは父親の態度に対する敬意の現れだろう。アリエルが父親になった夢を見たのは、モデルとして拒否していた父親像を受け入れたからにちがいない。父親の要請にいつもの優柔不断振りを示しつつも、結局靴屋に付き合う。歩きながら父親が彼の肩に腕を回すと、しばらくしてから彼も父親の背中に腕を回す。父親も息子も、拒んでいた現実を受け入れたのだ。それは父子が愛情と連帯感を通わせた瞬間でもある。二人の後ろ姿がそのことを語る。いずれにせよ、ささやかながらアリエルが成長したことは確かだろう。彼のモラトリアム時代は終ろうとしている。

「今夜、列車は走る」ニコラス・トゥオッツォ監督

ラテンアメリカの文学や映画は、勝者の歴史には書かれないことを敗者の視点で語り、優れた力強い作品を生んできた。やるせない状況をあからさまに告発するより凝視する。それが深い共感を呼び、声なき人々に、自分たちが運命に翻弄されながらも果敢に戦ったことを確認させ、勇気を与えてくれる。この映画もそのひとつである。

描かれている事件そのものはそれこそローカルな出来事に過ぎない。アルゼンチンの地方都市で鉄道の赤字路線が廃止され、労働者が職を失う。時代はおそらく一九九〇年代で、政府が推進する民営化の波が押し寄せたのだ。この国ばかりではない。これは世界の各所でかつて起き、今も起きつつあることだ。

そうした事態を私たちは近代化や合理化と呼ぶことで納得しようとしてきた。だが、数字では表せない何かを壊してしまったのではないか。鉄道員たちにとっては世界の崩壊に等しいドラマが繰り広げられる。

自信と誇りをもって働ける職場や仕事を奪われるのは残酷だ。それは人の尊厳に関わる問題で

ある。自己実現ができなくなった人間は惨めだ。映画は惨めな立場に置かれた人々が、状況にどう立ち向かったかを描いている。

焦点が当たるのは五人の男たちで、それぞれの個性が際立つ。タクシー業を始める者もいれば、犯罪に手を染める者もいて、いずれも破滅に向かう。暗い色調が効果をあげている。

しかし、その暗さの中にもユーモアがあり、家族愛、男女の機微が映画に生気を吹きこんでいる。そしてラストで、閉塞感を打ち破る奇跡が起き、列車が走り出す。運転するのは子供たちであり、そこにわずかながらも希望が覗く。その列車を後押ししているのは、映画を観ている私たちかもしれない。

「今夜、列車は走る」

境界に分け入る

異なる顔

デヴィッド・クローネンバーグの映画「危険なメソッド」を観ながら考えた。正気と狂気、異常と正常、病と健康、等々、日常的世界では普通これらの概念は対立するものとして扱われる。だがその境界はどこにあるのだろうか。線引きは難しい。仮に線が引けたとしても、それは時の経過や状況に応じて変化するだろう。そこに人間という存在の面白さと恐ろしさがある。それは、心理学や精神分析学が生まれ、発達してきた理由でもあるはずだ。一人の人間がジキルになりハイドになる。日ごろ慣れ親しんでいた自分という存在ですら安定した統一的存在とは言いがたい。たとえば、恋しているときの自分は自分なのか。酔ったときの自分は自分なのか。怒ったときの自分は自分なのか。哲学も自分とは何かを考えるが、心理学や精神分析は患者を扱う点で違っている。とは言っても、自分も他者になりうるとすれば、分析の対象になるはずだ。人間とは何かということを探る点では共通するが、それを科学として、実験によって研究するのが心理学や精神分析である。ユングとザビーナが次のような会話を交わす。

ザビーナ「いつか精神科医になれるかしら？」
ユング「なれるよ」

……………………………………

ユング「君のような人がいる」
ザビーナ「病んだ人？」
ユング「正気の医師には限界があるからね」

体をカメラのレンズ越しに見つめる、男の性的な好奇心が感じられる。

「危険なメソッド」

シャルコーは毎週火曜日には、公開の臨床講義を行ない、ヒステリー患者を教室に連れてきては発作を起こすさまを学生たちに見せていた。患者に催眠術をかけて、意図的に発作を誘発することもできたらしい。そうした女性患者の姿を、彼は集まった医学生たちの目にさらしたのだった。

その学生のなかに、若きフロイトがいたのである。シャルコーの名声に引かれて、フロイトはウィーンからパリに留学し、シャルコーに師事したのだった。一八八三年―八五年のことである。精神病理学者としてのフロイトの出発点は、まさしくヒステリー研究であり、その原因を患者の幼年期のトラウマに求めたところから、後に精神分析が体系化されることになった。

精神病理を描く

この映画には、当時の精神病理学の理論と実践を具体化したような場面がいくつもちりばめられている。

まず、ザビーナのヒステリーの原因が、子供の頃に父親から折檻されたことにあるというのは、幼年期のトラウマが成人してから神経症に変わるという考えが根底にある。そして、そこに秘められた性的欲望とその抑圧も関与しており、その抑圧から解放され、欲望を満たすことが神経症を克服する方法だ、と多くの医学者は唱えていた。予期されていたように、ザビーナはユングと恋におち、激しく愛し合うようになる。彼女にとってユングは初めて性体験をもった相手であり、映画は彼女がそれまで処女だったことをあからさまに強調している。神経症の娘は結婚すれば治る、と当時言われたものだった。映画のラストで、別の男と結婚し、妊娠したザビーナが幸福感あふれる表情でユングに会いに来るというのは、その意味でいかにも示唆的なのである。

映画には、ベッドでユングがザビーナの尻を素手や革のベルトで殴るというマゾヒスト的なシーンが出てくる。その時の苦痛と悦楽にあえぐ女の恍惚とした表情は、なんとも艶めかしい。幼い頃、父親に尻をぶたれながら快感を覚えてしまった彼女は、その体験を反復しているのである。

なぜそれがマゾヒズムと結びつくのか？　父親にたいして悪い娘だった、自分は不道徳で堕落した人間だったと意識する女には、自己を処罰したい、それによって父親にふさわしい娘になりたいという欲求が潜在的に宿っている。その処罰は、愛する人間の手でなされるのが理想的である。こうして恋人であり、象徴的な父親であるユングの暴力が、ザビーナに大きな快楽をもたらすのだ。マゾヒズム、そしてその裏返しであるサディズムは、ドイツのクラフト＝エービングや、イギリスのハヴロック・エリスなど当時の性科学者が、「性的倒錯」として論じたもので、フロイトとユングは著作のなかで彼らに言及している。

ザビーナや他の女性患者が、浴槽で水につけられるシーンがある。これは体を洗うためではなく、「水治療」と呼ばれた当時の治療法のひとつで、なかには、裸にした患者にシャワーやホースで冷水を浴びせるという過激なものまであった。現在の医療現場では行われないだろうが、二十世紀初頭であれば一般的だった。

愛し合うようになったザビーナとユングが、ヨットに乗って湖のうえを漂うという、印象的で美しい場面がある。船底の長方形の空間で、言葉を交わすこともなく眠ったように抱き合う二人を、カメラが上空から捉える。西洋の象徴体系において水は悦楽と死を暗示し、長方形の空間は墓穴のように見える。そう、エロス（愛）とタナトス（死の欲動）が表裏一体というのは、フロイトの性理論のひとつの原理である。

二十世紀初頭という繁栄の時代、ヨーロッパ社会のなかで女性たちの心理と身体はさまざまなかたちで抑圧されていた。女の抑圧と、それを引き起こし、対象化し、可視化した男の欲望を、「危険なメソッド」は知的に、そして背徳的に映像化しているのだ。

ここには医師と患者の相互依存性のようなものが伺える。両者の関係は曖昧なのだ。こんなことをつくづく思うのは、「危険なメソッド」を観て、先ごろ翻訳に携わったチリの作家ロベルト・ボラーニョの小説『２６６６』を思い浮かべたからだ。そこでは登場人物たちが場面によっておよそ異なる顔を見せる。とりわけ作品の冒頭に出てくるヨーロッパ人のドイツ文学研究者たちの変化は印象的である。きわめて知的で、教養に溢れ、温厚な男性二人と女性一人から成るグループが、ロンドンでタクシーに乗り、パキスタン人の運転手と会話を交わす。だが言葉をやりとりするうちに男性二人が逆上し、運転手を半殺しの目に遭わせてしまう。しかも彼らは暴力を振るっているときに性的快感を覚えたと後で告白しさえする。これはいったいどういうことだろう。『2666』は世界の暴力を探求する小説でもあるが、ボラーニョは説明しない。二人の男性はいずれも博士号を持つ大学教授だが、学歴や地位は必ずしも暴力の歯止めにはならない。状況が二人を別人にしてしまったのだ。ボラーニョの小説には夢それも悪夢が盛んに描かれる。それは深層心理の反映のようでもあり、また予知夢のようでもある。そこではフロイトとユングが融合しているようだ。

フロイトはある種の状況を人工的に作ることで、患者から別の人格を引き出した。無意識はフロイトの最大の発見で、これがシュルレアリストをはじめとする芸術家たちに与えた影響は計り知れない。それなくしては、自分たちの見た夢を基にしたというブニュエルとダリの映画「アンダルシアの犬」(一九二八年)は生まれなかっただろう。あるいはサイコホラーとして知られるヒッチコックの「サイコ」(一九六〇年)が精神分析学を踏まえていることはあまりにも有名だ。

タブーの侵犯

無意識を引き出すためにフロイトが開発したのが対話療法で、父のような研究者に心酔していたユングはこの療法をザビーナに応用する。クローネンバーグの映画はザビーナが患者として運ばれてきたところから始まる。しかし彼は、それが〈危険なメソッド〉であることを知らない。

そういえば、ジャック・ターナーの怪奇映画「キャット・ピープル」（一九四二年）では精神分析のメソッドが重要な働きをしていた。

「キャット・ピープル」の主人公は東欧からアメリカに渡ってきた女性で、素性に秘密がある。先祖は猫族で、男性にキスされたり、嫉妬したりすると黒豹に変わるのだ。それを知らない青年が彼女に愛情を抱き、結婚までするが、それでもキスができない。そこで原因を調べてもらうために新妻を精神分析医のもとへ遣る。ここで医師は彼女に催眠療法を施し、無意識を探るのだが、そのうち劣情を抱き、タブーを犯す。彼女に迫ってキスしてしまうのだ。すると彼女は黒豹に変わり、医師に襲い掛かる。こうして悲劇が起きる。いずれにせよ、医師は科学をもてあそんだことの報いを受ける。彼にとって催眠療法はまさに危険なメソッドだったのだ。

アルゼンチンの作家マヌエル・プイグが代表作『蜘蛛女のキス』でターナーの怪奇映画を二本引用していることはよく知られている。一つの監房に政治犯の青年バレンティンと性犯罪者モリーナが同居している。モリーナはゲイで、バレンティンからアジトの場所を聞き出す役目で当局から送り込まれたスパイなのだが、なかなか目的を果たせない。それどころかバレンティンに好意を抱いてしまう。その彼が夜毎語って聞かせる映画のストーリーの一本が「キャット・ピープル」である。だがストーリーは微妙に改変され、尾ひれがついている。実は改変した部分や尾ひれにはモリーナの無意識が反映しているのであり、それがこの小説の大きな特徴となっている。モリーナがゲイであることはじきに分かってしまうのだが、スパイであることは秘密にしている。そのような状態にある自分を「キャット・ピープル」の主人公と重ね合わせるのだ。興味深いのは、バレンティンがマルクス主義とともに精神分析を盛んに披露してみせるところで、ここには俗化したフロイトがいる。バレンティンはいわばユングのように談話療法を応用するのだ。「キャット・ピープル」ではその危険なメソッドが医師にとって命取りとなったが、『蜘蛛女のキス』でも危険であることに変わりはない。プイグはそこにひねりを加えてある。

知性と俗物

ユングとフロイトと言えば最高の水準の精神分析医のはずだが、彼らとて自分をコントロールできるわけではない。研究者、知識人として尊敬を集める二人の間に師弟関係あるいは友情が生まれる。この関係性というのが曲者なのだ。『2666』の研究者たちにしても、男女のカップルだけだったらあのような行為には及ばなかっただろう。二人の男性に女性が介在し、しかも男性たちは彼女に性的欲望を抱いたことが暴力の遠因であることが薄々分かる。ユングとフロイトの場合も、ザビーナという女性が介在することで二人の関係は破綻をきたす。本来そのような人間関係の謎を解くのが心理学者や精神分析学者のはずなのだが、彼らをもってしても自分たちの謎は解けない。それを謎として把握するにはもう一段上のレベルから眺める必要がある。そこでクローネンバーグは二人の決別の原因の一つとして、ポルターガイストに対する反応の違いを示すのだ。

最高の知性から俗物が引き出される。あるいは俗物が知性となる。描き方によれば、それはブラックユーモアにもなるだろう。しかしこの映画にユーモアはない。誇張もない。美しい風景の中で繰り広げられるのは、生身の人間のリアルなドラマだ。ザビーナが暴力を予感して発作的に示す表情や仕草は醜悪とさえ言える。現在がいきなり過去にタイムスリップしてしまう瞬間だ。ユングがザビーナの尻を叩く。それらは伝記に綴られた事実に基づいているのだろうが、言葉で表現されたことを映画は見せることができる。深層心理が苦痛とともに快楽をもたらすのは不思議だ。クローネンバーグが人間の関係性に興味を持っていることは間違いない。さらにその変化がどこでどのようにして生じるのかということ、その境界、あるいは臨界点に、より大きな興味があるのかもしれない。たとえば内臓はどこまでが内臓であり、どこから身体となるのか、その境界を探ること。そのような視点でこの映画を観ると、関係性や人物の変化に敏感になる。ユングとフロイト、ユングと妻、ユングとザビーナの変化。変化には原因がある。それは今目に見える現在にもあるだろうが、時間を超えて、見えないところにもある。ボルヘスの小説の誕生について、すべてを伝記的事実に還元することができないように、ユング、フロイトの理論も伝記がすべてを説明するわけではない。そこには謎が残る。そしてその謎が残ることを承知であえて、クローネンバーグはこの映画を作ったにちがいない。

第四章

セルバンテス
ビクトル・エリセ

集大成の訳と、成長中の訳

『ドン・キホーテ』は成長し続けている。それは翻訳にも当てはまる。翻訳されるとき、時代によって世界的に変化する読みが訳文に反映するからだ。なかでも決定的だったのがロマン派の読みで、主人公キホーテは滑稽な人物から悲劇的な人物へと変貌する。日本でもこの変化を受けて、永田寛定が「にがり顔の騎士」、さらに会田由が「憂い顔の騎士」と訳し、後者の訳語が好んで引用されてきた。セルバンテスの生涯にも通じる、理想を掲げ、冒険の旅に出て挫折する、悲運の人物像に似つかわしい、美しい言葉だからだろう。

牛島信明の新訳も、「愁い顔の騎士」として別の漢字を当ててはいるが、基本的には同じ路線上にある。しかし膨大な注が示すように古今の研究に学び、正確で重厚ながら軽みのある訳を追求し、作品の備える哲学と昇華された滑稽としてのアイロニーとユーモアを伝えようとしている。またゆったりとした文章のリズムは馬とロバにまたがっての旅にふさわしく、とはいえ会話はそれほど時代掛かっていないので読みやすい。さらにもうひとつの特徴は、サンチョの農民言葉を含め、会話が決して下卑ないことだろう。

牛島訳の後に出た荻内勝之の翻訳は、大きく性格が異なっている。ロマン派的読みは原作を歪曲しており、本来の滑稽本として読むべきだという主張があるが、荻内訳にはこの論が反映しているようだ。というのも、音読するとはっきりするのだが、スピードがあり、そのため主従らの会話が激しく衝突して笑いを誘うからだ。冗長さを避けるため、無くても分かるような言葉を省略し、講談のように文章を圧縮してある。これなら挫折せずに最後まで読み切る読者も多いに違いない。

キホーテやサンチョの名言をじっくり味わおうとするなら、黙読に向いた牛島訳を読むといい。読者は作者の声に耳を傾ける一方、頷いたり呆れたりしながら二人の会話に参加したくなるだろう。荻内訳を読むと、読者は主従二人を自ら演じたくなるかもしれない。言葉に勢いがあるので、戯曲のように読むことができるからだ。

牛島訳は日本における『ドン・キホーテ』研究と翻訳の集大成と言え、今後、スタンダードになるだろう。だが、作品は生きて成長し続ける。はからずもそのことを実証したのが、荻内訳ではないか。オーケストラによるクラシック音楽の演奏が指揮者の解釈によって変化するように、文学の翻訳も訳者しだいで変化する。時代が変わり、読みに変化が起きたり、人々の言葉に変化が生じたりするとき、さらに新たな翻訳が生まれる可能性があることは、未来の読者にとってひとつの希望となるだろう。

『ドン・キホーテ』新訳に挑む

たとえ文学好きの人でも、セルバンテスという名の恒星が存在し、しかもその周りに四つの惑星があることなど知らないのではないか。その四惑星の名が、昨（二〇一五）年十二月に国際的な投票によって決定した。キホーテ、ドゥルシネア、ロシナンテ、サンチョ。そう、いずれもセルバンテスの小説『ドン・キホーテ』のキャラクターである。

スペインのパンプローナ天文台が提案したという四つの名前が支持を集めた理由の一つに、昨年が件の小説の後編刊行四〇〇周年だったことが挙げられる。それを祝うかのように、昨（二〇一五）年、『ドン・キホーテ』の現代語訳も出た。訳者はスペインの作家で、セルバンテス研究者のアンドレス・トラピーリョ。彼によると翻訳に十四年かかったという。推薦文を寄せているのがバルガス＝リョサで、トラピーリョの現代語訳によってこのセルバンテスの作品は若返り、現代的になったと称えている。だが、当時と今では意味が変わる言葉もあるはずなのに、比べても日本の擬古文と現代語訳ほどの違いもない。まさかボルヘスの短編で語られる「『ドン・キホーテ』の著者、ピエール・メナール」のように、結果的に同じものを書いたというわけではないだろうが、錯覚を起こしかねないことも確かだ。

記念という意味では今（二〇一六）年も負けてはいない。セルバンテス没後四百周年。文豪がシェイクスピアと同じ一六一六年に亡くなったと言えば、思い出す人もいるはずだ。小説の前編が出たのは一六〇五年。刊行と同時に大ベストセラーとなったこの前編を、実は今翻訳している。いわゆる古典新訳である。『ドン・キホーテ』の日本での紹介は明治時代に始まり、近年も牛島信明、荻内勝之、岩根國和の三氏による完訳が相次いだ。だから何も今さらと思う向きもいるだろう。

学生時代にスペイン語を専攻していれば、いつかこの古典に触れたことがあるはずだ。僕もその一人だが、当時は面白さの享受の幅が狭かった。しかし、その後ラテンアメリカ文学に出会ったことでわかってきたのは、優れた作家たちにいかにセルバンテスの末裔が多いかということだった。その筆頭がカルペンティエル、ガルシア＝マルケス、ボルヘスである。彼らの作品を読むと、ときおり既読感に襲われる。セルバンテスが騎士道物語のパロディーを書いたとすれば、彼らはセルバンテスの作品のパロディー、いわばメタパロディーを書いていると思える瞬間がある。

たとえば『百年の孤独』に登場する男たちはドン・キホーテばかりだ。レンズの効果を確かめようと光を自分の体に当てて大やけどを負うブエンディア一族の初代族長、ホセ・アルカディオの傑作な失敗の数々は、ドン・キホーテの失敗そのものだ。そんな男たちのロマンチシズムをたしなめる妻のウルスラは現実主義者のサンチョにあたる。あるいはプイグの代表作『蜘蛛女のキス』における主人公たちの対話の根底にも、価値観の異なるドン・キホーテとサンチョの対話がある。

そんな発見もあって面白さの幅が広がり、いつか訳してみたいと思うようになったところへ、集英社の古典新訳「ポケットマスターピース」シリーズが企画された。世界文学というくくりのため、そこには十九世紀作家らに混じり、彼らが読んだはずのセルバンテスがいる。ここに愛すべき奇人ドン・キホーテが登場する。彼にどんな言葉遣いをさせるか。無理にサムライ言葉を使わせたくはない。女性たちの会話をもっと今に近づけ、速度を上げてみたい。時間との戦いは辛いが、こんな楽しい辛さはない。

衝突する、キホーテとサンチョの言説

『ドン・キホーテ』には様々な翻訳があり、これからも出るだろう。中には背景となるセルバンテスの時代や当時の言葉がわからなければならないと言って、周辺情報にこだわる人もいるかもしれない。だが忘れてはならないのは、セルバンテスが文学好きの読者を意識して書いていたということで、文中のカッコの中で語り手が読者に呼びかけたりしていることからもそれがわかる。

ボルヘスのよく知られた短篇「『ドン・キホーテ』の著者、ピエール・メナール」の主人公のフランス人は、この本を凌駕する作品を書こうとして研究を重ね、結局オリジナルと一言一句違わない作品を書く。だが時代が違うから作品の意味は変わる。いかにもボルヘスらしい知的ユーモアが感じられるが、作中、メナールが語り手に語った次の言葉が印象に残る。「『ドン・キホーテ』は、何よりもまず、愉快な本だった」。そこに思想を見ようが、批評を見ようが、面白く読まなければ読者として失格とは言わないまでも、もったいない。『百年の孤独』もまず面白いのであって、バルガス＝リョサが言うように、他の要素は第二の読み以降に扱えばいい。というこ

とは、セルバンテスもガルシア＝マルケスも、まずは遊べる余裕／才能をもった読者に向けて書いているということだ。

昔、子供向けの『ドン・キホーテ』を読んだとき、主人公が風車に突撃するエピソードを読んでも面白いと思わなかった。あれこれ思いつめた上での行動であることが理解できなかったのだ。思い込みやアナクロニズムはサンチョの目で相対化され、そのずれが笑いをもたらすが、そこではサンチョはクールでいたほうがいい。ときには内的独白によって、こっそり主人を批評しているというのが僕の解釈だ。

今回（二〇一七年）の抄訳で、ドン・キホーテには時代がかった言葉をあまり使わせなかった。すると二人の言説が鋭く衝突するようになる。言葉の芸ということでは、小説はまさしくその王者である。小説が、あらゆる言葉のジャンルを包摂し、その中ではすべてが可能になるユートピア的宇宙となることを、セルバンテスは早々と発見してしまったようだ。

小説を読まない人生なんて！──インタビュー

──あらゆる小説の代名詞のひとつでもある『ドン・キホーテ』。最近、野谷先生はセルバンテスのこの傑作を新訳されました。どのような点を意識して仕事をなさったのですか？

今の読者にとにかく読んでもらいたい、その気持ちが第一でした。この小説は十七世紀スペインの作品で、けして難解ではないのですが、時代がかけ離れているところからくるもどかしさがあると思います。

すべての本に共通するけれど、どんなにいい書物でも、読んでもらわないと意味がありません。そこで心がけたのは、『ドン・キホーテ』が本来もっているユーモアの要素を生かすこと。

かんたんに言えば、まず自分で笑える訳にしたいと考えました。それと、スピードの速い文体で訳していく。これまでの古典のようなもたもたした感じでは、今の読者はすぐに飽きてしまいますからね。

結果的に、「主人公」のドン・キホーテと「従者」のサンチョ・パンサの関係は、言うなれば

「爆笑問題」のボケとツッコミみたいな形で、うまく収まったと思います（笑）。やや小難しく言うと、テキストとたわむれる余地のない翻訳はつまらない。遊び心が必要、ということです。

そんなことも含め、この作品にはじつはいろいろな仕掛けがあるので、なにか謎を解くようなつもりで、若い方にチャレンジしていただければと思っています。本を面白くするのも、つまらなくするのも、読者の意識ひとつなのですから。

本というものは、飛ばし読みしても、途中でやめてしまってもいいんです。どんなジャンルでもね。ただし小説のばあい、作品世界に入り込むためには、最初の五ページくらいはなんとしても読んでもらいたいところです。作者は命をかけて、その五ページを書き上げます。その気持ちに、ぜひ付きあってあげたい。

もちろんそこまで読んでダメなら、この本は今のあなたとは相性が悪いので、また別の機会にアタックすればいいだけの話です。

――ゲームやツイッターなど、魅力的な「遊び」がいろいろあふれるなかで、とくに本、そのなかでも小説を読むことの意味って、いったいどこにあるのでしょう。

本を読むことも遊びの一種です。たとえば、小説のいいものに出会えば、それは「最高の一人遊び」になる可能性がある。

一人というのは、今はちょっと分が悪いシチュエーションのように思われがちですね。でも本当は「一人」、もっと言えば「孤独」は、その人が生きていくうえで、ぜったいになくてはならないものです。孤独のなかで考えるとは、同時に自分と対話することでもあります。このポイントが欠けていると、友だちとちゃんと話すこともできません。

若い人たちは、しょっちゅうおしゃべりしているように見えますが、よく聞いてみると、あれは対話ではありませんね。お互いに、一方的に自分の話を相手に押しつけている。つまり相手の話も本当は聞いていないわけだから、対話にならない。結果として、他者の存在を無視したヘイトスピーチ、みたいな現象にもつながりかねないのです。

小説を読むのは、その本と自分が対話すること。ですから、読めば読むほど「対話の力」が深まります。おや、何かこの作者はヘンだぞとか、主人公のドン・キホーテ、いったいここで風車に向かって何をやらかしているんだとか、そう思うだけで思考回路が動きだします。

これが、最高の「一人遊び」です。読書という孤独な遊びをとおして、自分や他人との深い対話・会話の能力がひらかれていくというのは、とても魅力的ではないでしょうか。

——ご自分でも、ずいぶんたくさん本を読まれてきたと思うのですが。

うちには児童文学全集みたいなのがあって、小学生のころから、むさぼるように読んでいました。女子の物語もけっこう好きでしたね。ナコちゃん、という一人遊びが好きな女の子が登場する童話では、ドビュッシーの音楽がでてきたりした。すると、こんどはドビュッシーって何だろうと自分で思って、レコードで探して聞いてみたりするようになります。レコードからドビュッシーが流れ出したときの感動は、今でも忘れられません。

このように、小説や物語には、それまで自分が知らなかった世界やものごとがたくさん書かれています。ですから、読書をとおして好きな本の範囲が広がるだけではなくて、興味そのものが本の世界からはみ出し、動きだし、音楽や美術や食べ物……にまで広がっていく。

私もそうやって世界が拡大し、結果として今の仕事をするようになりました。これもまた、「本との対話」の成果でしょう。

ゲームやテレビ、映画にはすぐれたものも多く、たしかに面白い世界です。でもあれはほとんどのばあい、かなりラクな遊び方でもありますね。つまり、一方的に向こうが演じてくれるものを、ただ受け身になって見聞きしていればいい。ゲームなどは瞬間的判断を要求しますが、思考ではありません。

本を読むときはそれと違い、やはり思考する必要があるし、読み手がある程度は努力して積極的に参加していかなければならない。このあたりの努力をただ「シンドイ」と思ったあげく、どんどん本を読まなくなってきた、というのが現代の問題だと思います。

――小説と出会うためにはいろいろな形があるでしょうね。若い人たちに、どんなアドバイスをなさいますか？

なんといっても、本を読むことがだいじです。しかし、いきなり難しい作品に手を出すと、それが「失敗体験」、トラウマにもなって、本そのものがきらいになることもありうる。

ですから最初は、自分にとってやさしい小説や物語から入るのもひとつの手です。日本には、ライトノベルやらなにやら、そういう「親切な」、しかも質の高い小説がたくさんありますから。ある種の非常手段としては、名作小説の「さわり」だけを集めたガイド的な本に接するのもいいかもしれません。

でも、読むことにすこし慣れてきたとき、こんどは「違和感」をひとつの手がかりにしてはどうでしょう。違和感こそが、脳内対話の出発点なのです。その意味で、海外の翻訳作品を読んでみるのもいいと思います。

海外の小説は、書かれている風景や人間、生活、文化などが日本と違うわけですから、それだけでいきなり違和感だらけの世界に放り込まれるようなもの。ここが魅力です。たとえば、私の専門に引きつけて言えば、ガルシア＝マルケスの『予告された殺人の記録』、マヌエル・プイグの『蜘蛛女のキス』などは、読みやすく意外性にあふれていて、自分がどこへ連れていかれるのか、わくわくするようなところがあります。難解で知られるホルヘ・ルイス・ボルヘスという作家の『七つの夜』は、文学や小説、思想、宗教などについての講演を集めたもので、小説を読む入り口としてもおすすめします。どれも、タイトルだけでも魅力的ですよね。

こうした「違和感のある」作品は、それじたいで活発に想像力を刺激しますが、じつはタイトルや本文そのものにも、「詩」のセンスが光っています。それを感知することで、自分のなかに眠っていた言葉のセンス、自分の知らなかった自分が発動していく……。

いい本との出会い。それは読んでいるそのとき、その瞬間だけの出来事ではありません。十年たってようやくわかる本もあります。二十年後にはまったく違う読み方をする可能性もある。小説という世界に出会うことの、いちばん豊かで面白い側面でしょうか。

要するに、「受験読書」のような、正解がひとつだけの読み方はありえないのです。むしろ若いときには、とんでもない「読み」も許される。そのほうが自分もその本も、可能性が広がっていくのかもしれません。

私が児童書ではないセルバンテスを最初に読んだのは、大学生のときですが、今回訳してみて、初めてわかったところもたくさんありました。それでもなお、まだいくつも謎が残っている。優れた本はみなそうです。

人生は一生をかけた謎ときだ、ということを、小説が私に教えてくれました。

青いロシナンテ

若かりし頃のドン・キホーテはどんな容姿をしていたのだろう。セルバンテスは知っていたのかもしれないが、少なくとも物語の語り手は教えてくれない。もしかするとかなりのイケメンだったかもしれない。だったら独身を貫いたりはしないだろう。いや、ベッケルの短篇『月影』の主人公のように、ロマンチストぶりが高じて月光を女性と思い込んだ王子の例もある。などと考え出すと、それこそアロンソ・キハーノ張りの妄想を掻き立てられる。だが、読者が知りうるのは、ドレが版画で描いたような、どこか滑稽な老郷士と、老騎士のげっそり痩せた姿形のみである。

一方、彼の愛馬ロシナンテとなると、痩せ老いていることしか分からない。もっとも、一般的に言って、馬について語るのに、毛並みや色艶、身体の張具合には触れても、表情を描写した小説というのはあまりない。表情にしても、悲しそうな目をしているとか、歯をむき出しているのを笑顔に見立てたりする程度だろう。ロシナンテの場合も例外ではない。しかも名前からすると、もともと駄馬《ロシン》だったらしい。

この馬に関する情報は限られ、ましてや若馬だった頃のことなど知る由もない。それでも読者はこの駄馬に親しみを感じるのではないだろうか。郷士の妄想につき合わされ、何度転んだことだろう。なのに愚痴ひとつこぼさず、じっと耐えるけなげな姿は、日本人好みかもしれない。その姿は僕の自転車に似ている。いや自転車がこの馬に似ているのだ。

出会いのきっかけは新聞の折り込み広告だった。留学先のカリフォルニアから単身帰国し、一九七〇年代から八〇年代にかけて住んでいた南阿佐谷で再び生活するようになったとき、自転車が必要となった。そのとき、今は無き新宿の老舗デパートの広告で見つけたのだ。それは注文してから一週間ほどでやってきた。色は青。後ろに荷台がなく、泥除けにはゼブラのマーク。細身でシャープな体型は、軽やかな走りを予想させた。事実その走りは素晴らしかった。滑らかな道ではタイヤが微かにシャーという小気味良い音を立て、動きに無駄がなかった。短めのハンドルを握り前傾姿勢になると、僕はツールドフランスの選手そして何よりも騎士だった。

この自転車で善福寺川沿いに走るときほど快適なことはなかった。春の桜、夏の夕暮れ、秋の紅葉、さすがに雪の日は厩に留め置いたけれど、四季それぞれの色や匂いを味わいながら、ゆるゆると、あるいは猛スピードで走らせる。

やがて歳月が流れ、僕も自転車も年を取った。体にはあちこち傷がある。いつしか僕は彼のことを青いロシナンテと呼ぶようになった。ただし普段は略してロシナンテだ。ある夜更け、もうすぐ家というところで車を避《よ》けようとして転び、救急車で中野の病院に運ばれた夜、自分のことよりロシナンテのほうが気がかりだった。翌日、おそるおそる現場に戻ってみた。すると誰かが起こしてくれたらしく、あのほっそりした青い身体が生垣の脇で静かに佇んでいたのだ。その雰囲気はある種の哲学者のようだった。思わず胸が熱くなり、彼をそっと抱きしめた。軽傷で済んだことを無言で報告すると、彼もそこにいた経緯を無言で報告する。彼はシルビオ・ロドリゲスの歌に出てくる青いユニコーンではなかった。なんてストイックなんだ。喫茶店の前に止めて、ものの十五分も経たないうちに回収車に連れ去られたこともある。その日は阿佐谷の七夕まつりの日で、放置自転車には特に厳しい処置が取られたのだ。荻窪の集積所に引き取りに行くと、係のシルバー世代の男性が、料金をいただいて申し訳ありません、苦情は区長にお願いします、といかにも済まなそうに言ったのを思い出す。横目でロシナンテを見ると、いつもの佇まいではあったけれど、迎えが来た保育園児のようでもあった。

若き日のチェ・ゲバラは親友と旅に出て、モーターサイクルをポンコツにしてしまったけれど、僕はそんなことはしない。これでも丁寧に乗り、常にいたわっているつもりだ。それでも時間は容赦なく彼を傷つける。そのため鍵、ライト、ベル、タイヤのチューブといった小物から、買い物かごやサドル、片脚のスタンド、ブレーキ、タイヤそのものに至るまで、修理や交換を繰り返し、今やロシナンテはサイボーグとも言える。ハンドルをはじめあちこちに錆が出ている。駅の自転車置き場でもこんなのはそうは見かけない。老醜と言えばそれまでなのだろうが、老いたペットを飼う人が、そこに老醜を認めないように、僕も老醜を認めない。ロシナンテが年を取ったことは確かだが、醜いとは思えない。ベアリングが磨滅したのだろう、ハンドルが緩くなっている。でもそれは、軟骨がすり減ったのと同じで、別に醜くはない。ただし、五年ほど前から頻繁には乗らなくなった。原因は北口にあった行き付けの喫茶店が店を閉めたことで、毎日のように通わなくなったために、ロシナンテの出番が減ったのである。

ところがここへきて、久々に大きな出来事が起きる。十八年ぶりの引っ越しである。ただし阿佐谷を去りがたく、結局、南から北へと移動することにした。すると、ロシナンテをどうするかとマンションのオーナーに訊かれた。僕は即座に答えた。連れて行きます。というわけで、青いロシナンテは今、新たな駐輪場に佇んでいる。隣のロッドには、女性のものらしい小ぶりの赤い自転車が置いてある。僕はそれを密かにドゥルシネアと名付けた。

騎士の才知、従者の智恵――セルバンテスの諺

1

セルバンテスの代表作として、またスペイン文学の不滅の金字塔として世界に知られる『ドン・キホーテ』の魅力のひとつは、主人公のドン・キホーテとサンチョ・パンサという、強烈な個性を備えた、愛すべき主人公二人の間で交わされる対話にあるだろう。それは世界の文学に霊感を与え、たとえばアルゼンチンのマヌエル・プイグの代表作『蜘蛛女のキス』に登場する主人公二人のように、時空を超えて別のドン・キホーテとサンチョを生み出している。

機知とアイロニーに富んだこの騎士と従者の対話に彩を添えているのが、彼らが繰り出す諺（refrán）や格言（proverbio）、警句（aforismo）の類である。作中用いられている諺に格言・慣用句一二九九例を加えると、およそ一五〇〇例が認められ、そのうち諺は二〇四例、その使用回数は二五六回に上る。(1) それらは言葉の応酬にあっては強力な武器となる。また彼らがいかなる教養や思想の持ち主であるか、そのバロメーターとなるとともに、それらを用いる人物の異なる文化的アイデンティティを明らかにする。そしてそこには、翻訳を通してさえも読者に伝わる言葉

遊びとしての面白さがある。さらに、それらはしばしば風刺の機能を備えているから、登場人物の間で消費されるだけでなく、言外の対象にも向けられ、彼らの舞台を観る観客としての読者への目配せにもなっている。言い換えれば、主人公二人の特異な身体性と相俟って、作者の哲学的言説をすぐれて動的かつポリフォニックなものにしているのだ。したがって、もしもそれらの要素、とりわけ頻出する諺を欠いていたなら、いささか大げさに言えば、この小説はかなり退屈なものになっていた可能性がある。ただし、諺は型にはまった言い回しでもあるので、『ドン・キホーテ講義』[2]を書いたナボコフなら、それがもたらす笑いのレベルは、芸術性という尺度に照らせば低いと言うかもしれない。だがそれはナボコフの美的基準であって、この諺に満ちた作品の魅力とは別であることも確かなのだ。しかもセルバンテスは、諺という慣用表現を巧みに再利用し、あたかもそれが今生み出されたかのように効果的に使っている。たとえば後で見るように、サンチョが用いる諺のうち、「塩豚」に関連するものが五つあり、それぞれが一種のバリアントになっている。よく似た慣用句が反復されることに気付いた読者は、個々に使われたときの面白さに加えて、そこにパロディがもたらすのに似たもうひとつの面白さを味わうことだろう。

小説中最初の諺は、実は主人公たちの対話に先駆け、作者の「わたし」が早くも「序文」で用いている。《わしのマントの中でなら王様だって殺す》[3]というのがそれで、自分の家にいるのなら、（読者は）何でも好き勝手にできる、ということの喩えになっている。つまり、作者は、読者がこの作品をどのように読み、どのように批評しようとかまわないと言っているのだ。「序文」用の諺としてはいささか不穏当に響くが、これは作者が一般読者とともに批評家や同業者を意識し、彼らに挑戦状を突きつけていることを意味するのではないだろうか。かりにそれが挑発なら、諺は匕首ともなり、この小説が鋭い批評性に満ちていることを予告してもいるだろう。いずれにせよ、これがセルバンテスの『ドン・キホーテ』における諺使用の皮切りである。

では、かりに諺が乏しかったら作品はどうなるか。実例を挙げてみよう。セルバンテスは『ドン・キホーテ』の前篇と後篇の間に短篇集の『模範小説集』(4)を出している。そこに収められた短篇のうち、「犬の会話」は文字通り全編がほぼ二匹の犬同士の対話からなり、二人の少年ピカロ(悪者)を主人公とするピカレスク小説的な作品「リンコネーテとコルタディーリョ」も対話が多い。ところがそれらには、諺やそれに類するものが不足しているどころかほとんどない。したがって、ドン・キホーテとサンチョの対話に慣れ親しんだ上でそれらの短篇を読むと、作品としての面白さはともかく、気の利いた諺の使用が見られないのが物足りなく感じられてしまうほどである。あるいは同じ短篇集の「ガラスの学士」では、狂人となった主人公が、あたかも賢者のように、気の利いた言葉を連発する。だがそれは諺ではなく、いわば人々のお伺いに対するありがたいご託宣であって、対話になっていない。だから、そこにはダイナミズムを生む双方向性がない。そのため、箴言や警句を羅列しているだけという印象を受け、脈絡がないので推進力が生まれず、文に流れができないのだ。

したがって、サンチョがいなければ、『ドン・キホーテ』は夢の中の出来事を再現したような、どこか物静かで寂しい悲劇的小説になっていたかもしれない。自分の言葉に耳を傾け、それに対する意見を述べたり半畳を入れたりしてくれる相手がいない騎士は、ハムレットのように独白するか、内的独白を行うしかないのだから。それに、小説はあのような大長篇にはなっていなかったにちがいない。ボルヘスがドン・キホーテの友人と見なす、サンチョという道連れがあってこそ、開かれた空間での移動を連ねた長旅が可能になったのだ。もちろんサンチョが寡黙な男だったらやはり旅は続かないだろう。彼の饒舌が主人のそれとぶつかり合い、対話となることで、エネルギーが生じる。読者はそれに刺激され、ときおり飽きることがあっても、主従二人の対話を聞くためにどこまでも同伴したくなるのである。

短篇や詩など異種のジャンルを包摂するこの壮大な長篇は、器に合わせるかのように対話もきわめて長い。すでに触れた短篇にもかなり長い対話があるが、ジャンル上の制約もあり、それが連続することはまれだ。それに対し、ドン・キホーテはことあるごとに長々と持論を述べ、サンチョもそれに劣らず長広舌を振るう。そうした長い台詞に付き合うのは、少なくとも短くスピーディーな会話に慣れている現代の読者には、場合によっては苦痛かもしれない。その長さが物語の進行を遅らせるからだ。それを救ってくれるのが諺や格言、警句の引用である。それらはしばしば決め台詞としてスパイスのように刺激をもたらし、会話はもちろん文章全体にメリハリをつけ、リズムを付与する要素となり、遊びの要素により楽しませてくれる。しかもドン・キホーテとサンチョの言説の種類の違いがユーモラスなアンバランスを生み、これも大きな刺激となるのだ。

2

セルバンテス自身は諺をどう考えているのだろう。その前にまず、『ドン・キホーテ』の複雑な構造について確認しておく必要があるだろう。よく知られているように、この小説の原典は、アラビア人のシデ・ハメーテ・ベネンヘーリによって書かれたアラビア語による作品で、それをバイリンガルのモーロ人がスペイン語に翻訳し、その翻訳をセルバンテスが第二の作者として編集したという設定になっている。したがって『ドン・キホーテ』は本来翻訳小説なのだ。だとすれば、ここで使われる諺も文化的コンテクストに合わせて翻訳されているのではないかという疑問が生じる。が、この架空の原作者はラ・マンチャ生まれということになっているし、訳した人物はモーロ人なのだから、そのあたりは巧みに処理してあるのだろう。(5)

さて、小説そのものについて批評を行うこの自己言及的な小説では、その要素である諺そのものもまた俎上に載せられている。ドン・キホーテ自身がサンチョに向かって、「諺というものは実によく真実を言い当てるものだ」、「いずれも、あらゆる学問の母ともいうべき経験から引き出された格言であってみれば、真実であるのが当然かも知れぬ」(前21)と言っているのだ。前篇の三分の一あたりなので、まだ主従の関係は固定的であり、サンチョはドン・キホーテが引く諺については何も評釈しない。二人の付き合いが長くなってからのサンチョなら、きっとここで諺の効用について何がしか意見を言うにちがいない。後で触れるように、彼は成長し、知識を披露するばかりか、相手の言葉を批評するようにさえなるからだ。けれど、ここではまだ、主人であるドン・キホーテが評価を一方的に行っている。

ドン・キホーテがイメージする諺とは、古の賢人による格言や金言で、出典が明らかなものであるらしい。このことは後篇で再確認される。ドン・キホーテはサンチョに向かって、「わしは以前にもお前に、諺というものは昔の賢人たちの経験と観察から引き出された短い格言であると話したはずじゃ。だから、その場にぴたりとこない諺など、格言というよりたわごとよ」（後67）とさえ述べている。ドン・キホーテにとって諺とはあくまでも教養の一部であり、美学的基準に基づいて用いるべきものなのだ。このことは、短篇「犬の会話」で二匹の犬のうちの一匹が、ラテン語の諺を持ち出す件を思い出させる。次に引用するのは、諺を巡る二匹の対話である。

ベルガンサ　いやね、学生だったころ先生の口から聞いたラテン語の諺を思い出したんだよ。学生たちはそれを格言と呼んでいたが、こう言うんだ― **Habet bovem in lingua**（舌に牛あり）。

シピオン―　やれやれ、それにしてもひどく場違いなラテン語を持ち出したもんだな！

君はもう忘れちまったのかい、われわれが今しがた、スペイン語の会話のなかにラテン語を挿入する連中にけちをつけたのを？

ベルガンサ　だけど、このラテン語はこの場合にぴったりあてはまるんだよ。つまり、昔アテナイ人たちが使用していた貨幣のなかに、雄牛の刻印のあるのがあったので、賄賂を受け取った判事が義務を怠って、正しいことを言わないでいると、人びとが「あいつは舌に雄牛を持っている」と言ったというわけさ。(6)

犬のベルガンサは主人たちと学校へ通っていた時にラテン語を聞き覚えたことになっているが、対話の相手の犬シピオンもラテン語が理解できる教養の持ち主であり、二匹の対話の言説に落差はない。そのため諺あるいは格言を使っても、風刺の感触こそ伝わるものの、『ドン・キホーテ』にみなぎるユーモアはそれほど感じられない。

これに対し、格言を巡るやりとりでも、『ドン・キホーテ』の場合には、ユーモアに溢れ活気に満ちている。次に引用するのは、毛布《ケット》上げで弄ばれたサンチョの災難と一〇〇回も打ちのめされたドン・キホーテの災難の度合いを比べる件で、ドン・キホーテはひどい目にあったという点では自分のほうが上だと主張する。するとサンチョが言う。

「そいつはあたりまえでしょうよ」とサンチョがひきとった。お前様の話によれば、災難ってやつは、従士によりも遍歴の騎士に起こりがちだっていうからね。」

「それは思い違いだぞ、サンチョ」と、ドン・キホーテが言った。「ほらローマの金言にも、《頭ガ痛ム時ニハ……云々》というのがあるではないか。」

「おいらは自分の国の言葉しか分からねえです」と、サンチョが答えた。

「つまり、その金言が言わんとするのは」と、ドン・キホーテが続けた、「頭が痛い時には、体のほかの部分も同じく痛むということじゃ。すると、お前の主人であるがゆえにわしの体の一部ということになるが、この道理に従えば、わしに降りかかる、もしくはこれから先、降りかかるであろう災難はお前にもつらいはずであろうし、逆にお前の苦痛はわしの苦痛でもあるはずだということよ。」

「そうあってほしいものですよ」と、サンチョが言った。「それなのに、おいらが体の一部として毛布《ケット》あげにされていたとき、おいらの頭ときたら、おいらが宙に舞いあがるのを土塀の外から手をこまぬいて眺めてるだけで、何の痛みも感じちゃいなかったんだよ。体の部分である手足に頭の痛みを感じる義務があるっていうなら、頭のほうだって手足の痛みを感じなきゃならねえはずでしょうが。」（後12）

土塀の外から眺めていた「おいらの頭」とはもちろんドン・キホーテのことである。このサンチョの言葉に、ドン・キホーテは、「あのときお前がその体に感じていた苦痛よりも、はるかに大きな苦悩を心に覚えていたからじゃ」と言い返すものの、形勢不利と見て、「だが、この頭と体の部分の問題はしばらくおくことにしよう、いずれまたじっくり考えて、適切な結論に達する折もあろうからな」と言って、話題を変えてしまうのだ。ここはサンチョが一本取ったと見なしていいだろう。

教養ある「犬」たちとちがってサンチョには、ラテン語（牛島訳では送り仮名がカタカナになっている）をちりばめたペダンティックな言説は通じない。金言が金言にならないのだ。そこでドン・キホーテが解説し、コミュニケーションは復活する。だがこのあとの機知に富んだ「道理」の応酬では、サンチョの方が優勢である。譬えとしての頭を文字通り身体の一部と見なして、見事に文脈にはめ込むのだ。だからドン・キホーテはあえてこの論戦を途中で終わらせてしまったのだろう。さらにここには、ドン・キホーテの精神主義とサンチョの物質主義という対照的特徴も見られる。

サンチョがここまで言えるようになるのは、物語がだいぶ進んでからである。彼は成長するのだ。もっとも、前篇には彼がドン・キホーテに結婚を勧める件があるが、そのとき主人は従者が「そのように馴れ馴れしい調子で、そのように生意気な口をきく」ことを許さず、サンチョを槍で打ちのめしてしまう。サンチョが見違えるように能弁に話し出すのは、前篇の十年後に出た後編においてである。(7) それに合わせるかのように、彼が用いる諺の数が一気に増える。そのことはドン・キホーテも気付いていて、次のように言う。

「(……) さあ、言ってみろ、お前は一体どこでそういう諺を探してくるのじゃ、この能無しめが? また、どうしてそんなにぽんぽんはめこむことができるのじゃ、このうつけ者めが? わしなど、たった一つの諺を見つけ、それをぴったり当てはめるのに、まるで大きな穴でも掘るかのように苦労し、汗水たらしておるというのに。」(後43)

するとサンチョは、諺は自分の財産であり、今格好の諺が四つも浮かんだと言ってから、だが《よく黙する者、そはサンチョなり》という自家製の諺を披露して、その四つが何であるか教えない。ドン・キホーテは「黙する者」という自己評価に呆れながらも、四つの諺が知りたくてたまらず、サンチョに教えるよう求める。そこでサンチョは立て続けに四つ挙げ、ダメ押しに《愚か者も自分の家なら、他人の家にいる賢者より物が分かる》を披露する。そのとたん、ドン・キホーテはそれを否定し、「愚か者は自分の家にいようと他人の家にいようと、何も分からぬものよ、愚鈍という土台のうえに深慮の建物がたつことなど決してないからじゃ」と決め台詞を吐く。そして話題を変えるのだが、ここでは反証が可能な諺を媒介に、二人の間にほぼ対等な対話が成り立っている。しかし、あるときサンチョが諺を連発すると、あまりのくどさにさすがのドン・キホーテもたまりかねて、「サンチョよ、諺はもうたくさんだ」(後67)と言い出すことになるのだ。

この小説全体において、二〇四例の諺が二五六回使用される中で、ドン・キホーテの台詞では六十九回ほど使われている。これに対し、サンチョは諺を一五九回ほど使用している。その数ドン・キホーテの二倍以上で、しかもその多くは後篇に見られる。そして、公爵の城に主従で逗留した折に、サンチョの物言いや諺の連発が、ついに公爵夫人を驚嘆させるまでになるのだ。公爵が所有する島の領主になれる可能性を知ったことで、彼の農民的意識に変化が現れる。

とはいえ、サンチョの口を突いて出てくる諺とドン・キホーテのそれとでは、全体として見ると種類が違っていることは明らかだ。たとえば公爵夫人を驚かせた諺の連発の件はこうだ。

「(……)それで、もし奥方様が、約束の島の領主の職をおいらに与えねえほうがよいというお考えなら、それも神様の思し召しで、おいらが島なんか持たねえ人間として生まれてきたまでのこと。おまけに、なまじっかそんなものをもらわねえほうが、おいらの良心にとっちゃよいことになるかも知れねえさ。そりゃ、おいらは愚か者だけど、あの《蟻に羽根の生えたが不幸の始まり》っていう諺の意味は、よく分かってます。それに、おそらくは島の領主サンチョより、従士サンチョのほうが楽に天国へ行けるってもんでしょう。《ここだって、フランスに負けねえうまいパンを焼いてる》し、《夜になりゃ、どんな猫だって豹に見える》し、《午後の二時まで朝食にありつけねえ者は衰弱する》し、《他人より手のひらひとつ分も大きな胃袋はねえ》し、胃袋なら下世話で言うように、《藁や干し草ででも満たすことができる》し、《野の小鳥たちは神を食糧調達係に持っている》し、《クエンカ産の粗い毛織物四バーラは、セゴビア産の高級ラシャ四バーラより暖《あった》かい》し、《わしらがこの世をあとにして土のなかに入れば、王侯も日傭い人夫も同じように窮屈な思いをする》し、よしんば二人のあいだに背丈の違いがあったところで、《法王様の体が寺男の体よりよけいに地面を占領するわけじゃねえ》、というのも、わしらは墓穴に入る段になると、その場所に合わせて体を縮こめる、というよりは、否応なしに縮こめられて、はい、お休みなさいってことになるわけだからね。(……)」(後33)

サンチョの饒舌はこの後も続き、《十字架の背後に悪魔がひそむ》、《光るもの必ずしも金にあらず》を引用している。公爵夫人が驚嘆するのも無理はない。だが、ここにはドン・キホーテなら使わないはずの諺もしくはそれに類するものがいくつか含まれている。それは食物、食事、胃袋、食糧など食に関連する諺である。そもそもサンチョが最初に持ち出す諺が、《死人は墓へ、生きている者はパンへ》(前19)というきわめて現実主義的かつ物質主義的なものなのだ。

サンチョは卑俗な性格の持ち主だが、揺るぎないスペインの伝統を踏まえている。農民的イメージにふさわしく、きわめて現実主義的であるからこそ、食に言及する諺を盛んに使う。だが、サンチョの言説は一義的な騎士の言説すなわち中世の世界の言説を相対化し、その硬直性を批評する役割を担わされている。中世・ルネッサンスの民衆文化の笑いについて論じているミハイル・バフチンによれば、「ドン・キホーテに対するサンチョの役割は、高尚なイデオロギーや礼拝に対する中世のパロディの役割、厳粛な儀礼に対する道化の役割、《Careme》（肉断ち）に対する《Charnage》（肉好み）の役割等々と対置することができる」(8)のだ。したがって、サンチョの諺を対置するためにも、まずはドン・キホーテの用いる諺を検証してみる必要がある。

3

前述のように、ドン・キホーテは諺を六十九回使っているが、それらには共通する特徴がある。高邁な理想に燃える高潔な騎士（と自認する彼）にふさわしく、道徳・教養・精神すなわち抽象的観念に関するものが圧倒的な数を占める。しばしば教訓として使われるのも特徴と言え、そこにはドン・キホーテの意識における主従の固定的上下関係が反映している。もちろん、真の作者セルバンテスが、人口に膾炙《かいしゃ》した諺の中からそのような類の諺を選んで使わせることで、騎士ドン・キホーテの性格を浮かび上がらせているわけである。それらを便宜上さらに細かく分類してみると、おおよそ、徳、苦悩、恩、情、恋心、嫉妬、憂さ、教養、謙虚、堪忍、寛大さ、勤勉、主体性、侮辱、精神、死、希望、健康、飢えという項目が立てられる。煩雑になるのを承知で以下に列挙してみよう。ここでは『ドン・キホーテ』の諺研究を行った山崎信三による簡潔な訳を採用し、必要に応じて同氏による解説を施すことにする。(9)

（1）徳

＊血は受け継がれるが、徳は自ら獲得するもの。（後42）

＊徳はそれ自体において血統の持ち得ない価値を秘めている。（後42）

＊徳行は善人によって愛されるよりは、悪人によって迫害されることの方が多い。（前47）

（2）苦悩

＊良心的行為の結果生じた苦悩は、不幸というよりはむしろ天の恵みとみなすべき。（後12）

（3）恩

＊心こもる世話に悪しき報酬（恩を仇で返す）。（後66）

＊恩知らずに親切を施すは、大海に水を捨てるようなもの。（前23）

＊忘恩は傲慢の産物。（後51）

（4）情

＊逃げる敵には銀の橋をかけよ。（後58）

（5）恋心

＊この場にいない者は、疑心暗鬼を生じ不安になる（恋する者の不安な心理状態）。（前25）

（6）嫉妬

＊嫉妬が招くは不快と恨み、そして苛立ち。（後8）

(7) 憂さ

*歌う人は憂さを払う。(前22)

(8) 教養

*ホメロスも時には注意散漫。(後3)

*プラトンはわが友、そして誠実はさらに良き友(礼儀、情愛には誠実さを最優先せよ)。(後51)

*詩人は生まれるのであり、作られるものではない(持って生まれた才能がものをいう)。(後16)

*ペンは心の舌。(後26)

*槍が筆をにぶらしたことはなく、筆も槍をにぶくしたことがない(軍人という職業と文筆活動が相容れないわけではない)。(前18)

(9) 謙虚

*謙虚なる者を神は称える。(前11)

*神を畏れるところに智恵が生まれる(神をうやまう人は、慎重さ、分別、沈着さ、公正さを伴う行動をする)。(後42)

*自画自賛は値打ちを下げる。(後16)

(10) 忍耐

*神は悪人どもを我慢なさるが、いつまでもというわけではない。(後40)

*驢馬は重荷に耐えるが、それにも限度がある。(後71)

(11) 寛大さ
＊厳格な判事は、寛大な判事には勝てぬ（厳格すぎる正義よりも寛大な慈悲のほうがよい）。（後42）
(12) 勤勉
＊勤勉は幸福の母。（前46）
(13) 主体性
＊各自が自身の運命の織り手。（後66）
(14) 侮辱
＊侮辱されたことのない人は誰をも侮辱できない（侮辱は地位・身分のある人たちの沙汰）。（後32）
(15) 精神
＊だらしのない格好はたるんだ心のあらわれ。（後43）
(16) 死
＊死は最たる不幸、しかし立派な死であれば、それは何にも優る。（後24）
(17) 希望
＊よき希望はさもしき所有に優る。（後7、65）
(18) 健康

＊昼食は控えめに、夕食はさらに控えめに。全身の健康は胃袋が管理。（後43）

（19）飢え

＊藁でも干し草でも……（食べられさえすれば、食材の良し悪しは問うまい）。（後3、33）

＊飢えと欠乏ほど貧しき者たちの心をさいなむものはない。（後51）

このように整理すると、やはりモラリスト、ロマンティスト、オプティミストといった、いかにもドン・キホーテらしい性格が見えてくる。ここで例外的なものに触れておくと、（18）と（19）の項目に分類した諺は、むしろサンチョが使いそうである。しかし、（18）は食と関係があるものの、そこで言おうとしているのは過食の戒めであり、称揚されているのは健康なのだ。また（19）の飢えの項目に挙げた《藁でも干し草でも云々》は、実はサンチョも使っている。ただし、ドン・キホーテはこれを転用し、本来の意味とは別のことを言おうとしている。登場人物であるドン・キホーテが小説『ドン・キホーテ』を批評するという、有名な場面だ。彼は「作者がどうして本筋とはかかわりのない小説やら物語やらを挿入する気になったのか」とメタ小説的構造に疑問を投げかけた後、そうした要素を藁や干し草、すなわち単に苦し紛れに本を膨らませるための要素に喩えているのである。もちろんここには自己言及的ユーモアがある。また、「飢えと欠乏……」は、バラタリア島領主になったサンチョ・パンサに宛てた手紙の中で用いられている。ドン・キホーテは「人民の意を得んがために留意すべきこと」として、誰に対しても礼節を守ること、食糧の十分な備蓄に努めることを挙げ、後者の理由を《飢えと欠乏ほど貧しき者たちの心をさいなむものはなきが故》としているのだ。要するにドン・キホーテ版君主論の一環として、治められ、飢える側ではなく、治め、飢えさせる側からの視点でこの諺は使われている。

一方、サンチョのキャラクターは、民衆知を備え、生活者としての経験則に通じている人物であり、ブッキッシュで観念的なドン・キホーテ及びその前身のアロンソ・キハーノとは対照的である。サンチョは世故に長け、単純でありながら聡明で複雑な人物であり、その性格は変化する。

バフチンはサンチョをこう評している。「サンチョ（《パンサ》）の肥った腹、飲み食いの欲望は根本的にまだ深くカーニバル的である。豊富と充実の愛着は根本において、個人的・エゴイスティックな、分離的性格をまだ持ってはいない。これは全民衆的豊かさへの愛着なのである。[10]」サンチョは諺を一五九回ほど使用しているが、前述のように、農民的イメージにふさわしく、きわめて現実主義的で、食料、食事、胃袋（空腹）などに言及する諺を盛んに使う。その一方で、価値や権威を転倒させるような諺も使用する。そのため、ラブレーの『ガルガンチュア物語』にはもちろん及ばないが、バフチンのカーニバル理論が当てはまる好例となっている。以下、サンチョの用いる諺を、ドン・キホーテの場合と同様、分類してみよう。

（1）塩豚

＊塩豚がありそうな所に釘がない（意外、期待外れ）。（後55）
＊釘のあるところに塩豚がない（あるべきところにあるべきものがない。期待外れ、見当違い、見かけ倒し）。（後73）
＊塩豚のないところに釘はない（吊るす必要がないから、当然といえば当然）。（後10）
＊釘もないのに塩豚はあると思い勝ち（早合点する）。（前25）
＊釘のあるところに常に塩豚があるとは限らぬ（先入観、早合点、あるいは勘違い）。（後65）

（2）パン

＊パンを焼いたりこねたりする人からパンを盗るべからず（つつましく働き生計を立てる人からパンを奪ってはいけない。／経験者を騙すことは困難）。（後33）
＊パンは頂いたがお供はごめん（恩知らずの人を叱る）。（後7）
＊裕福な家では夕食もすぐにととのう（才能や教養の豊かな人は、生じた困難に対する方策、ふさわしい解決法を持っている）。（後30、43）
＊苦悩もパンがあれば少なくなる（財産があり、生活の心配がなければ苦労や悩みもそれだけ軽くなる）。（後13、55）
＊ここでもフランスに負けない美味いパンができる（いいものはどこにでもある）。（後33）

（3）豆

＊よその家でもそら豆を煮るが、わが家では大鍋いっぱいに煮る（誰しも問題は抱えている）。

（後13）

（4）蜜

＊蜜になってご覧、蝿に食われるよ（あまりにも温良な人は誰にでも利用されやすい）。（後43、49）

（5）キャベツ

＊キャベツとかごを混ぜこぜにする（場違いな、あるいは関係のない話を持ち出す）。（後3）

（6）ほうれん草

＊ほうれん草に目がない婆さんは、青葉も枯葉も残さない（最初は興味を示さなかった人が、一度味をしめると、後には過度に執着するようになる）。（後69）

（7）菊芋

＊海に菊芋を求める（不可能なことを望む）。（前30、後3、20）

（8）卵

＊雌鶏は卵のあるところに卵を産む（何かを為すためには刺激が必要）。（後7）

（9）農業

＊不毛の乾いた土地でも、肥料を施して耕せば、よい収穫をもたらす（たゆまぬ努力は問題を克服し成果をもたらす）。（後12）

（10）菓子

＊これまでのところは、甘い菓子か絵に描いた餅みたいなもの（問題の核心にはほど遠い）。（後2）

(11) 餌

＊鼠に食わせるものを猫にくれてやれば、手間も省ける（切迫した状況の対応に手間取ってはいけない。最善のタイミングと対象の判断も大切）。（後56）

(12) 空腹

＊藁でも干し草でも……（腹は膨れる）。（後3、33）

(13) 食

＊どこに生まれるかではなく、どこで食するかである（氏より育ち）。（後10、32、68）

(14) 空腹

＊腹が気力を生むのであって、気力で腹を満たすのではない。（後47）

ドン・キホーテとは対照的に、物欲や世故に関するものも目立つ。それらは本人の物欲や世故を示すと同時に、それ自体への批判ともなる。《裸で生まれた私は今も裸。失ったものも得たものもない》これはバラタリア島の領主を退くときの名台詞だが、サンチョの変化と成長を示しているとも取れるだろう。以下はサンチョの物欲と世故を示す例である。

（15）物欲・世故

＊知識よりも財産の脈を先にとる（人の値打ちは金次第）。（後20）

＊贈り物は岩をも砕く。（後35）

＊資産家相手に遺恨は晴らせぬ（権力や金がものを言う）。（後43）

＊強欲は袋を破る（二兎を追う者は一兎をも得ず）。（前20、後13、36）

＊長者のたわごとが格言となる。（後43）

＊他人より手の平ひとつ分も大きな胃袋はない（欲の皮を張ってみても仕方がない）。（後33）

＊君の値打ちは財産次第、多いほど値打ちも上がる。（後20）

＊子牛を貰えるときは手綱持参で駆けつけよ（好機を逸するべからず）。（後4、41、50、62）

4

セルバンテスは、ドン・キホーテとサンチョを一つの世界に同居させたが、メキシコの作家カルロス・フエンテスが指摘するように、本来ドン・キホーテは叙事詩のヒーローであり、サンチョはピカレスク小説に登場する現実的なピカロ（悪者）である。騎士道小説を読みすぎて理性を失ってしまったドン・キホーテは、はるかな過去に住んでいる。一方、サンチョは身近な現在に生きていて、彼の唯一の関心事は日々を生き抜くことである。何を食べようか、今夜はどこで寝ようか、という具合に彼は発想するのだ[11]。

小説の中で二つの〈現実〉が共存していて、読者はそれを同時に見ている。だが違和感はない。むしろその状態こそリアルな現実と言うことができ、一義的で一枚岩的な現実に対する批判となっている。そのリアルな現実において、ドン・キホーテとサンチョは対照的な存在でありながらも共存し、冒険と対話を繰り返すことで生じる相互浸透の効果によって、やがて融合する。諺は、それが謎掛けであることによってまず相手の関心を呼び覚まし、対話に参加させる機能を果たす。諺は互いの性格を固定的に反映するばかりでなく、相互浸透の効果によって、その用いられかたも変化する。読者はサンチョが放つ諺の変化に、彼自身の成長を認めることができるだろう。先に見たように、サンチョの場合、諺の数が増えるだけでなく、食を中心とする具体的なものに、抽象的、観念的なものが混じるようになる。スペインの碩学サルバドル・デ・マダリアガの言葉を借りれば、「サンチョの精神が現実から妄想へと上昇していく[12]」のだ。ただし、バフチンによれば、サンチョの変化は民衆性の喪失を意味しているという。

ドン・キホーテの同一性を認めるためには他者が必要であり、うってつけの他者としてサンチョが作られたのだろう。また、登場人物はすべてドン・キホーテに対する他者としての役割を果たしている。ドン・キホーテとサンチョは友情で結ばれていると同時に、夫婦のような関係にもあり、サンチョは女房役を務めている。実際、相棒の不在がついにはドン・キホーテに孤独をもたらしさえする。サンチョのバラタリア島領主赴任に伴う別離の場面がそれである。

相互浸透は、具体的にはサンチョが主人の高潔さ、想像力に感染し、ドン・キホーテ化すると同時にドン・キホーテもまた現実との関係においてサンチョ化する、すなわち、彼の「精神は次第に妄想から現実へと下降する」[13]という形で描かれる。サンチョの方が不断に変貌し、重層的、両面的性格を示すのは、ドン・キホーテが騎士道物語の枷に縛られているのに対し、サンチョは自由人であり、そうした枷に囚われないからである。彼は外的現実が変化しても、それに柔軟に対応できるのだ。[14] そして最後に訪れるドン・キホーテの覚醒は、中世的世界への決別と言える。古に書かれた、物語が破棄されるのである。

バフチンは言う、「ルネッサンスの時代には、笑いは最もラジカルで普遍的な、いわば世界を抱擁する形で、歴史にただ一度だけ五、六十年間にわたり（国により時期も異なるが）民衆の奥底から民衆の〈《卑俗な》〉言語をもって、大文学と高尚なイデオロギーの中へと突進して来たのである。そしてボッカッチォの『デカメロン』、ラブレーの小説、セルバンテスの小説、シェイクスピアの劇、喜劇等々の世界文学史上の作品の創造に重要な役割を果たした」[15]と。

バフチンが〈カーニバル的〉と評するセルバンテスの小説、中でも代表作『ドン・キホーテ』には笑いが満ちているが、そこにはドン・キホーテとサンチョという対照的な「カーニバル的ペア」がいる。そしてサンチョの〈卑俗〉な言葉とキホーテの高尚な言葉の衝突がポリフォニックな空間を作るとともに笑いを誘う。彼らが用いる諺は、笑いの元となる。そしてその諺の変化は、主人公のキャラクターの変化（とりわけサンチョの成長、民衆性の喪失）と同時に、近代における小説自体の変化、すなわちバフチンが指摘した、「大地と宇宙のつながりが断たれる」[16]兆しを示してもいるようだ。だからこそ『ドン・キホーテ』は、近代小説の嚆矢なのだろう。

注

（1）山崎信三「『ドン・キホーテ』に見ることわざ」『『ドン・キホーテ』讃歌』行路社、一九九七年、一〇一―一二〇八頁。

（2）ウラジーミル・ナボコフ『ナボコフのドン・キホーテ講義』行方昭夫、河島弘美訳、晶文社、一九九二年。

（3）ミゲル・デ・セルバンテス・サアベドラ『ドン・キホーテ』前篇、牛島信明訳、岩波書店、一九九九年。以下、引用の際は原則として本書前・後篇を用い、引用箇所は、前篇第1章の場合（前1）、後篇第1章の場合（後1）のように略号で示す。

（4）セルバンテス『模範小説集』牛島信明訳、国書刊行会、一九九三年。

（5）稲本健二「セルバンテス・マジックのタネ明かし『ドン・キホーテ』前篇のテキストをめぐって」『『ドン・キホーテ』を読む』行路社、二〇〇五年、二〇五―二〇七頁。

（6）セルバンテス『模範小説集』四六三―四六四頁。

（7）刊行年は前篇が一六〇五年、後篇が一六一五年。

（8）ミハイール・バフチーン『フランソワ・ラブレーの作品と中世・ルネッサンスの民衆文化』川端香男里

訳、せりか書房、一九八五年、二七頁。

（9）山崎信三「『ドン・キホーテ』のことわざ」『ドン・キホーテ事典』行路社、二〇〇五年、一三一―一六六頁。／『ドン・キホーテのことわざ・慣用句辞典』論創社、二〇一三年。

（10）バフチーン、前掲書、二六頁。

（11）カルロス・フエンテス『セルバンテスまたは読みの批判』牛島信明訳、書肆風の薔薇、一九八二年、三六頁。

（12）サルバドール・デ・マダリアーガ『ドン・キホーテの心理学』牛島信明訳、晶文社、一九九二年、二三七頁。

（13）マダリアーガ、上掲。

（14）牛島信明『ドン・キホーテの旅　神に抗う遍歴の騎士』中央公論新社、二〇〇二年、一二三頁。

（15）バフチーン、前掲書、六八頁。

（16）バフチーン、前掲書、二七頁。

※本稿は、二〇〇八年十一月十五日に明治大学において開催された、ことわざ学会主催のシンポジウム「文豪とことわざ―セルバンテス・シェイクスピア・ドストエフスキー」における口頭発表を元に、新たに書き下ろしたものである。

＊

エリセの聖なる映画

1　詩と二重の運動

ビクトル・エリセの映画においては、あらゆる日常的場面がどこか聖化された特権的なものに見えるのはなぜだろう。それは彼の映画がきわめて詩的であることに起因するのではないだろうか。メキシコの詩人オクタビオ・パスによれば、詩は二重の運動を示すという。すなわち、「歴史的時間の原型的時間への変質と、この限定された歴史的〈今〉における具現」（『弓と竪琴』）である。ルーマニアの宗教学者エリアーデに霊感を得たパスの論に従えば、エリセの映画は詩的手法を用いることで、歴史的時間を一度原型的時間に変質させ、そのうえでそれを、限定された歴史的〈今〉として描いていることになる。そのために、彼の映画では日常的場面も聖化されたものに見えるのではないだろうか。またその画面が独特の強度を感じさせるのは、今述べた二重性とともに、彼の豊かな映画的記憶や引用がもたらすものでもあるだろう。

「ミツバチのささやき」（以下「ミツバチ」と省略）は冒頭に一九四〇年という歴史的年号およびオユエロス村という具体的場所を示す名前が現れる。にもかかわらず、それは「昔々、あるところに」で始まるおとぎ話を映像化したようでもある。ぼくはこの二重性の謎が気になってしかたがなかったのだが、エリセがパスやバルトの詩論を読んでいることを手掛かりに考えるうちに、前述の詩の二重運動という機能に思い至ったのだった。彼はこの機能に早くから気付き、それを映画に取り入れたのではあるまいか。しかも「ミツバチ」をはじめ彼の映画自体が時間を巡る省察になっているのだ。そして、とりわけフラグメント化と省略法が用いられた「ミツバチ」では、詩的手法が大きな効果を挙げている。

パスはさらに、「詩の根幹的機能のひとつは、事物の裏面や、日常にひそむ驚異――非現実ではなく、世界の奇跡的な現実――を見せ示すことだ」(『泥の子供たち』)とも述べる。この考え方

上下共「ミツバチのささやき」

は、ガルシア＝マルケスの小説の魔術的リアリズムの特徴についても当てはまるのだが、エリセは「ミツバチ」では少女アナの目を借りて世界の奇跡的な〈現実〉を示してみせる。彼女のヴィジョンに同調するとき、カスティーリャの畑の井戸や廃屋は、精霊が出入りする場所となる。それは騎士になったドン・キホーテの目には田舎娘が姫君と見え、風車が巨人に見えるのに等しい。もちろんイサベルや大人たちは、もはやアナの魔術的世界の外にいる。したがって、画面に映る歴史的〈今〉の中には、二つの世界が共存してもいるのである。二重性の中の二重性。ぼくたちはその二つを同時に見ている。ちょうど騎士に変じたアロンソ・キハーノすなわちドン・キホーテが生きる現実と、サンチョが生きる現実とを同時に見るように、ぼくたちは二つの現実が交錯するのを見ているのだ。それが切り替わるたびに、ぼくは軽い衝撃を受ける。

アナの側から現実を見るとき、世界は合理主義に席巻される以前の姿かたちを取り戻し、アニミズム的世界が現れる。父親と二人の娘がキノコ狩りに出掛けたときに彼方に見える山は、神秘的な霧の掛かる霊山と化し、父親に悪しきものとして徹底的に踏み潰される毒キノコの痛みをアナは感じているようだ。しかし、そもそも毒キノコという存在自体は、人間が考え出した善悪二分法による分類が生み出したものであり、自然の側から見ればただのキノコにすぎない。

エリセの映画では本来小さく聞こえるはずの音が、増幅されたかのように大きく聞こえる。一体誰の耳を通じて世界の音を聞いているのだろう。鋭い視覚ばかりでなく、子どもあるいは犬や猫の耳かもしれないと思わせるほど、研ぎ澄まされた聴覚が感じられるのである。いずれにせよ、彼の視点は常にマイナーなものの側にある。

エリセは一九八五年に初来日しているが、その折に一般の映画人と異なり、高野山に行くことを望んだという。それは宗教そのものよりもその場所の備える霊性に関心を抱いたからにちがいないが、彼の映画にはこうした霊性やマイナーなものが発信する信号に敏感に反応する感受性が張り巡らされている気がする。

一方、合理主義の信奉者で、物事を二分法で解決しようとする父親は権力者であり、神である。事物の名を娘たちに教えるときの姿はまるで創造主のようにすら見える。彼は、ミツバチを支配するように、一家を支配している。家自体が蜂の巣となっていて、窓ガラスの六角形はそれを象徴しているのだろう。夜、寝床にいる姉妹は、父親が来る足音を聞きつけると慌てて寝ようとする。支配者が近づいてきたからだ。また父親の姿は、科学の力で生命を操り人造人間を作ってしまうフランケンシュタイン博士と重なり合う。映画では公民館から聞こえてくる映画の前口上の声に、通りを歩く父親の姿が重ねられるのだ。後になんらかの事件が起きることを予感させる場面である。

その前口上では映画の物語がフィクションであることが明かされる。また見終えた後でイサベルは映画での少女の殺害が嘘であることをアナに説く。しかし、アナはその説明を信じず、嘘をついているのは姉のほうだと考える。ここには現実と虚構の問題が仕掛けられていて、両者は拮抗しているが、やがて本来虚構だったはずの現実が、アナによって逆転させられることになる。

エリセは日常という皮膜を剝いでみせる。すると闇の中からもうひとつの現実が顔を覗かせるのである。

母親はおそらく政治的理由から、夫と折り合いが悪い。警察署長と懇意らしい父親は知識人ではあるが共和派ではなさそうだ。ただ、彼が鉱石ラジオで聞いているのは国外の共和派が流す放送なので、その政治的立場は必ずしもはっきりしない。母親が、夫との折り合いの悪さや彼女の立場を象徴するように狂ったピアノで弾く曲が、ガルシア・ロルカの作曲であるとすれば、彼女は終わったばかりの内戦では共和派シンパだったのだろうか。内戦後の閉塞的状況の中では、閉ざされた村もまたミツバチの巣のようなものかもしれない。それは一枚岩であることを強制された社会である。映画では決して姿を見せず、家の壁に描かれたファランヘ党のエンブレムとしてしか現れないが、フランコという権力者がそれを支配しているのだ。

だがこの映画では、そうした事実関係は暗示されるだけで、説明されることはない。したがって観客は、逆の解釈をして、まったく異なる物語を作り上げてしまう可能性もある。そうした曖昧性もしくは多義性が、フランコ独裁制末期とはいえ機能していた検閲のコードを、この映画がすり抜けた理由のひとつでもあるのだろう。

父親は馬車で出掛けるが、行く先は分からない。自転車に乗った母親は、鉄道の駅までしか足を伸ばせない。彼女は村から出られないのだ。そして列車だけが外からやってきて外へと向かう。果たして脱走兵なのか共和派の残党なのか不明だが、列車が運んできたよそ者、アナにとっての精霊は、夜中に銃撃され射殺されてしまう。映画では闇の中の音と閃光による一瞬の出来事だ。映画全体に貫かれているフラグメント化と省略法がさらに凝縮された場面だが、それがむしろ衝撃と余韻をもたらす。全体が静謐であれば大音量は必要ないのだ。

この一家は旅をしたことがなさそうだ。一家を船にたとえれば、その船は一度も航海に出たことがない。幼い姉妹が学校に行く場面で流れるリコーダーの曲はフランスの十九世紀の童謡で、その歌詞が、一度も航海したことのない船に言い及んでいるのは、果たして偶然だろうか。この歌詞の内容を紹介すると、船は航海に出る。そのうち食料が尽き、一番幼い子が犠牲として食べられそうになる。すると魚がたくさん穫れて、結局助かるのだが、しかしこの旅と危機というテーマは、少女が象徴的な旅に出て危機に遭うという「ミツバチ」に通じるところがあるのではないか。あるいは学校そのものが船なのかもしれない。おそらく少女たちの中で一番年下と思われるアナが、女教師の質問の矢面に立たされてしまう。

アナはやがて船を降り、独自の旅に出る。まず手始めに、夜、独りで外に出て行ったのは、いわばリハーサルだった。彼女の行動の内容は不明だ。だが行動したのは昼間の現実ではなく、映画館の闇の中に現れる現実と繋がる、もうひとつの現実においてではなかったか。スクリーンで見た、彼女にとってはリアルな世界へとおそらく足を踏み入れ、精霊に会おうとしたのだろう。外から見ればそれを幻想と呼ぶことは不可能ではない。実際、映画ではそのあたりは曖昧に描かれ、彼女が音を聞いた列車と男が飛び降りた列車が重なり合うように撮られている。まるでその場面はアナが見た夢のようでもある。ここでも歴史的時間と原型的時間の二重性が巧みに用いられているのだ。

先に挙げた廃屋の入り口や井戸ばかりでなく、異界あるいはもうひとつの現実への入り口は無数にある。映画館となった公民館、人体模型の目、アナの瞳、あるいはベッドの下、家の外へ通じる扉など。アナにはそれが見えている。井戸の脇で何かと交信するかのような仕草をするときの彼女はほとんどシャーマンである。相手が見えないイサベルにとってはアナの行動は奇異に感じられるばかりだろう。

それを単なる幻想ではなく、アナには今ここにあって見えている現実として提示するエリセの手腕には驚かされる。彼女がもうひとつの現実に触れていることが分かるからだ。アナが大きな足跡に自分の小さな足を重ねるとき、その様子を見ているぼくたちは、大人の男が残したものであろうと予想する一方で、精霊が残した可能性を思わず考えるのではないだろうか。そこにあるのは、今は見えなくなってしまったかもしれないが、かつては僕たちにも見えていた現実であり、映画はそれを現実として感じていたときのぼくたちを甦らせる。するとそこに二重の現実が存在することがはっきりと感じられ始めるのである。

一度目の出奔の後、ストーリーは大きく展開する。アナがおそらく精霊と見なしている男との出会い、交流があったのち、男は殺される。アナにとっては精霊が殺されたのだ。男／精霊の遺品から事態を知ったアナは廃屋に確認に行き、血痕を見つける。そこへ父親がやってくる。このとき彼女は父親に支配された、家族の属する現実に見切りをつけたのだろう。そのあと彼女がさまよう夜の森は幻想的に描かれる。ぼくたちには幻想的に感じられるのは、そこがこちら側ではなくあちら側、すなわち精霊が生きるもうひとつの現実だからだ。彼女は毒キノコに手を触れる。それは父親が設けたタブーに違反することである。しかし、もうひとつの現実では、毒キノコも共生可能なひとつの生き物でしかない。やがて彼女は水辺でフランケンシュタインに出会う。こちら側の人間は、それをアナの夢と解釈したくなるだろう。ボルヘスが好んで引用するコールリッジの花を思い出す。夢の中で楽園を通りすぎた男が、そこに行ったしるしに一本の花を授けられる。そして目を覚ますと手の中にその花がある。そんなことが起きたらその男はどうするのだろうという一節である。花こそ持っていなかったものの、アナも夢（ただし外から見た場合にそう呼ぶ）と現実を等価なものとして把握しているのではないか。その二重性の重みに耐えかねてアナは病と眠りという中間的状態に陥るのだろう。それはあたかもメタモルフォーズ前の繭の中での眠りのようだ。

ここで二つの再生が見られることになる。ひとつは母親のそれで、アナの失踪事件を機に、過去に決別し家族を見直すことで、夫に一歩近づくのだ。そしてもうひとつはアナの再生である。しかしそれは歴史的時間における成長や変身とは異なっている。汽車の汽笛がアナを旅に誘う。それは銀河鉄道に似た原型的な汽車の汽笛のようでもある。果たして彼女はもうひとつの現実へと決定的に旅立つのだろうか。それとも、歴史的時間と原型的時間の二重の運動を取り込むことのできる存在になったのか。ベランダに出た彼女は危険に曝されているわけではない。それなのに、見ている者が胸騒ぎのような感情を覚えるのはなぜなのか。「私はアナよ」というイサベルの呪文のような言葉が耳に残る。この映画で語られているのがアナの自己発見の物語であるとする見方がある。たしかにそうなのだろう。だが、時間の二重性によって物語自体が二重あるいはそれ以上に見えることもまたたしかなのである。

2　切断と旅

「エル・スール」の冒頭に見られる青のグラデーションをともなう光の変化に息を飲まない者はいないだろう。同じタイトルをもつ原作小説にこの描写はない。それにこの効果は映画にしか出せない。このカットは最初の案では冒頭におかれるはずではなかったという。しかし、このグラデーションを真っ先に見ることで、観客はこの映画における光の変化に敏感になるだろう。たとえば暗転が効果的に使われることで、物語が過去の場面を繋ぎ合わせたものであることを理解する。バックには大人になったエストレリャの声がオフで流れ、記憶を語るのだが、あたかも彼女がスライドか8ミリで自分史を見せているようであると同時に、彼女の記憶のメカニズムを解き明かしているようでもある。いくつものエピソードが走馬灯のように現れては消えていく。

しかし、ここには捏造された記憶も含まれている。語り手自身が認めるように、出生にまつわるエピソードは、受胎告知をはじめ彼女が聞かされた話から作り上げた一種の誕生神話であり、だからこそ幼子エストレリャと両親の三人が揃ったショットは、幸福で過不足のない聖家族のイメージとして現れるのだろう。それはおそらく彼女が頭の中で作り上げたイメージなのだ。

エストレリャが幼い頃、一家は引越しばかりしていたという。おそらく共和派の知識人として投獄され、出獄しても南の封建的な世界と折り合いがつかないために、故郷を離れて放浪したのちに北の町に辿り着いたのだが、この過去もあくまで神話のレベルでしか語られない。つまりここには歴史と神話の二重性があり、その齟齬が多くの謎を生んでいるのだが、幼いエストレリャはその齟齬に漠然と気付きながらも、まだ謎を解くことはできない。批評を可能にする距離がで

上下共「エル・スール」

きていないからだ。それよりもまだ、父親との一体感に居心地の良さを感じている。しかし、この神話的家族のイメージを最初に提示したことにより、父親の自死を巡るメロドラマが、単純なメロドラマではなく、たとえばギリシャ悲劇のような原型的悲劇として立ち上がってくるのだ。それは一種のエピグラフの役割を果たしていると言えるかもしれない。いずれにせよ、ここでも歴史的時間が原型的時間に一旦変質させられた上で、もう一度限定された歴史的時間へと差し戻されているのである。

どこかフェルメールの絵画を思わせる河畔の美しい町。だが一家が住むのは人里離れた土地に建つ家で、「ミツバチ」同様ここでも特権的な小宇宙を作っている。それは父親が家の前の街道を「国境」と呼んでいることによっても示されている。娘を学校にやらず、元教師の母親が教育を行っているため、外の世界と切断されているように見えるこの小宇宙には、独自の時間が流れているようだ。季節の移ろいと庭の景色の変化が示すその時間は円環的であり、この魔術的王国の中心にいるのが超能力を備えた父親である。それはアナにとっての精霊に似ているかもしれない。しかしこの王国にありながら、父親はなぜかミノタウロスのように孤独で、疎外されている。それは内的亡命と言ってもいいのだが、原作小説ではその特徴がより強く出ている。父親は偏屈と言えるほど心を閉ざしているのだ。

絶対者としての父親に惹かれ、その力に憧れる娘は、彼との絶えざる交信を望むのだが、父親はまれにしかバリアを解かない。そのまれな場合がバイクでの散歩であり、水脈探しであり、秘儀の伝授とも言うべき振り子の使い方の訓練、初聖体拝受のあとの宴席である。それらは娘にとって至福の瞬間であり、ミノタウロスが人間に戻る瞬間でもある。

父と娘を一枚のガラスが隔てている場面がある。〈カフェ・オリエンタル〉で父親が手紙を書いているのを娘が外から見つける、この映画で最も美しい場面だ。こちら側とあちら側の会話にならない会話、異なる心理状態が観客には見える。娘の震える心を象徴するかのように、グラナドスの「オリエンタル」が繊細なピアノの音で流れる。ギターであれば感傷性が強くなりすぎるだろう。

「エル・スール」はこうした断絶あるいは切断に満ちている。南にいる女性に手紙を出したものの、父親の求愛は拒否され、南への旅は失敗に終わる。ここで彼に行動を起こさせたのが映画だった。「ミツバチ」でアナがスクリーンに映る現実を本当の現実と取り違えたように、父親も虚構であるはずの映画の現実に取り込まれてしまったのだ。それにしても、寝過ごしてしまったために列車を逃してしまったという逸話は、本来なら滑稽であるはずなのだが、この映画では滑稽にならないのが不思議だ。物語が原型的悲劇であるからかもしれない。夜の帳が下りた庭でブランコを漕ぎながら明かりの灯った父親の部屋を不安げに見上げる娘。だが、窓越しに姿が見えていながら父親は娘に関心を示さない。彼は失敗から立ち直れないのだ。ブランコの音がここでは娘の不安な心を表している。

子犬と自転車で出掛けた幼いエストレリャが、突然成長して帰ってくる。犬もすっかり大きくなっている。かつての魔法使いとその弟子のような関係は消滅し、彼女はもはや父親と対等になっている。それにともない、家から魔術的雰囲気は消えている。塀には落書きがあり、娘に男の友達から電話が掛かってくる。父親はもはや全能の神ではなく、一介の父親に過ぎないのだ。そして今や彼女も孤独を抱えている。しかし、二人は孤独を媒介にしてコミュニケートすることはできない。〈カフェ・オリエンタル〉で出くわしたときと同様、互いに見えていながら透明な皮膜が二人を隔てているのだ。だが最大の障害は娘に自我が生まれ、批判力を備えたことだろう。父親はもはや娘の一方的な思慕の対象ではなくなったのだ。

〈グランド・ホテル〉でテーブルを挟んで行った会話は、父親の期待に反するものであり、初聖体拝受の披露宴で二人が踊ったパソ・ドブレが聞こえてきても、娘は過去の魔術的時代から切れているため、さして反応しない。かつて父と娘の踊りはインセストの匂いすら感じさせたにもかかわらずである。成長という断絶あるいは切断。娘はもはやひとりでも生きていける力をつけたのである。彼女には学校というもうひとつの世界がある。父親が自殺するのはその後だ。娘の初聖体拝受の朝、やりどころのなさをぶつけるようにして裏山で発射していた猟銃を、今度は自分に向けたのだ。

父親が自殺したあとの家の庭を映すとき、ほんの一瞬だが、かつて木の枝から下がっていたブランコの綱が、二本とも根元からぷっつり切られているのが目に入る。それは娘の成長、魔術的世界からの離脱、時の経過といった要素を凝縮した、実に鮮烈なイメージである。同時にそれは、父親との絆が外見的には切れたことを意味し、彼が自らの命、人生を〈断つ〉ことに結びつくのだ。

それでも父親は娘に振り子を残した。彼女が父親との一体感を感じていた、魔術的時代を偲ばせる遺品である。だが、それは単なる形見なのだろうか。娘はアナ同様病に落ちる。そして回復すると、振り子をスーツケースに詰めて、南に旅立つ決意をする。それは南という謎、すなわち父親の過去にまつわる謎を解くための旅である。絵葉書や父を育てた乳母の語る話を通して想像してきた土地、父親が電話を掛けた相手の住む土地。

原作では彼女が南すなわちセビーリャで、父親が愛した女性と腹違いの弟に会うことになっている。映画もそのエピソードを撮る予定だったが、撮影は打ち切られた。しかし、この切断は結果的には謎と余韻を残すことになり、映画はいわゆるメロドラマへと転じることなく、原型的時間の味を失うことなく、未完というもうひとつの結末を迎えるのである。

3　見えないもの

「マルメロの陽光」も未完の物語である。あるいは未完に至る過程を描いた映画と言えるかもしれない。形式はドキュメンタリーに似ているが、ここでも撮られているのは原型的時間を通過させた歴史的時間ではないだろうか。というのも、きわめて濃密な時間が感じられるからである。エリセは以前ベラスケスをテーマとする映画を撮ろうとして未遂に終わっているようだが、画家とその仕事を通じて、視点の問題や光、時間などについて考えようとしたとすれば、この映画はまさにそれに当たる。また画家アントニオ・ロペスがマルメロを通じて捕らえようとした光や時間を、彼の絵と創作過程を通じて捕らえようとした、メタレベルの映画であるということも可能だろう。

だが、印象的なのは、カメラから伝わってくるエリセの眼差しである。まるで画家という魔法使いが鞄から絵の具や画材を取り出すのをじっと見つめている子どものようなのだ。当然撮影準備をしたはずなのだが。彼の映画に登場する子どもたちのわくわくした表情を思い出す。ロペスが錘を垂らすところなどはまるで「エル・スール」の父親が振り子を垂らすときのようだ。そしてここでも音の拾い方が独特で、いつもそうなのだが、人よりも敏感に気配を感じ取る犬の声が実に効果的に使われている。

画家が果物を描くとすれば、普通は木からもいだものであり、絵は静物画となる。かりにそこに時間の要素を加えれば、ピーター・グリナウェイの「ZOO」のように、一個のリンゴが腐っていく過程を早回しで撮り続ける映画になるだろう。ところがロペスはそれが木に生っているところを時間を掛けて描こうとする。つまり生き物としてのマルメロが腐敗ではなく成熟へと向かう過程を描くのだ。それはつまり光と時間を描くことに他ならない。意表を突く発想だが、ロペスはそれをごく当たり前のことのように淡々と行う。映画はしたがってマルメロとロペスの双方を映すことになる。

　ロペスは糸を使い、キャンバスとマルメロの関係を正確に位置づける。しかし面白いのは、マルメロが成熟するにつれ大きくなり、重くなることで、マルメロにつけられた印もキャンバスにつけられた印も変化せざるをえないことだ。ロペスはそのたびに修正を加えるのだが、この果てしない作業に従事するロペスばかりでなく映画には登場しないが彼を撮り続けるエリセも、ドン・キホーテのように見えてくる。そして小説『ドン・キホーテ』の読者が騎士の行動に呆れながらも、頁を繰り続けてしまうのに似て、ぼくたちはロペスとマルメロをじっと目で追い続けてしまう。

上下共「マルメロの陽光」

驚かされるのは、マルメロの木が植わっているおよそ広いとは言えない粗末な裏庭が、エリセの手にかかると、ときには劇場となり、またときには自然そのものに変化することである。生き物のようにその時々によって膨張したり収縮したりする。そして天候によって表情も様々に変わる。わずかな空間がこれほどドラマチックに展開するとは。嵐が来てマルメロが危なくなると慌ててテントで覆わせるところなど、笑えるところもある。当人たちが真剣だからこそおかしいという『ドン・キホーテ』のユーモアだ。

長丁場の仕事だから、ロペスの私生活の様々な局面も描かれる。家の修理に職人がやってきたり、友人が訪れたりもする。こうした予期せぬ出来事も映画は吸収していく。映画自身も生きているようだ。美術学校の同級生との会話は、進行中の仕事に対する批評になっているとともに、ロペス自身の美意識の表明、彼の伝記的データの紹介ともなっている。庭は一見閉じた小宇宙を形作っているが、一方で外の世界への回路も持っている。あるいはそれを芸術の世界への社会性の侵入と捉えてもいいのだが、ラジオが世界のニュースを伝えるのだ。これは「ミツバチ」で父親が鉱石ラジオでスペインの外のニュースを聞いていたことを思い出させる。

一方、カメラはロペスの私生活にも立ち入っていくが、衝撃的なのは夜寝室で眠る彼の顔を映していることだ。青い色調のせいでもあるが、その寝顔がデスマスクに見えるのである。もちろんそれは意図的にそう撮ったにちがいない。そのシーンによって、マルメロがもたらす時の移ろいとともに、人生においても時間が経過したことをも表現しているのだろう。生とともに死も感じられ、敬虔な気持ちになる。この映画の中には一体何種類の時間が捕らえられているのだろう。それは単なる時間だろうか。これはエリセの映画の特徴なのだが、ここでは時間そのものについての省察も行われているのだ。つまりこの作品は視角を通じて思考することを要求するドキュメンタリーなのである。

長時間を費やしながら、ロペスは最後に制作を中止する。作品は白地を残したままになる。だが、なんと豊かな光と時間がそこに吸収されていることか。制作の過程を見てきたぼくたちは、少なくともロペスの作品における白地に対する見方を変えざるをえない。そしてもはや人格を備え、登場人物のひとりになったかのようなマルメロとともに、この経験を忘れることができないのだ。

4　エリセのアレフ

わずか十分の短篇でありながら、「ライフライン」の異様とも言えるほどの密度の濃さには唖然とさせられる。それはやはり、ここでも「歴史的時間の原型的時間への変質と、この限定された歴史的〈今〉における具現」が行われているからである。しかもエリセはここで自己引用とパロディー化さえも行い、これを文字通り総合的作品に仕立てているのだ。まるであらゆる時間と空間を内包するというボルヘスの球体アレフのようだ。

時も場所も分からない、農村らしき牧歌的な山間の土地。陽がさんさんと降り注ぐ楽園のような世界である。いかにも祝福されて生まれてきたかのような赤ん坊が母親の隣で寝ている。ところが臍の緒から血が滲み出す。危機が迫っている。母親は気付かない。この危機を象徴するのが落ちたリンゴの実の間を這って進む蛇である。これは明らかに神話的要素だ。心地よいリズムで草を刈る男も、ブランコを漕ぐ子どもも危機に気付かない。やがて赤ん坊が泣き出し、母親が異変に気付く。そして騒ぎになり、年老いた乳母らしき女性が血を止めてやり、事なきを得る。牧歌的世界が復活する。

この満ち足りた小宇宙は、エリセの他の作品とよく似た構造を備えている。その意味では自己パロディと言えるだろう。あるいは、キューバ帰りの裕福な両親を持つ、ブニュエルのドキュメンタリー「糧なき土地」を反転させたパロディともなる。「糧なき土地」は死の影に満ちた辺境の農村だった。「ライフライン」の子どもたちに目をやると、どこか既視感を覚える。ブランコを漕ぐ子どもは、幼年期のエストレリャの姿に重なる。しかも「エル・スール」で切断されてしまったロープはここでは修復されている。子どもたちが古い自動車に乗り込み、男の子がハンドルを握って運転する真似をする。すると後ろの席から女の子がもっと速くと促す。これはやはり幼いエストレリャが父親のバイクに乗せてもらい、もっと速くと促したのに重なるだろう。ただし、これらの子どもたちはすべて主人ではなく、農民の子どもたちであるところが、これまでのエリセ作品とは赴きが異なっている。

ここで注目したいのは、エリセが時間の生まれる以前の状態を作っていることである。赤ん坊は時間を知らない。腕にインクで描いた時計に耳を当てる少年。だがその時計は時を刻まない、エリセはここで原・時間についての考察を行っているようだ。農夫の鎌やブランコが作るリズム、鼓動は時間のもとではないか。それらはギリシャで時間の観念が生まれる前からあったものだ。だが時間は発明され、人々を縛るようになった。歴史が始まり、戦争が起きる。「ライフライン」はきな臭いニュースが載った新聞のアップで終わる。ここで新聞を持ち込んだことは、アレフを完全な閉鎖的空間にせず、閉ざされた共同体における鉱石ラジオや列車のように外との交通を可能にするものという意味があるのだろうが、いずれにせよエリセは、時間否認論的な根源的な問いを投げかけている。

「挑戦」のようなごく初期の作品でも、エリセの作品は独自性を発揮している。それは彼の作品が、映画について考えるという姿勢を反映しているからである。

既成の事物、既存の事物を疑い、無垢な目で見ようとする。そして世界を詩的に捉える。そのとき、リアリズムでありながら、歴史的時間とともに原型的な時間を内包した独特の厚みをもつ作品が生まれるのだ。

そして生は続く

スペインの映画監督ビクトル・エリセの作品が記憶に残る理由はいくつもあるが、そのひとつは様々なレベルの謎に満ちていることだろう。中でも印象的なのが、子どもが抱く謎とそれがもたらす神秘である。子どもにとって世界は謎の塊のようなものだ。観客は彼の映画を見て、自分が子どもだったころ抱いていたはずの神秘的という感覚を思い出す。

「ミツバチのささやき」では、幼いアナの前に次々と謎が現れる。まずは映画という謎。現実と虚構の境界が把握できない彼女にとって、自分が住む日常は、スクリーンに映っているフランケンシュタインが住む世界と連続している。その連続性を否定されることが彼女には理解できない。もちろん大人の観客には現実と虚構の違いは分かっている。だからこそ、アナの戸惑いや不安が痛いほど理解ができるのだ。カメラワークが見事で、アナの目が見ている世界を表現している。僕たちも世界をアナの目で見ていたことがあるのだ。

エリセ監督がくれた短篇「ラ・モルト・ルージュ」（二〇〇六年）のＤＶＤを見た。ここに彼の映画の原点があると思った。子ども時代のエリセが抱いた謎が表現されているのだ。過去の写真や実写など様々なイメージをコラージュ風に組み合わせたこの映画が描き出すのは、夢に似た世界である。記憶とはこういうものだという気がする。エリセの映画に感じられる懐かしさの原点もここにあるのかもしれない。

その短篇に登場する少年が映画「緋色の爪」を見る。少年は、初めて見た映画が「緋色の爪」だったという謎に魅せられた点で、少年はアナと共通している。つまりアナはエリセでもあるのだ。映画という謎に魅せられた点で、

「エル・スール」も謎が映画の中心にある。父親の自死の謎を解こうとする娘エストレリャはいわば探偵である。印象的な場面が数多くある中で、僕が気に入っているのが、まだ幼いエストレリャが、葉巻の木箱に入っている絵葉書とそこに描かれている南国という謎を発見する場面だ。

子供の頃、母方の実家の押入れにあった箱の中に、軍人だった祖父の写真があった。白の半ズボンに白のヘルメットという格好の祖父は、仲間と一緒にスフィンクスの前にいた。まさかスフィンクスが掛けた謎ではないだろうけれど、今でも目に焼き付いているそのイメージは謎そのものだった。過去と遠い異国に思いを馳せたときの気持ちは、エストレリャが父の過去と絵葉書に描かれたセビーリャに寄せる思いと似ているに違いない。

「ラ・モルト・ルージュ」でも少年は古い写真で過去へと誘われるようであり、絵葉書を見ているときのエストレリャもまたエリセなのだと思った。今は失われた服装をした人々、建物、北

部の町サンセバスチャンの風景。だがそれらは記憶として、また記録として継承されていく。時代や世代は変わっても、人々は生き続けていく。

「ラ・モルト・ルージュ」同様、商業映画ではないが、イランのキアロスタミ監督との「往復書簡」として撮られた作品の最初を飾るのが、エリセによる「画家の庭」である。これは一九九三年公開の「マルメロの陽光」のいわば後日譚で、アントニオ・ロペスの家の庭で孫たちが写生している。時が経ち、様々なことが変化しているのだ。時間の存在を強く意識させるのもエリセの特徴だが、彼のナレーションの一言が胸に響いた。「イ・ラ・ビーダ・コンティヌーア」。キアロスタミの映画のタイトルだ。邦題は「そして人生はつづく」。ビーダは生活あるいは命でもあるが、今は「それでも生は続く」という訳語が浮かぶ。「三月十一日」のあとだからだろうか。

最近、エリセは「三月十一日」をテーマに短篇を撮り、日本にやってきた。その映画は彼特有の映像詩とは異なり、「ミツバチのささやき」で少女を演じたアナ・トレントが、原発に対する意見を述べるというストレートなものだ。スペイン内戦が起きたとき、アルベルティら共和派の詩人たちが緊急の詩として抵抗詩を書いたことを思い出した。

だが、そのメッセージは彼の他の映画からも読み取ることができる。たとえば、父親が大きな靴で毒キノコを踏み潰すのを、苦痛に満ちた眼差しで見るアナ。あの苦痛の感覚は生けるものを殺すなという子どもの原初的な感情から生まれるものだ(もちろん子どもは残酷でもあるが)。

「ライフライン」という短篇でも、生の円環を断ち切り、赤ん坊の生を脅かす死の影が不安をもたらした。だが、生は死に勝った。現実にはその後の大戦で多くの生が失われたにもかかわらず。だからそれは、遅れてきたがゆえに未来に届く反戦のメッセージとなっている。

「イ・ラ・ビータ・コンティヌーア」。彼がこの言葉を発したのは「三月十一日」のはるか以前である。それなのに、今、僕の胸に響くのはなぜだろう。それは、根底に、生は続くべきものというエリセの思想があるからではないだろうか。だからこそ彼は過去にこだわる。現在との連続性や変化に敏感なのだ。さらに言えば、過去を見るにしても、感傷的なノスタルジーに浸るのではなく、あくまでも現在を形作る一部として捉えている。それを可能にするのが詩的あるいは神話的手法とも言える。その彼がストレートにメッセージを発したということは、今、過去と現在の繋がりが断ち切られ、生が続かなくなる危機的状態を迎えているということなのだろう。昨年と同様、カネタタキが鳴いている。同じ虫ではないだろうが、生は続いている。

ビクトル・エリセと「沈黙」の開閉

言語以前の言葉

ビクトル・エリセの長い沈黙は現在の製作システムとの不和が原因であり、彼はそのことを言葉、そして時折発表する短篇の性格を通じて主張している。彼の沈黙は閉ざされてはいない。一方、この種の沈黙は彼の作品自体にも見ることができる。ビクトル・エリセほど沈黙に多様な表情や働きを与えられる映画監督は、そうはいない。沈黙を生む大きな要因として、科白数の少なさを挙げることは難しくない。それは彼の作品の大きな特徴であり、そこに古典的なサイレント映画をいわばイデアと見なす志向性を窺うこともできるだろう。だが今注目したいのは、映画のなかで沈黙がいかなる様相を呈し、いかなる働きをしているかという点である。「エル・スール」（一九八二年）の冒頭で、外の騒ぎによって目覚めたエストレリャが、ベッドの上で起き上がりながらも寝室から飛び出さず、枕元に父親が形見に置いて行った振り子を見つけ、それを握ったまま静かに涙を流す。聞こえるのは部屋の向こうの人声と足音、犬の吠える声、母親が夫アグスティンを呼ぶ声だけだ。そこに成人したエストレリャのものと思われる声によるナレーションがオフでかぶせられる。ベッドの少女は一言も声を発しない。彼女は何が起きたのかすでに悟っているのだ。その沈黙は彼女と父親の精神的絆の強さとともに彼女の深い喪失感を語っている。

母親との間には存在しなかった特殊な絆を感じさせるのは、二階から落としてしまったボールが階段で音を立てたことを母に咎められ、娘が自分の部屋のベッドの下に身を潜めたときである。娘は完全に沈黙する。すると上の階から杖で床を打つ規則的な音が聞こえてくる。娘の沈黙は、母親に対してはオフすなわち閉ざされていても、父親に対してはオンすなわち開かれているために、父娘の間に交信が成立する。娘は父親の持つ神秘的な霊力の継承者になりかかっていて、両者の間には無言を通じての共犯関係が成立している。娘の初聖体拝領の儀式に教会嫌いの父親が訪れたのに気付いた娘の高揚感、その後のホームパーティーで父親とパソドブレを踊るときの娘のそれは、無言であることにより一層高まりを見せる。両者は言語以前の言葉によって通じ合っている。回路はオンになっている。

娘の沈黙はナレーションで内容を明かされるが、父親の沈黙の内容は、ほとんど明かされることがない。それでもコミュニケートできていた父娘の沈黙にずれが生じるのは、過去と南の象徴である女性の影が介在したときである。そのとき父親の沈黙はオフになっている。娘はオンでも回路は繋がらない。その典型が、カフェで父親が手紙を書くシーンだろう。彼を見つけた幼いエストレリャがウインドーのガラス越しに交信しようとするが、父親の意識は手紙の相手に向けられていて、娘に微笑んで見せるもののその沈黙は開かれてはいない。南への旅に失敗した夜、二階の部屋で歩き回る父親をブランコから不安げに見上げる娘に対し、父親の沈黙は完全に閉ざされている。成長するにしたがって、娘も父親に対して閉ざされた沈黙で応じるようになる。だが彼女には父親の沈黙の内容を知りたいという潜在的な欲望があるために、完全に閉ざしはしない。ところがホテルのレストランのシーンでは、彼女が望む回路と父親が望んでいたであろう回路が繋がらず、もはや悲劇は押しとどめられないことが明らかになる。

このように内的モノローグを孕んだ豊かな沈黙を通じてコミュニケーションの回路の開閉が実に鮮やかに行われるがゆえに、緊張感に満ちた映像を観ながら観客は、ナレーションのない父親の心情を察し、その聞こえない言葉を聞き取ることができるのだ。

沈黙と眼差し

しかし、「ミツバチのささやき」（一九七三年）では、父娘の間に双方向的回路は存在しない。それはアナが幼いからだけではない。父親フェルナンドが内戦後孤立した生活を送っているのはアグスティンの場合と似ているが、彼は家父長というだけでなく、絶対者であり、神に代わって創造し、支配する科学者フランケンシュタイン博士でもある。そのため、命令であれキノコ狩りにおける教育であれ、通信は一方的に行われる。沈黙していてもその方向は変わらず、眼差しはしばしば指揮棒や鞭となる。それに対しアナの沈黙は懐疑であり、反駁であり、そのことは眼差しとその動きによって表現される。

典型的なのが、脱走兵と遭遇したときに、互いに無言の状態が続いたのち、もともと開かれた沈黙の持ち主であるアナがリンゴを差出し、「あげる《テン》」と一言囁く。それにより兵士の沈黙から警戒心が消え、二人は沈黙という言語によってコミュニケートし始めるのだ。父親との間にこの瞬間はなく、とりわけ兵士の遺体を検分してきた父親が、自分の持ち物を娘に示すときの沈黙と眼差しは、詰問と叱責以外の何物でもない。当然のことながら、アナの沈黙は閉ざされる。

このように沈黙が備える映画的可能性を徹底的に追求したのがエリセの作品であり、観客はその沈黙にこそ耳を傾け、融和したり衝突したりする言語化されない言語を聞き取る必要がある。いや、指示されなくても、沈黙の豊かさを味わおうと、誰もが無意識にそうしているはずだ。

第五章　私とラテンアメリカ文学

決死の飛躍——サルト・モルタル

ラテンアメリカ文学では食べていけませんよ、といきなり言われてしまった。要するに、就職できなくても自分たちのせいではないということを、相手は遠回しに告げているのだ。修士課程ができて間もなかった大学院に進学するための口述試験のときのことである。だからといって、では止めておきますなんて言えるわけがない。当然のように、はい、それでも続けます、と答えたときの光景が、今もくっきりと目に浮かぶ。もっとも、現在、面接を行う側の立場に立ってみれば、そう切り出したときの教師の気持ちが分からないではない。なにしろ、一九六〇年代の終わりには、ラテンアメリカ文学を教える場所なんてなかったし、教える人間もいなかったのだから、教授陣もきっと心許なかったのだろう。けれどそのとき、なぜか不安は感じなかった。もともと負けず嫌いで天邪鬼だし、心の片隅に、だったらパイオニアになってやろうという気概のようなものがあったからかもしれない。

大学がストライキに入り、長い空白の後に再開し、何かを学んだという気がしないうちに卒論を書く時期を迎えてしまった。当時在籍していた東京外国語大学の図書館には、スペイン文学の本こそある程度あったものの、ラテンアメリカ文学関係の本となると、皆無だった。それは埃まみれになって探したから確かだ。いや、皆無ではなく、ついに一冊見つかった。しかも小説だった。なんともみすぼらしい装丁のその本のタイトルは『ワシプンゴ』。もちろんスペイン語ではなく、ケチュア語で、「おれたちの土地」という意味である。

作者は南米エクアドルの作家ホルへ・イカサということだったが、まったく聞いたことのない名前だった。ラテンアメリカのうちスペイン語圏の文学は、メキシコ・中米、カリブ、アンデス、ラプラタと、地域によってその特色に違いがある。エクアドルは先住民の多いアンデス地域に属し、ペルーやボリビアと同様、インディヘニスモすなわち先住民擁護主義の文学を生んできた。『ワシプンゴ』もそのひとつで、このジャンルでは名作とされている。もっともそんなことが分かるのはあとになってからで、なにしろ文学として論じるための資料がまったくない。今ならインターネットで簡単に検索できるし、日本の文学事典で調べることだってできるのだが、当時はそうはいかない。まわりにこの作家や作品を知っている人はいない。普通なら、テーマが適当ではないということで、変更するはずである。ところが天邪鬼というのは恐ろしい。それに未知と無知がエネルギーとなり、ますますやる気になったのだ。いや、それは嘘で、自分を自分で追い込み、もはや引き返せなかったというのが真実である。しかも卒論には締め切りがある。さあ、どうする。

スペイン語科には語学コースと文学コースの他に事情コースというのがあった。文学コースは古典であれ現代物であれ、スペイン文学を意味した。そこで事情という第三のコースを利用したのだ。しかし当時の担当者はブラジルの歴史が専門の先生で、インディヘニスモのことは詳しくない。そこで、エクアドルに詳しいという他大学の先生を訪ねたり、他の研究機関の図書室で雑誌を調べたりと、まさに悪戦苦闘しながら、文学というよりは作品の背景について論じた社会学的論文を書き上げたのだった。

それにしても、なぜあんな情熱が発揮できたのだろう。天邪鬼に未知と無知に加え、当時の社会の雰囲気も原因だろう。既成のものとは違うことをやってみたいという気になったからだ。「第三世界」が輝き、周縁に関心が向けられていた。僕はテニス部にいたが、政治に関心をもつ学生たちは「キューバ研究会」に属していた。彼らや『ゲバラ日記』の訳者でもある担当教師を通じて、チェ・ゲバラの死のことを知ったのもそのころである。文学志向でありながら、欧米ではなくラテンアメリカに目が向いたのは、スペイン語を学び、「中南米事情」に関心を抱いたからであることは明らかだ。そのためある時期は地域そのものが興味の対象だった。また、小説に関する情報が乏しいので、修論のテーマはチリの詩人パブロ・ネルーダにした。けれど、その後、ラテンアメリカの新小説が続々と翻訳紹介され、僕自身も紹介者となって無知から目覚め、未知の宝庫を目の当たりにすることで、状況は大きく変わった。さらに、ラテンアメリカ文学には地域に還元できない面白さがあることを、経験とともに知るようになる。その意味で、ついに辿り着いた文学部、それも現代文芸論研究室という場所は、終着点であると同時に新たな出発点でもある。ここで講義を行ったり、同僚や学生たちと話したりしていると、自分が獲得したことを提供する一方で、新たな視点や考え方を絶えず得ることができるからだ。

メキシコの詩人オクタビオ・パスの本に、「サルト・モルタル salto mortal」すなわち「決死の飛躍」あるいは「決定的飛躍」という意味の言葉が出てくる。それはキルケゴールの言う〈飛躍〉に由来し、パスは、それを「われわれが実際に我々自身から脱出し、〈他者〉の中に身を委ね、埋没する」という意味で使っている。それを行ったとき、詩的可能性が生まれるというのだ。そこまでは行かないが、僕は「サルト・モルタル」もどきを何回かやっている。卒論執筆、大学院進学は、そのうちでも自分の将来を決める上で間違いなく決定的だった。

不敬な出会い

育ったところが川崎市中部の田園を開発した新興住宅だったから、親が会社勤めの子や地元の農家の子、僕の場合は小学校教員の子と言う具合に、小学校には多種多様な子どもが集まっていた。社宅が建ったばかりのＮＨＫ職員の子というのもいた。昭和三〇年代の話だ。その六年間で親友と思えたのはただひとり、警察署長の息子だった。転校生で土着的な匂いがせず、おっとりした彼とは気が合った。放課後、警察署の裏の武道館でよく遊んだものだ。だが好きになった女の子が同じだったことからなんとなく疎遠になり、互いに別の中学校に進学し、父親の警察署長が転勤になったことからいつの間にか意識から消えた。恋敵というほどではなかったのだが。

中学校は越境入学で横浜に通った。東急東横線で桜木町まで行き、そこから今は無き市電に乗り換える。本牧岬の丘の上にあった旧女子師範学校付属の中学校で、窓からは海が望めた。ここでは同じ越境入学で電車も同じ、しかも入試の最後にある抽選で補欠というのも同じだった少年と仲良くなった。共にバレーボール部に属し、彼のトスを僕がスパイクする。まだ東京オリンピック前の九人制だったころだ。高校の進学先が異なり、彼とも別れた。

大学ではテニス部に入り、ガールフレンドができたが、一九六八年を境に学生の分断化が起き、誰を信用していいかわからなくなった。政治に無関心ではないが暴力を嫌う同級生の何人かとグループを作ったものの、卒業するとみんな商社や銀行に就職し、大学院に進学する者、それも文学に関心を抱く者となると、僕しかいなかった。親友はできなかった。

学園紛争と呼ぶか学園闘争と呼ぶかで、当時の運動へのコミットの仕方がわかる。僕の場合、どちらにも抵抗を感じた。ただ大学と教師の意識の古臭さだけははっきり感じていた。だからだろう、あるとき、今なら明らかにアカハラと呼べるいじめを行う教師を批判してしまった。優等生と思われていただけにその教師をひどく怒らせた。学生運動は沈静化し、学園は静かになり、僕に同調する者はいなかった。それからというもの、その教師は矛先を僕に向け、徹底的にいじめ、就職の邪魔までした。そこでめげないのが僕の強みであり弱みでもある。

昭和が終わるころ、僕は池袋にある大学に移籍し、就任式はチャペルで行われた。チャプレンの言葉を聞くので、全員首を垂れるのだが、みんながどんな様子なのか知りたくなり、頭を少しもたげて周りを眺めると、同じことをしている男がいた。それがUだった。そのときから二人は親友になった。一目ぼれのようなものかもしれない。神戸から移ってきた彼はフランス文学と思想が専門でありながら文学部ではなく一般教育部所属の語学教員、僕はラテンアメリカ文学が専門でありながら同じく一般教育部の語学教員。専門性が活かせないという不満をうっすら抱えているところも同じだった。スペイン語の専任はひとりだったので、僕はフランス語の大部屋の居候となった。若手二人組みの誕生である。

パリで高名思想家の弟子だった彼は、彼の地を訪れる日本の文化人の通訳をしていたので顔が広く、土方巽を通じて僕がオクタビオ・パスの来日時にアテンドしたことを知っていたし、プイグの『蜘蛛女のキス』を読んでいた。僕の方は彼が『現代思想』に寄稿したり評論集を出したりしていることを知っていた。渡辺一民先生は僕たち二人を高く買っていたということを、先生が亡くなったあと、ある編集者から聞いた。中上健次と付合いがあったが喧嘩をしたということは本人が教えてくれた。

彼には行きつけのバーや飲み屋があって、教授会のあと池袋や新宿に繰り出し、カラオケも歌った。僕はラテン、彼は必ず井上陽水のナンバーを歌った。大学を移るとき、辞めないでほしいとぽつりと言われたのを今でも覚えている。今は互いの本をやりとりする程度の付合いだが、彼の書いた記事が新聞に載ったりすると、やはり嬉しい。平成元年のころ、二人はとても仲良く見えたとよく言われる。実は今もそうなのだ。

午前二時の神話

アルコールはさして強くない。だが振り返ってみれば、昔はよく飲み歩いた。まずはスペイン語のプライベートレッスンをした青山の宝石店の女性オーナーとその右腕のこれも女性が相手で、レッスン終了後食事に繰り出すのだが、滅法酒が強い。たぶん僕は肴だったのだろう、帰りはいつも午前様だった。当時はまだ非常勤講師にすぎなかったが、ラテンアメリカ文学が流行り出したお蔭で雑誌や出版社の編集者とも親しくなり、手書きの原稿を渡したあと朝まで飲んだこともある。「今度飲みましょう」というのが、そのころの挨拶の常套句だった。『蜘蛛女のキス』の原稿を受け取った編集者が安堵のあまりかワインを飲み過ぎて泥酔し、原稿を紛失するという事故が起きたことも今は懐かしい。

ＮＨＫの国際局が制作するスペイン語圏向け番組のモニターのアルバイトを引き受け、仕事で知り合ったアルゼンチン人やディレクターと宇田川町の飲み屋に寄って日本酒を覚えたり、さらには東銀座のアルゼンチン料理屋で赤ワインを痛飲し、勢いで踊ったりもした。閉店は二時ごろだった気がする。その後、テレビスペイン語講座の講師を務め、若いディレクターと語学番組に革命を起こそうと意気込んで、宇田川町の沖縄料理屋で度数の高い泡盛を呷《あお》ったり、エスニック料理屋に行き、好奇心から強烈な土地の酒に喉を焼かれながら気勢を上げたりしたものだった。

「限りなく透明に近いブルー」の空を知ったのは、中上健次と知り合ってからかもしれない。神話的なオーラに包まれた作家は、故郷の紀州の火祭りに招いてくれたりもした。僕の知る限り、あれほど祝祭性を感じさせた作家はいない。ゴールデン街や文壇バー、新宿二丁目のゲイバーに入り浸り、僕も連れて行かれては作家たちを紹介された。気がつけば二時を過ぎ、始発電車が動き出すまでもう一軒となる。午前二時はまだ暗い。やがて空が白みだし、透明に近いブルーを帯びてくる。

酔って乱れるのが嫌なので、僕はいつまでも素面の振りをする。あるとき中上が言った。お前強いな。飲んだ量は彼のほうが圧倒的なのだが、それに負けまいと素面の振りをする。あの神話的な世界に出遭うことはもうないだろう。そう言えば限りなく透明に近いブルーの空を見ることもほとんどなくなった。だいいち今のゴールデン街は明るすぎる。闇がなければあの明け方のブルーのグラデーションに気づかないだろう。午前二時はもう暗くない。

スペイン語で世界を知る

スペイン語は楽勝科目だ、という説がある。でもこの大学では、都市伝説と言った方がいいだろう。今は知らないが、たしかに昔は一般に単位を取るのが楽だと言われていたのを覚えている。だが、かつて教えていた大学で、それはスペイン語を軽視する言いがかりだと怒ったある先生が徹底的に調べたところ、フランス語やドイツ語の単位修得率とほとんど変わらないということが判明した。やっぱり都市伝説だったのだ。だがこういう噂は親から子に伝わるから、今でもそう思われているかもしれない。一期を終えた受講者諸君はどう思っただろう。

いっぽう、その説は、スペイン語はやさしいという説と混同されてもいるようだ。もっとも、やさしい、すなわち容易という説には実は根拠がある。ただし、日本人にとってと言うべきだろう。というのも、ジャパニーズ・スパニッシュ（というのがあるのかどうかはともかく）、片仮名スペイン語が、いきなりネイティブに通じてしまうのだ。

キャンパスにネイティブがほとんどいないのが残念だが、その理由は何よりも、スペイン語と日本語の母音の数がどちらも五つと同じである上に、アエイオウ（アイウエオでもいい）で書き表せるほど似ているからである。だから、ネイティブに向かって後ろ上がりに、「コモ・エスタ？」と言えば、「お元気ですか？」という意味が通じる。相手は「ムイ・ビエン」とかなんとか答えるにちがいない。「とても元気です」という意味だ。つまりスペイン語とは、初めて習ったその日から、すぐに使える嬉しい言語なのだ。

この大学で物足りないのは、スペイン語学習者の数が多いのにネイティブ教員がほとんどいないことだが（非常勤講師が一人か二人いるはずなのになぜかさっぱり見かけない）、教えてみてわかったのは、日系ペルー人の学生が何人かいることだ。それは、静岡県を中心に日系ブラジル人とともに日系ペルー人がかなり働いていることと関係がある。六月（二〇一六年）のペルー大統領選で、有力候補として日系人のケイコ・フジモリが大接戦を演じたことは記憶に新しい。もちろんペルー人でなくてもいいから、スペイン語を始めたら、すぐにスペイン語を母語とする学生を友人にすることをお勧めする。

今、ペルーという国の名を挙げたが、これは南米にある。スペインがスペイン語を公用語にしていることは言われなくてもわかるだろうが、その他にはどこにあるだろう。

かんたんに言えば、かつてスペインの植民地だった地域だ。日本では一般にラテンアメリカと呼ばれるが、正確にはイスパノアメリカすなわちスペイン系アメリカと呼ばれる地域に集中している。授業で教わったかもしれないが、北からメキシコ、中米のグアテマラ、エルサルバドル、ホンジュラス、ニカラグア、コスタリカ、パナマ、カリブ海諸国のキューバ、ドミニカ、アメリカ領ではあるがオリンピックにはひとつの国として出てくるプエルトリコ、南米に移ると、コロンビア、エクアドル、ベネズエラ、すでに挙げたペルー、ボリビア、パラグアイ、ウルグアイ、チリ、アルゼンチン。これで二十。さらにアフリカにも第一公用語がスペイン語の国、赤道ギニアがある。

これらの国から何を思い浮かべるだろう。メキシコと中米は、アステカやマヤなど古代文明が生んだピラミッドがたくさんあるので、世界遺産の宝庫になっている。古代文明と言えば、南米ペルーを中心に栄えたインカ文明とその遺跡、とりわけマチュピチュは日本人に人気のある世界遺産だ。しかし観光の目玉も、歴史を知れば、そこにスペインによる「発見」、征服（ここでカトリックがもたらされた）、植民、そしてスペインからの独立という、すべての国に共通する要素が見えてくる。

それに、産物にしても、すぐに思い浮かぶのが、グアテマラやコロンビアなど国の名前と結びついたコーヒーや、日本でも盛んに見かけるバナナだろう。これも植民地としての歴史と切り離せない。

ラテンアメリカ人あるいはイスパノアメリカ人と言ったら、どんなイメージを抱くだろう。先住民、黒人、白人、アラブ人、東洋人、その混血からなるこの地域の人種構成は実に複雑だ。もちろん、スペイン語を話さない先住民も少なくない。それだけに、逆にスペイン語を共有していることにより、彼らのコミュニケーションは成り立っているとも言える。

さらに、忘れてはならないのは、アメリカ合衆国におけるスペイン語話者の存在だ。メディアはヒスパニックと呼んでいるが、正確にはラティーノと呼ぶべき人々である。世界でスペイン語を話す人々の数が最も多い都市は、スペインの首都マドリードではなく、メキシコシティーである。次が、たぶん意外に思うだろうが、ロサンジェルス。カリフォルニア州はもともとメキシコ領だったのだ。他にも、アリゾナ、コロラド、ニューメキシコ、テキサスなども、もともとメキシコ領（その前はスペイン領）だった。かつてハリウッド映画に、ウエスタンすなわち西部劇というジャンルがあったが、ロケ地は旧メキシコ領かスペインが定番だった。

さらに、アメリカのヒスパニックの人口は、今世紀頭に黒人を抜いてしまい、今や政治的発言力を強めている。ニューヨーク、フロリダなど、中米やカリブ諸国からの移民が多いところでは、スペイン語が盛んに使われている。だからそのあたりの事情を知らずに、英語研修のためにニューヨークに行った学生は、びっくりしてしまうのだ。そんなことは、日本の大学でスペイン語を取っていれば常識なのに。

ここでスペインに目を向ければ、あの国もスペイン語、つまりカスティーリャ語だけが使われているわけではない。ガウディの建築で有名なバルセロナを中心とするカタルーニャ地方や、フランシスコ・ザビエルを生んだバスク地方では、フランコ独裁が終わってから文化ルネッサンスが起き、今では分離独立の気配さえ見せている。そう、スペイン語圏といっても様々で、その多様性は驚くほどだ。だからスペイン語を学ぶことは、同時にその多様性を知ることでもある。

僕が専門とする文学・文化のこと（世界教養学科の学生は基盤の授業で習ったはずだが、今（二〇一六）年は『ドン・キホーテ』の生みの親セルバンテス没後四〇〇年！）、今世界から注目されているメキシコ人映画監督のこと（アレハンドロ・ゴンサレス・イニャリトゥの名前ぐらいは覚えておいてほしい）、サッカー（リーガ・エスパニョーラのことは僕より詳しい人がたくさんいそう）など、話したいことはまだまだあるけれど、紹介ならもう十分だろう。

ここらで、とりあえず終わりにしよう。あ、忘れていた。スペイン語は、歌を覚えるのが一番。授業では泣かずに歌うこと。カンタ・イ・ノ・ジョーレス！

書かれなかった章――『ラテン・アメリカ―文化と文学：苦悩する知識人』ジーン・フランコ著

もはや襤褸《ぼろ》にしか見えない箱の残骸を文字通りまとっている。それでも中身の保存状態は必ずしも悪くない。一個所セロテープで補修した頁があるのは、むしろ丁寧に扱ってきた証拠だろう。多すぎてもはや意味をなさないアンダーラインや付箋は、この本を繰り返し参照してきたことを物語っている。頁の間からは古い新聞の切り抜きがいくつも現れる。原著のペリカンブックス版（一九七二年）も、メキシコの作家セルヒオ・ピトル訳のスペイン語版（一九七一年）も、その後手に入れたのだが、それでもやはりこの日本語版に愛着がある。ラテンアメリカ文学を手掛けだして間もないころに大きな影響を受けた本だからだ。

現在（二〇一〇年）はコロンビア大学名誉教授のジーン・フランコによる『ラテン・アメリカ―文化と文学：苦悩する知識人』を最初に開いたとき、目の前をふさいでいた大岩が真っ二つに割れて、自分が知りたかった世界をいきなり見渡せた気がした。資料の乏しさに苦しんだ卒業論文で扱ったエクアドルの先住民擁護主義の小説も、修士論文で取り組んだチリの詩人ネルーダも、その背景となるラテンアメリカ社会の現実の中に見事に位置づけられていたからだ。もっと早くこの本に出会っていたらとつくづく思ったものである。

パイオニアと言えば聞こえはいいが、それはモデルになる人はいないし文献もなかったということでもある。一九七一年、大学紛争直後に東京外国語大学のスペイン語科を卒業し、大学院に進学した。ロックアウトの期間が長かったこともあり、何もかもが中途半端に感じられ、スペイン語科という村のような世界が息苦しかった。だから、新しいことに挑戦したくて、スペインの古典でもガルシア・ロルカでもなく、未知の分野だったラテンアメリカ文学の可能性に賭けてみたのだった。今でこそ作品の翻訳が進み、資料も入手できるようになったけれど、当時は入門書ひとつなく、文字通りの手探りを続けていた。

僕にとってこの本は、時期によって見え方が変化する。非常勤講師を務めていた大学で国際社会学研究会に入ったり、そのお陰で国際政治学会の学会誌に、ペルーの政治と文学にまたがる運動について書いた論文を載せてもらえたりしたのは、やはり本書から受けた霊感によるところが大きいと思う。

たとえば著者は文学史ではないと断っているが、十九世紀から時系列に沿って語られ、芸術と社会的事件との関係に考察が及んでいるところは社会学的であると同時に文学史的で、しかも『百年の孤独』を生んだ一九六〇年代のラテンアメリカ文学の活況が、リアルタイムでかなり詳しく紹介されている。とはいえ、一九六七年刊行の原著に時代的制約があることは言うまでもない。終章で語られるキューバ文学について言えば、その後、パディーリャ事件が起き、それを言論統制と見た革命支持者が後に分裂したりもする。もちろんフランコはそこまで言い及んではいない。もしかすると僕は、この本で書かれなかった章を、自分なりに書き足そうとしてきたのかもしれない。

世界を包摂する本

　引越しのたびに行方不明になり、もはや失われたものとして思い出用のリストに入れ掛けたころ、ひょっこり姿を現す本がある。本と言っても文学書や研究書ではない。昔、野ばら社から出た『世界の民謡』という、青い表紙の小さな歌集で、刊行年は奥付によると一九六三年（でも記憶では一九六二年だった気がする）。日本を国際化したと言われる東京オリンピックの前年だから、やはり「世界」を意識しての出版だったのかもしれない。この本には文字通り世界の民謡が載っていて、楽譜と歌詞がついている。手に入れたのは中学生のときで、授業で英語を習い、他の外国語にも興味を抱きだしたころである。何よりもありがたかったのは、片仮名でルビが振ってあることだった。その気になれば、ルビを頼りに何語の歌でも声に出して歌えるのだ。

　ロシア民謡で好きだったのは「赤いサラファン」や「ステンカ・ラージン」で、僕は同僚の沼野充義さんよりも先に片仮名でロシア語の歌を歌ったはずだ。アメリカ民謡では「谷間の別れ」つまり *Red River Valley* が気に入って、夏の林間学校でキャンプファイヤーを焚いたときにアカペラで歌ったほどである。もちろん英語で歌ったのだが、このパフォーマンスは同じく同僚の柴田元幸さんの先を行っていたのではないだろうか。このころの彼はまだ小学校に入りたてだっただろう。

雲居佐和子という上品で博識な音楽の先生に声を掛けられ、憧れの上級生がメンバーだったこともあって入ったサークルで *When the Moon Comes Over the Mountain* を日本語で合唱したとき、どうしても原語で歌いたくなり、それが載っている本を探し回った挙句、『世界の民謡』に出合ったのだった。残念ながら目指す曲はなかったが、*Red River Valley* は載っていた。

半世紀も前の本なのに、ほとんど焼けてないのを不思議に思いながら久々に開いてみる。目次にはスペイン・中・南米の部があり、そこには「ラ・パロマ」も入っている。この曲を僕が口ずさむのは中学生時代に始まるということに、今になって気づいた。いい加減なギターで弾き語りをするようになるのはずっとあとのことで、当時はもっぱらアカペラだった。ギターは日活映画が原因だろうか、不良のイメージと結びつくらしく、母が好まなかったのだ。と言っても、このエピソードが直ちに僕とラテン的なものを結びつけたわけではない。ナット・キング・コールの歌う英語なまりの「キサス、キサス、キサス」や「ククルクク・パロマ」などがラジオやテレビから聞こえ、それらが下地を作っていたのだろう。一九五〇年代後半から一九六〇年代前半にかけて、音楽は百花繚乱、今と違ってカンツォーネ、シャンソン、ジャズ、ポップス、ロック、フォークなどがすべて対等に自己主張していた。

『世界の民謡』は、ハンディータイプでありながら、なんと一六九曲も収録している。本の表記にしたがって国名・地域名を挙げれば、イギリス、イタリア、フランス、スペイン・中・南米、アメリカ、ドイツ、ヨーロッパ諸国（スイス、北欧、東欧）、ロシア、アジア（中国、朝鮮、ジャワ）という具合で、国や地域にはさらに地方が含まれていたりする。あの分厚いカラオケの曲目リストもこれほどの多様性をカバーしてはいない。この本に含まれている曲は言語を越えてすべて愛おしい気がしたものだ。

あらためて思ったのは、僕にとってはバイブルにも等しい本が実は現代文芸論のアナロジーになっていたということだ。世界の歌曲の中のスペイン語歌曲。長らくスペイン語およびラテンアメリカ文学を自分のフィールドとして研究や翻訳・紹介を続ける中で、あまり親密な関係になりすぎると、世界に背を向けている気がするときがある。そんなとき、ほかの言語の文学に触れると、相対化という現象が起きることによって、ラテンアメリカ文学の特徴がむしろくっきりするし、ほかの言語の文学との関係性も見えてくる。これは文学作品にとって望ましいことではないだろうか。文学作品を箱入り娘にしてはいけないのだ。かわいい子には旅をさせる必要がある。それには読者自身も旅をしなければならないことは言うまでもないが、物理的な旅ができなければ書物を通じてでもいい。現代文芸論はそんな旅を可能にしてくれる場である。ラテンアメリカ文学をギターのように引っさげて旅をする。その成果はきっとある。

半歩遅れの読書術

『ワシプンゴ』

今（二〇一三年）から四十四年前、研究者のいなかったラテンアメリカ文学で卒論を書こうと思い立ち、図書館で『ワシプンゴ』という小説を見つけた。原書はそれしかなく、関連情報は皆無。今ならネットで調べられるが、当時手がかりは作者がホルヘ・イカサというエクアドルの作家という事実だけ。スペイン文学の先生からは担当を断られた。それでもあきらめなかった。

アンデスの山間の農場で悲惨な生活を送るインディオたち。ワシプンゴと呼ばれる、白人の地主から借りた猫の額のような土地に小屋を建て、わずかな耕作を行っているが、常に飢え、地主の畑の仕事や工事でこき使われ、借金漬けで身動きできない。混血の監督が彼らに暴力を振るい、悪徳神父が宗教で彼らを縛る。絵に描いたような収奪だ。

登場するインディオのうち、時に視点人物となるのがチリキンガで、彼とその家族を通して生活の内側も垣間見える。だが彼らに喜びはないも同然で、腐敗した牛の肉を食べたことから妻は死ぬ。さらに道路建設と米国人が目を付けた石油の開発が目的で、ワシプンゴが破壊される。それに抵抗したインディオたちは地主の要請で出動した軍によって虐殺され、救いはない。読後にやりきれなさや憤りが残るのは、この作品が〈抗議の小説〉であることの証だろう。さらにインディヘニスモ（先住民擁護）小説の典型的作品でもあることを後で知った。

インディオたちのケチュア語混じりの会話があり、風俗や迷信が披露される。だが物足りない。人物がステレオタイプで魅力に乏しい。彼らが自然と一体化するときの陶酔感のようなものが伝わってこない。何よりも彼らの豊かな精神世界が描かれていない。

ペルーのアルゲダスのようなネオ・インディヘニスモの作家が先住民文化を内側から語るのと違い、都市に住む白人インテリである作者は、豊富な知識の持ち主でありながら、やはり外から観察し、解釈している。直線的時間に従い、写実的描写が連続するのは、語るべき素材への社会的関心が文学的関心に勝っていることによるようだ。

卒論提出から五年後の一九七四年に邦訳（朝日新聞社）が出た。だがその少し前に『百年の孤独』が翻訳され、やがて〈新しい小説〉の紹介が始まる。僕自身メキシコでルルフォとともにフエンテスの作品を手に入れていた。とはいえ、ラテンアメリカ文学史においてインディヘニスモは欠かせぬ項目であり、開発という名の破壊は続いている。〈ワシプンゴ〉という言葉は常にこの現実を思い出させる。

『老人と海』

スペンサー・トレーシー、アンソニー・クイン演じるサンティアゴ老人の顔でも、アニメ版の顔でもない。ヘミングウェイの『老人と海』を初めて読んだとき、僕はどんな顔を想像したのだろう。読んだというよりかじったのは原書だった。中学一年生のときに父のお供で神保町に行き、洋書を買ってもらった。それが原書で、習いたての英語力では読み通せるはずもなく、結局翻訳で読むことになる。それでも原書のページを繰るときのどきどき感はいまも覚えている。

訳書（新潮文庫、福田恆存訳）から受けた印象は、「青い大陸」のような海洋物のドキュメンタリー映画を観たときと同じだった。語り手がいて、状況や主人公の心理を語る。活字を目で追いながらそれを声として聴く。だがあらためて読むと、声も視点も一律ではない。筋を追うだけでは気づかないが、直接話法に加えて、間接話法、そして大量の自由間接話法が使われている。舟の上の老人の意識はもっぱらこの自由間接話法によっている。当然だ。やってきた鳥や格闘の相手のカジキマグロに話しかけても、答えてはくれないのだから、会話は独白にならざるをえない。だから三人称の語り手が、老人の様子や周囲の状況の描写を行うだけでなく、彼の手助けをして、昔黒人と徹夜の腕相撲をした思い出や、ライオンがいるアフリカの海岸の夢の内容を読者に伝えるのだ。

この話法の効果は、読者に無言の老人の胸中を教えるだけでなく、格闘を続ける彼の孤独でストイックな雰囲気が出せることだ。一方、スペイン文化に浸った作家の作品だからか、老人は闘牛士や騎士を思わせる。ときにドン・キホーテを連想させるのは、彼を慕う少年マノリンが、従者役をかいがいしく務めているからでもありそうだ。

海上の老人は孤独を痛感しながらも、「海の上に孤独はない」と思う。この一見、矛盾した言い回しはよくわかるし好きだ。ガルシア゠マルケスはノルベルト・フエンテスの『ヘミングウェイ　キューバの日々』に寄せた序文で、作家を「世界でもっとも孤独な職業」と呼んでいるが、その孤独はサンティアゴの孤独に通じる気がする。

一九七一年、テレビ取材班のアシスタントとして初めてキューバに行ったとき、小型漁船のロブスター漁に同行した。コヒマル港からはるか沖合に出たとき、『老人と海』を思い出し、感慨深かった。彼は生魚を食べながら、塩かライムを持参しなかったことを後悔するのだが、こちらは漁師と取れたての獲物を炒め、塩とライムを振って食べた。実に美味だった。

『プラテーロとわたし』

スペインのノーベル賞詩人フアン・ラモン・ヒメネスの散文詩『プラテーロとわたし』（長南実訳、岩波文庫）を読むと、「小さきものは、皆うつくし」という清少納言の言葉を思い出す。〈うつくし〉は可愛いという意味。「プラテーロはまだ小さいが」という書き出しにいきなりやられてしまう。

画家による違いはあれプラテーロの挿絵や、スペイン各地の銅像も可愛らしさと小ささを強調している。しかし詩人の同伴者であるこのロバは四歳とされている。するとまだ幼いのか、それとも単に小柄ということなのか。詩人を背中に乗せるくらいなのだから、幼いとは思えないのだが。

僕は原書を何種類か持っている。キューバで出た版が一番気に入っているのは、カラーの挿絵が素晴らしいからだ。初めて訪れたハバナのホテルの書籍売り場で、展覧会みたいにまばらにしか置かれてない本のなかから表紙に惹かれて手に取った。開くと夢のような挿絵が現れ、「四月の牧歌」の黄色い花を背中に山と積んだロバの絵には思わず息を飲んだ。

ヒメネスは内戦勃発後に国を出て、米国に渡り、その後プエルトリコに永住することになるが、キューバも訪れている。いつだったか、ハバナの小さなホテル〈ビクトリア〉に貼られたプレートにそのことが記されているのを見つけた。文芸書となると自国の作家の本すら見当たらないのに彼の作品が混じっていたことには、記念の意味もあるのだろう。それにキューバはマルティやエレディアら近代派の詩人を生み、ヒメネスは近代派から大きな影響を受けている。

ところでこの詩集を読むと、小さきものはただ可愛らしく描かれているばかりではないことに気づく。「わたし」を狂人と呼ぶロマの子どもたち、去勢される子馬、知的障害の子。背景となるのは首都に出て精神を病んだ詩人が静養のために戻ってきた故郷のアンダルシアの町。そこでは詩人は「狂人」でありマイナーな存在なのだ。それは彼の眼差しがマイノリティーに注がれる理由でもある。

　魅力的なエピソードのなかでも印象的なのが「おどろき」だ。夕食の風景をガラス越しに覗いたプラテーロを怪物だと思った子どもたちが怯える。だが彼は、「明かりをともしたなごやかな食堂を、じっと寂しそうにながめていた」だけなのだ。そのプラテーロのまさかの死……。「アンダルシアのエレジー」が副題のこの本には歓びと共に哀しみがある。

イーストウッドの目

善悪の対照

少年時代に食い入るように見ていたテレビ番組「ローハイド」のキャラクターはいずれも個性的だったが、牛追いのキャラバンが行く先々で娘たちにもてるロディーを演じたのがイーストウッドだった。その彼が後に荒野のガンマンになるとは、当時は想像できなかった。小学校の同級生の女の子たちが憧れた甘いマスクは、男子の目で見るとどこか頼りなかったからで、あの目を細めた表情はにやけて見えた。

それでも、いまだに印象に残るのは、口元のほくろとまぶしそうに細めた目である。ほくろのほうはマカロニ・ウエスタンだと、主人公の無精ヒゲが伸びているので隠れてしまう。だが「ダーティハリー」シリーズではヒゲがないのでほくろは復活した。そして「人生の特等席」でもほくろは健在だった。「拳銃無宿」（一九五八年）のスティーブ・マックイーンのトレードマークである鼻の左脇のほくろと同様、上唇の右上にあるほくろも決して美しい異物ではない。だが、そのおかげでイーストウッドは人間くささを発揮している。そのほくろがなければもっとニヒルな感じになり、現代のガンマン・ハリー・キャラハンは、ただの冷血漢になっていたかもしれない。

　もう一つ、彼を人間くさくしているのがあの眼差しである。「ローハイド」のころは、やに下がった顔が男子には女たらしに見えた。女の子たちにどう見えていたのかは分からないが、大人の目には色っぽく映っただろう。一方、「荒野の用心棒」（一九六四年）や「夕陽のガンマン」（一九六五年）では、イーストウッド演じる主人公は感情を抑制しているように見える。流れ着いた町の男たちの悪意と殺意に満ちた眼差しの中にあって、彼の眼差しは無垢にもニュートラルにも見える。もっともそれはウエスタンのお約束でもある。眼差しを見ただけで、誰が主役で誰が敵役なのかがわからなくてはならないからだ。たとえば「シェーン」（一九五三年）のアラン・ラッドとジャック・パランスの眼差しの組み合わせが典型的である。あれほど対照的かつ見事な組み合わせも珍しい。穏やかで知的とさえ言える眼差しと、相手を小ばかにしたように薄笑いを浮かべる黒装束の用心棒の、殺意のこもった鋭い眼差し。「人生の特等席」では、ハイスクールの天才バッターがこの敵役と同じ薄笑いを浮かべる一方、ラティーノのピッチャーの無表情はガンマンのそれを思わせる。どちらが勝つかは見えている。それでも二人の対決が、映画のクライマックスとなるのだ。弾丸ならぬボールによる決闘であり、西部劇の魅力が活用されている。

眼差しと微笑

同じ黒装束の用心棒でも、ブラジルのグラウベル・ローシャが撮った「アントニオ・ダス・モルテス」（一九六九年）の主人公はジャック・パランスとは異なる。殺し屋でありながら、その眼差しは動物に似て善悪を感じさせない。しかし革命国家キューバの存在が大きかった当時、ラテンアメリカでは映画も革命を志向したため、ローシャの描くアントニオは覚醒し、地主の側から民衆の側へと立ち位置を変える。背景に牧畜業者と開拓農民の土地争いがありながら、シェーンがあくまでも農民一家を救うのとは趣がちがい、民衆が意識されている。その目で見るとイーストウッド主演の「シノーラ」（一九七二年）は興味深い。主人公のジョー・キッドが留置所の中で

「シノーラ」のイーストウッド

目を覚ますシーンから映画は始まる。ここで彼は本当にまぶしそうに目を細める。流れ者の彼は、やってきたニューメキシコの町で土地争いに巻き込まれ、最初はメキシコ人から土地を奪った地主の側に付くが、やがてそれが間違いだったことに気づき、地主と戦うグループに加勢する。「シェーン」とちがい、ここでは争うのはアメリカの白人同士ではなく、アメリカ人とメキシコ人なのだ。インディアンを敵として描く時代は終わっている。主人公が最終的に肩入れするのはメキシコ人のグループで、それを抹殺しようとした地主グループをジョーは撃ち殺す。そのときも彼は目を細めていて、その感情は外からはわからない。彼の場合、目を細めることは感情を隠す道具にもなるのだ。ガンマンを演じるときのイーストウッドはほとんど自然に目を細めている。

「人生の特等席」でも、主人公のガスはほとんど常に目を細めている。それは長らく球速を見極めるスピードガンだったはずの目が、加齢にともない衰えていることを物語っている。だが彼の表情はガンマン時代と同様、褒められたときの照れ隠しや、感情の動きを相手にわからせないためであることも多い。とりわけ娘のミッキーの前でその表情を見せ、あるいは視線を逸らす。ミッキーが父親譲りの水色の目を大きく見開いて彼を正面から見つめるのと対照的である。今やガスの眼差しにあのロディーの色気はない。あるいはスカウトとして選手を観察することに心血を注いできた彼の眼差しは、そもそも禁欲的で、色気を欠いているのかもしれない。妻を早々と失いながら、彼に再婚話がないのはそのためだろう。だが、ガンマンとしては笑わなかった彼が、この映画ではときおり微笑む。と言っても、ボールパークで選手を見つめているときがほとんどなのだが、それでもその微笑はなんとも言えずチャーミングだ。他人に対する頑なさが緩んだときの微笑。あるいは自分自身と和解したときの微笑。そのときの眼差しこそ本当のガスのものなのだろう。とは言え、目を細めたときにどこをあるいは何を見ているのかわからないときがある。ときおりフラッシュバックで現れる過去の光景だろうか。あるいは自身の内面を透視しているのかもしれない。その内面こそ、まさしくガスの人生に他ならない。

語りと声

外国文学の翻訳者たちの体験談にはいくつかの共通点がある。テキストに耳を澄ませると自分にしか聞こえない声が聞こえてくるのでそれを日本語で表現したいという欲求に駆られること、テキストを読み込むときは読者だが訳文を作る段になると限り無く創作者に近づく気がすることを、誰もが挙げる。ぼくの場合も同じだ。

ただし、創作者と言っても、翻訳とは所詮作者あるいは原文に対する裏切り行為に過ぎないのだと居直って、やたらと意訳したり「超訳」を行ったりすることはない。むしろ自分なりに原文に限り無く忠実に従うように心掛けている。黒子に徹するという言い方はその意味で正しい。難しい個所を飛ばしたり、分かりにくい表現を使ってごまかしたりしないことはもちろん、余計な言葉を加えることも控えている。だが、例外がある。これは好みの問題なのだろうが、割注が嫌いなので、脚注や後注をつけることはあっても、とりわけ小説には割注をつけないことにしている。語りの流れを中断するのが嫌なのだ。その解決策として、注の代わりになるような言葉を一言二言溶かし込むことはある。言うまでもなく、そのときはリズムが壊れないように細心の注意を払う。

訳す対象はなんでもいいのだが、とりわけ物語が好きなのは、幼児期の読書体験と関係があるかもしれない。まだ字が読めなかった頃、母方の祖父が語ってくれるお伽草紙の自由な翻案や母が読んでくれる宮澤賢治の童話に入り込み、物語と一体化してしまったあの至福の時。マヌエル・プイグならそれが映画館の時間になるのだろうが、ぼくの物語好きはそんな聞き手としての読者時代に始まったのだろう。読み手の声から生じる幻想に身を委ねる快楽をどこかで求めているようだ。その意味で、物語性の強いラテンアメリカ文学との出会いは必然だったのかもしれない。

『百年の孤独』の文体が、作者の祖母の語り口をヒントにしているというのは有名な話だが、ぼくはあの祖父の語り口を思い出す。土地の伝承を語る語り部の口調とでもいおうか。ガルシア＝マルケスの祖父と同様、ぼくの祖父も元軍人だったけれど、軍楽隊にいたせいか人を楽しませるのが好きだった。子供を笑わせたり怖がらせたりするテクニックは抜群で、ぼくは決まって泣き笑いしながら物語に聞き入ったものだ。最近その語り口を思い出すことがあった。メキシコシティーでキューバの半亡命作家エリセオ・ディエゴの家を訪ねたときのことだ。ウイスキーを飲みながらその場にいた人々を相手にエピソードを披露するのだが、その間合いの取り方といい聞き手を引き込む臨場感といい、天性の語り部を思わせ、なるほどこれがカリブ海文学の基礎にあるのだなと妙に納得してしまった。というのもビデオで見たガルシア＝マルケスが語る様子とそっくりだったからだ（ちなみに彼はガルシア＝マルケスと非常に仲がいい）。いずれにせよ、彼らが語るときの調子はスペイン語なのにぼくの祖父の調子に似ている。してみると、実話に基づきながら幻想的に感じられる中篇『予告された殺人の記録』の翻訳中、ぼくは、テキストを読むときは祖父の語りに聞き入る孫になり、訳文を作るときには可笑しなことも真面目な顔で語る祖父になっていたのかもしれない。祖父に限らず母方には語り部のような人たちがたくさんいるから、その口承の世界の影響が何がしかぼくに及んでいても不思議はない。ただしぼくは父に似て照れ屋なので、自然には話せない。語り部になるとすれば、書いたり翻訳したりするときだけだ。

語り手と聞き手ということで言えば、プイグの『蜘蛛女のキス』の翻訳の最中に面白い体験をした。全編の大部分が主人公モリーナとバレンティンの対話からなっているのだが、モリーナの部分を訳しているときは自分がモリーナになりバレンティンに向かって語りかけている。そしてバレンティンの部分になると今度はバレンティンになってモリーナに語りかける。どちらの場合も違和感がないのだ。あたかも自分の中の男性性と女性性が対話をしている感じがするのである。さらに面白いのは、モリーナとなって語り部よろしく映画の話をしているうちに自己陶酔してくることだ。普通の小説なら、モリーナが自己陶酔していることを語り手が説明する。一人称小説でも説明がある。ところが『蜘蛛女のキス』ではその説明がなく、モリーナはひたすら話すだけだ。そこを訳すうちにモリーナの自己陶酔に感染してしまうのだ。これが他人の訳文だったらそこまで入れなかった可能性はある。登場人物の心理を自分のものとして経験できるのは、それこそ翻訳者冥利に尽きると言うべきだろう。

自分でも不思議だったのは、第五章の映画のストーリーを語る場面で、初めは女言葉で語っていたのが自然にニュートラルな言葉に変わったことである。そのほうが抵抗がない。というのもここはモリーナが声に出さず、心の中で語るところだからだ。つまりバレンティンを聞き手にしているときはジェンダー性が強く出るということだ。したがって刑務所の所長や弁護士の前ではそれほどでもない。それが意識しなくても自然に訳文に現れてくるのだ。主人公の二人が打ち解けてきて、バレンティンが彼を「モリニータ」と親しみをこめて呼ぶようになると、モリーナの女性性はさらに強まる。例えば第十四章に二人が結ばれる場面があり、バレンティンの呼び掛けにモリーナは甘く優しく答える。「モリニータ……」「なあに？」モリーナの感情がプラスされた「あ」にこもる。〈こめる〉ではなく〈こもる〉としたのは、そうなってしまうからだ。それは翻訳するとき、とりわけ会話がそうだけれど、声に出して読んだとき自然に聞こえることを無意識に目指していることと関係があるだろう。

せんだってコクトー原作のモノ・オペラ「声」を聴く機会があった。ジェシー・ノーマンが受話器を手に相手の声を想定して歌うのだ。アルモドバルの映画「神経衰弱ぎりぎりの女たち」はコクトーの「声」にインスパイアーされているが、プイグやアリエル・ドルフマンの作品も影響を受けているにちがいない。声は実に多くのことを表せる。ただし活字になった声はまず翻訳者が受信し、そのうえで読者に送り届けることになる。あるいはレコードに喩えれば、翻訳者はプレーヤーの針かもしれないとも思う。いずれにせよ翻訳者は耳がいいことが条件だろう。ナレーションのない会話は、その微妙な調子の変化で話し手や聞き手の心理が表現される。それを第一読者として感じ取り、日本語に反映させるのはスリリングな作業だ。まず聞き逃さないこと、そしてそれを表現すること。

表現する段階ではぼくは創作者だ。でも完全に自由ではない。ロマン派ではないけれど、どこかで誰かに動かされている。その点ではシャーマンに似ているとも思う。その誰かは作者なのか、それとも作者から自立した作品そして登場人物なのか。もっとも、翻訳しているときはそんなことは意識しない。また優れた作品は意識させず、ぼくを作品の世界に一気に入り込ませる。とはいえ、いつでもそんな作品に出会えるわけではない。同調しにくい作品もあるし、読者として不満な作品もある。そんなときは、作者に失礼にならない程度に、創作者の面をやや強く出したりもする。だが、これはあくまでも秘密である。

ルビは宝石――コードスイッチングの翻訳は可能である

外国文学の翻訳に欠かせないのが日本語特有のルビです。英語文学であれフランス文学であれ、あるいは韓国文学、中国文学であれ、大げさに言えば、ルビがなければ訳文はやせ細ってしまうでしょう。難解で知られるジョイスの小説あるいはケチュア語を含んだホセ・マリア・アルゲダスの小説の豊饒な意味や言葉の重層性を程度はあるにせよ表せるのは、やはりこのルビのお蔭と言えます。身近なところでは、普段私たちが何気なく手に取る新聞にしても、難字や読みにくい固有名詞には振り仮名すなわちルビが振られていることは言うまでもありません。ですが、私の知る限り、ルビは外国には存在しないようです。

ところで、日頃何気なく使っているルビですが、その語源は意外に知られていないようです。もともとは印刷業界の用語で、調べてみると、イギリスでルビーと呼ばれた5.5ポイントの欧文活字の大きさが、和文で5号活字の振り仮名として用いられた7号活字とほぼ等しかったところからこの名がついたと言われています。明治時代、新聞に使われていたのが5号の活字で、その振り仮名に7号活字すなわちルビ活字が使われました。しかもルビーというイギリスの活字の語源は宝石の名に由来するのです。したがって、比喩的に言えば、外国文学の邦訳には宝石がちりばめられていることになります。

私たち日本人にとっては当たり前の道具とも言えるルビの働きですが、日本語を知らない外国人には必ずしも理解できないようです。私はその働きを実にありがたく思ったことがあります。それはコードスイッチングを含む小説のテクストを訳したときのことです。当該の作品はプエルトリコの女性作家アナ・リディア・ベガ（一九四六年生まれ）の「ポジート・チキン」という短篇です。

ニューヨークのオフィスに勤めるスージイ・バミューデズが一週間のプエルトリコ旅行を回想します。少女時代に母親と米国に移住した彼女は、母国の観光ポスターを見て初めての帰国を思い立ちます。彼女は日頃、自分がプエルトリコ人であることを極力否定しようとしていました。母国については忌まわしい思い出しかありません。未婚の母はすでに亡くなっていました。首都サンフアンに着いた彼女はその変貌ぶりに驚きます。しかし、反体制分子は非現実的な独立をいまだに叫んでいます。髪を染め、いかにも米人女性を装った彼女はホテルのプールに行き、米人の若者をハントしようとしますが、あいにく客は年配者ばかり。そこで仕方なく、地元の男性をチェックし始めます。そのうちバーテンダーと目が合い、赤面した彼女は慌てて部屋に戻りますが、意に反して電話でバーテンダーを呼んでしまいます。そこから先は、バーテンダーが語るのですが、それによると、ベッドの中で絶頂に達した彼女がこれも無意識に叫んだのは、なんと

「プエルトリコ・リブレ」というプエルトリコ独立派の合言葉でした。

その有様はドタバタ喜劇《スラップスティックコメディ》のようで読者は大いに笑わせられますが、そこには多くの皮肉や風刺がこめられています。そのアイデンティティに隠れていたプエルトリコ人というもうひとつのアイデンティティと独立派のルーツが最後に露呈してしまうのです。この独立派についてはかつて日本の作家、有吉佐和子が『ぷえるとりこ日記』という小説で扱っています。

執筆当時プエルトリコ大学でフランス語の教師を務めていたベガは、自国のポストコロニアル状況やフェミニズム思想に自覚的で、それはタイトルやエピグラフからも読み取れます。エピグラフに使われているマグレブの思想家アルベール・マンミの言葉は、自国の状況を批評するのにうってつけのアフォリズムすなわち警句となっています。またタイトルは母国で用いられるスペイン語と英語の二重言語状況を意味するだけでなく、プエルトリコと米国の関係、日本の沖縄と本土を想起させる関係が読み取れるでしょう。Pollito Chicken というのはプエルトリコの小学校で英語を覚えさせるための暗誦に用いられる文句のひとつだそうです。米国のテレビ番組「セサミストリート」にもこうした覚え方をさせる場面があったのを思い出します。

このような背景を小説で表現するには、複数の言語が必要となるはずです。そこで作者のベガはスペイン語による地の文に英語を混入させるコードスイッチングの文体を使ったというわけです。が、これは米国のラティーノ、ことにメキシコ系のチカーノの作家たちが用いる文体でもあります。チカーノ小説やラティーノ小説を邦訳した例は少なくありません。そこではルビが盛んに振られます。つまり多言語からなる作品も、ルビを駆使すれば翻訳可能であることを意味しています。これは明治時代以来、日本人が開発してきた実に使い勝手の良い道具なのです。

しかし、日本語を知らない外国人にはそのことを理解するのは難しいのかもしれません。私はいま『20世紀ラテンアメリカ短篇選』という本を出そうとしていて、そこに「ポジート・チキン」を収録したのですが、作者のベガ氏が収録を認めてくれないからです。出版社の担当者から転送されたメッセージによると、理由はこうです。英語とスペイン語はこの特異な物語においては分かちがたく、その相互作用は政治学的、社会学的含意を備えていて、二つの言語のうちのどちらか、あるいは二つを他の言語に翻訳することは、テクスト本来の精神と意図に反することになる。そしてこれまでの翻訳には満足できなかったからだ。二度目の返事には、この作品は翻訳不可能だとまで言っています。もちろん彼女の言い分は理解できます。ですが、彼女はルビの働きを知らないようです。私は邦訳ではルビの使用によって、「テクスト本来の精神と意図」を一〇〇パーセントとは言いませんが、表現できていると思うのです。ですから、彼女がこの会議に出席してくれていればとつくづく思う次第です。

ラテンアメリカ文学――翻訳の情熱、情熱の翻訳――スピーチ

本日（二〇一〇年九月一日）は会田由翻訳賞という栄えある賞を恩師の鼓先生から直に受け、大変感激しております。東京外国語大学の大学院に進学した一九七一年に、当時勤めておられた神奈川大学に鼓先生をお尋ねしたのですが、校舎内で〝会田由〟と書かれた名札を見てハッとしました。生前お会いしませんでしたので、様々な武勇伝を噂に聞くことはあっても、私にとって会田先生は常に翻訳者であり続け、オクタビオ・パスがボルヘスに捧げた追悼文を引用すれば、「本の中の人」になっていたのです。すぐに思い浮かぶのは筑摩書房版の『ドン・キホーテ』です。岩波版とは文体が異なり、歯切れの良さが印象的で、「さむいぼ」などという関西弁まで交えてユーモアを際立たせていました。

タイトルの重要性

今日の講演のタイトルは、プエルトリコの女性作家アナ・リディア・ベガの作品『物語の情

熱、情熱の物語』をもじっています。さらにはオクタビオ・パスの評論、対談、インタビューを収めた『批評の情熱』もあります。また私が翻訳したエチェニケの長篇『幾たびもペドロ』の原題にもpasiónという言葉が入っています。そういうことを踏まえているので、タイトルといえども、単純に付けるだけではなく、様々なことを考えています。

井上ひさしさんは、ある語を聞くと同音意義語が七つか八つ瞬間に思い浮ぶそうですが、翻訳もどの語を当てはめるかという時に、次々に出てくる言葉の中から最適なものをひとつだけ選びます。そのためには、多くの作品を読み、いろいろな語を知らなくてはならない。その数が増えれば増えるほど、タイトルひとつ付けるにも厚みや深みがでてくるのだと思います。

たとえば『蜘蛛女のキス』は『キス・オブ・ザ・スパイダー・ウーマン』とカタカナにしたら、アメリカの小説だと思いますよね。『予告された殺人の記録』も〝クロニカ〟をどう活かすか。新潮社の編集者は外国語文学の匂いを残せ、一方最初に載せた雑誌『新潮』の担当者は日本語化しろ、と。この二つの狭間で翻訳を進めました。日本語にすべきか、外国語文学の香りを重視すべきか、まさに日本の翻訳の問題がここにあると思います。

最終的には、読んで引っかからない日本語でスタートしたことが私の翻訳のスタイルを決定づけたようです。もちろん文体によっては引っかかるほうが正しい作品、実験的な作品がありますす。それにしても部分部分は読めるはずで、なめらかで引っかからない日本語を私は心がけています。

鼓先生と共訳で出したフランスの評論家シャルボニエの『ボルヘスとの対話』は、先生にたくさん赤を入れていただき、先生の文体を覚えました。そこで困るのが、〝むっちりした手〟とか〝いぎたなく寝ている〟とか、『族長の秋』に出てくるような上手い訳語がすぐ頭に浮かんでしまうことです。同じような文章が出てきた時に、つい使いたくなってしまう。パロディのつもりでも説明、単なる文体模倣になってしまうので、敢えてできるだけ使わないようにしています。そのように、文体に対する意識が翻訳には欠かせません。

『予告された殺人の記録』は単行本にするときに編集部から『〜殺人事件』にしたらとかなり強く言われました。そうしたら飛ぶように売れたかもしれませんが、それでは文学性がなくなる。〝記録〟とすることで、単なる事件ではなく年代記だとわかるわけです。クロニカという言葉がもつ射程ですね。〝事件〟としたら一瞬かもしれないし、時間的距離が無くなってしまう。若気の至りで抵抗し、結果的には成功しました。その後『予告された〜の記録』という表現がマスコミ等でけっこう使われました。

ガルシア＝マルケスのこの短篇は、凝縮されたジャーナリスティックな作品、リアリズムだと言われますが、それは浅い読みです。それまでの長篇のエッセンスが染み込んでいるからです。モデルとなった事件があるだけでジャーナリスティックと思い込んでしまう読者は、この小説を自ら薄っぺらくしていると思います。

この作品は雑誌掲載の後、単行本、文庫、映画や舞台にもなつています。叢書に収録された折には、解説で資料を使って仕組みや名前の意味などを解き明かしました。作品の面白さを知るには、できれば叢書の解説を読んでいただければと思います。

言葉づかいは作品の命

マヌエル・プイグの『蜘蛛女のキス』を、当時の総合社の編集者が、あれはゲイ小説だから雑誌〝薔薇族〟を読めとわざわざ買ってきてくれました。でも、一頁でああもういいやと思い、後は自分の勘で訳しました。

対照的な性格の二人の男性がいる。女性的なモリーナと、男性的なバレンティン。スペイン語だと最初は誰が話しているのかわからない。中性的に訳すと淡白でも面白くない。色々考えて鼓先生にアドバイスをいただき、女性の言葉にしたのです。すると女性だと思われてしまうが、もう一人との絡み合いが出てきて、エロティックになってきます。訳していて面白かったのは、自分が二人いる気になる。ある時はモリーナで、ある時はバレンティンと、一人二役を演じているような、不思議な感覚を覚えました。

最終的に、ゲイバーのママが使うような、御姉言葉すなわちくどい女言葉にして成功したと思っています。結果的に女言葉という日本語の特質を生かしたこの訳文は書評でもずいぶん褒められましたが、やはり言葉づかいは作品の命です。

姿勢と文学への愛

なぜか私にはちょっとポストモダン的な小説の翻訳が充てられます。「他の人には出来ないから」というのが回してくる人の口癖です。その結果、初期に桑名一博先生のお手伝いをしたバルガス＝リョサの『ラ・カテドラルでの対話』は別ですが、同じ著者の『フリアとシナリオライター』が典型で、いわゆる重厚な作品はあまり翻訳していません。文体という点ではメキシコの詩人オクタビオ・パスのエッセーが好きで、雑誌掲載レベルではずいぶん訳しています。どこか合うのです。尊大ぶっているとか言われますが、パスの反逆的な精神と姿勢が好きなので、訳していて気持ちが良い。自分が孤立無援みたいに感じられるときに、お守りのようになるところがあります。

ボルヘスも訳しましたが、若いうちに巨匠の作品と出逢えたことは大きな財産です。その結果が次につながっていきます。パス自身の変化も見えてきますし、変わらないものがあることもわかる。ある作家や作品に一回だけ接して次に移ってしまうというやり方もあるでしょう。しかし継続的に読むと、見えてくる世界が広く深くなります。

この講演のタイトル『翻訳の情熱、情熱の翻訳』ですが、僕にとって、情熱は欠かせないというか、翻訳には毎回情熱を注ぎこんでいます。手書きの時代は原稿用紙が汗でしわくちゃになったりしたから、そうとう熱が入っていたのでしょう。パソコンになって変わってきた気もしますが、それでもその瞬間は熱が出ます。昔も今も私は喫茶店で翻訳します。ところが、集中してくると周りに他人がいることを忘れてしまう。そういうとき、外から見ると声をかけるのが怖いくらいのバリアができていると言われます。その状態をいかに維持するか。これがなかなか難しい。私もベテランの域に達したことですし、うまくコントロールできるようになればと思います。

翻訳の方法も様々ありますが、諸先輩から学んだ一番大切なことは、〝姿勢〟。そして〝文学への愛と情熱〟。これがあるかどうかが、翻訳の質を決めるのではないでしょうか。

『百年の孤独』訳で遊ぶセンス　鼓直さんを悼む

大学紛争が収まった頃、東京外国語大大学院で、教授たちの反対を押し切ってラテンアメリカ文学を専攻することになり、必要な講師として鼓直先生を招いてもらった。授業は学部と共通のテキスト講読だったので僕にとっては終了後に喫茶店で話し込むことこそが授業だった。日吉、さらに引っ越し先の八王子のお宅に伺い、そのまま泊めていただいたこともあった。

延々と続く一対一の対話は場所が新宿のバーでも変わらなかった。あのちょっと照れたような穏やかな口調を思い出す。

一般にスペイン語文学への関心は本国が中心で、『ドン・キホーテ』やガルシア・ロルカがもっぱら対象だった当時、先生は『百年の孤独』と取り組んでいたはずだ。一九六七年にグアテマラのアストゥリアスがノーベル文学賞を受賞したものの、革命文学の作家と見なされていた。先生はその『緑の法王』という小説も訳している。だが本領を発揮するのはガルシア＝マルケスの代表作と出合ってからである。

冒頭を果てしなく書き直したとその時の担当編集者から教えられたが、ガルシア＝マルケスの作品は冒頭が重要なので、必要な作業だったはずだ。それに先生は、驚くべきことにラテンアメリカ体験がない。インターネットもない時代だから、すべて想像で補っていたわけだ。その分、文学として深く読み込み、自在に日本語に移すので、その訳文の強度は半端ではない。とにかく語彙が豊富で教養語から卑猥な言葉までふんだんに持っている。それが通俗性と哲学性を併せ持つこの作品に見事にはまった。それから強調したいのがユーモアのセンスだ。これなしにはラテンアメリカ文学の特徴であるパロディの要素を伝えることは難しい。怒りや血と汗と涙ばかりでは人の心を深いところから動かすことはできない。先生が政治に囚われず、翻訳で遊ぶことができたのもユーモア感覚ゆえだ。

パロディと言えば『伝奇集』などボルヘスの知的作品が思い浮かぶが、それもこなし、さらにおぞましいイメージに満ちたドノソの『夜のみだらな鳥』をも見事にこなす。そして作者と遊びを共有しながらも難解な語句を省いたりせず、実に丁寧に訳す。飄々として偉そうにしない先生だったが、飲んでいるとき、他の訳者の訳文について本人の前では言わないであろう鋭い批評を加えていた。一度翻訳のために出無精な先生を誘って信州の民宿で合宿したのも、今思えば実に大切な授業だった。

脱ラテンアメリカ主義

ある時代の文芸思潮を端的に表現するために、ジャーナリズムや批評は様々なネーミングを行う。やがてそれがコンセンサスを得て定着すると、文学史に用いられることになる。スペインなら十九世紀末の米西戦争敗北後に現れた〈一八九八年世代〉、内戦前夜に現れた〈一九二七年世代〉などがよく知られている。

ラテンアメリカの場合は十九世紀末の詩の刷新運動〈モデルニスモ〉が有名だが、後にネルーダやオクタビオ・パスらノーベル賞詩人を生む三〇年代の〈前衛詩〉の運動という呼び名は個性が無さすぎて、それだけでは何だか分からないかもしれない。その意味では六〇年代の〈ブーム〉世代や、そこで試みられたことを繰り返している〈ブーメラン〉世代というのも同様に漠然とした呼び名なのだが、前者はコルタサル、ガルシア＝マルケス、フエンテス、バルガス＝リョサの四人を中心にしていることや実際に起きた世界的現象を言い表していることもあり、嫌う作家がいながらも、今では研究者も使っている。

しかし、下の世代にとってそれは抑圧的なものでもある。〈ブーム〉世代とは一線を画そうということから、メキシコのホルヘ・ボルピのように断裂音を表す〈クラック〉を世代の名前に使う作家も現れた。たしかに世界は変わった。冷戦が終わり、グローバル化が進み、何年か前に、インターネットを習っている最中だと言っていたポニアトウスカが今はそれを使いこなしている。

魔術的リアリズムもトレンドだった時期はとうに去り、むしろ地方性とエキゾチシズムを温存するものとして攻撃の対象にさえなり、挫折と敗北を意味しラテンアメリカと親近性があったはずのフォークナーの影も薄くなりつつある。若い世代はむしろロベルト・ボラーニョやロドリゴ・レイローサ、ポール・オースター、村上春樹と時代を共有しようとするのだ。

この世代は、前世代と異なり、地域ナショナリズムとしてのラテンアメリカ主義にこだわらない。だから彼らにとっての重要な先行作家は、ボラーニョがラテンアメリカを讃えた「後期モデルニスモの詩人たちに似てくる気がする」と評したガルシア＝マルケスではなく、普遍性と世界文学を追求したボルヘスなのである。言い方を変えれば、アイデンティティを一つに限定せず、移動を常態化しているのが特徴だ。

だがもちろん、はっきりとポストモダンの姿勢を示す作家以外にも、自国の現実にこだわり、コロンビアのラウラ・レストレポやホルヘ・フランコのようにガルシア＝マルケスの後継者と言われる作家もいる。一方、今（二〇一二）年急逝したフエンテスや、バルガス＝リョサら〈ブーム〉の作家にしても、メキシコやペルーの現実を書き続けているわけではない。最近の作品では時間や場所から自由に離脱しながら小説的現実を創っている。バルガス＝リョサの『楽園への道』では画家のゴーギャンとその祖母が主人公であり、『ケルト人の夢』ではアイルランド人の人権活動家ロジャー・ケイスメントの冒険が描かれている。フエンテスの遺作は彼がニーチェと対話するというものだ。六〇年代の彼らからは考えられない作品である。ラテンアメリカ主義という求心力が失われたことで、文学は自由になったが、それはどこに向かうのか。クラック世代の行方と絡め、興味はつきない。

あとがき

五柳書院の小川康彦さんから、その後に書いた文章がかなり溜まっているでしょうから、ここでまとめて本にしませんかという誘いがあった。その後というのは、彼が編集してくれた前著『マジカル・ラテン・ミステリー・ツアー』（二〇〇三年）の刊行後ということで、自分でも驚くが、もうかれこれ二〇年近くになる。時間はあっという間に過ぎる。幸い前回の経験から学んで、新聞・雑誌等の記事のコピーを大方整理し保存してあったので、二つ返事でお願いすることにした。自分の関心や思考が辿ってきた軌跡を振り返るのにちょうどいい時期でもある。ところが改めて確認すると、自分でも驚くほどの点数があった。

だが、小川さんはたちまち構成を終え、予想より早く目次を作ってくれた。今回もラテンアメリカの文学・文化論がメインとなっている。従ってそのコンセプトにそぐわないものは、自分が気に入っていても省かれていた。もっともそういう取捨選択は自分ではなかなかしにくいのも確かで、バランスよく配置してあるプロの編集ぶりには今回も感心するばかりだった。収録した文章は一部手を入れたものもあるが、大部分は初出時のままである。

ラテンアメリカの文学や文化、中でも文学は、人間を描いていて生を感じさせ、パワーがある。それでいて繊細で、微かな憂いに満ち、そして何よりも面白い。地域性と普遍性の共存。このことは、もちろんガルシア＝マルケスとボルヘスのように作家や作品によって違いはあるものの、とりわけこの地域の文学に顕著な特徴である。僕には、こうした特徴がどこからくるのかを知りたいと早くから思ってきた。

この地域への特別な関心は、学生時代に遡る。大学院生のとき初めて外国を肌身で知った。ロサンジェルス、メキシコシティを経て、たどり着いたキューバでの体験があまりに強烈だった。当時人々は意気軒昂で、米国による経済制裁に苦しみながらもそれに耐え、負けまいとする意欲が感じられた。革命の生々しい記憶を留める痕跡が至る所に見られ、彼らが逆境を乗り越えてきたことに対し畏敬の念すら抱かせる何かがあった。キューバが抱える政治・社会的問題に関して僕はまだ多くを知らず、その未来についてとても楽観的でいられたのだ。夜、ハバナの旧市街を歩くと、カルペンティエルが柱の街と呼んだ旧市街の闇が官能的に感じられるばかりだった。きっとそこを彷徨っていたのは、ベッケルの短篇で月影を女性と思い込んで追いかける若者のような、恋するロマンチストだったのだろう。

だがその後、研究者としてこの地域のことを詳しく知るにつれ、そのロマンチシズムに甘さばかりでなく酸味や苦味が加わるようになった。多分そこからラテンアメリカ文学の実像、本当の面白さがわかってきたようだ。キューバに限れば、革命社会の優等生、落第生、はみ出し者、あるいはその種のレッテルの枠に収まらない作家がいる。正統と異端という二分法では捉えきれない人々。その総体がキューバ文学を形作っているのだ。たとえばカルペンティエルやアレナスの文学には作家について知らなければ見えてこない要素がある。カルペンティエルの小説『ハープと影』に窺える、一本の柱イコール複数の柱という考えが暗示するところをどう解釈するかは興味深い問題だ。あるいは後年『わが人生の小説』や『犬を愛した男』のような大作を手がけたレオナルド・パドゥーラは、その初期になぜ同性愛者を主人公とする短篇を書いたのか。その才能を認められながら、亡命によって生涯を終えたレイナルド・アレナスの短篇に登場する少年は、なぜ目をつぶるのだろう。そのとき見える現実こそ本物なのか、それとも単なる願望の暗喩なのか。それは『めくるめく世界』へと発展する視点へと繋がるのではないか。このような疑問や問いは数限りなく存在し、僕の思考を刺激し続ける。しかし、作品は作家を裏切ることもある。伝記的事実をいくら集めても、作品の自立性を十全に捉えることはできない。作品を解釈し、その面白さに気づき、さらに面白くするのは読者なのだ。もちろん、その意味で第一読者である翻訳者の仕事は重要である。ことに既訳がある作品を改めて翻訳するときに、このことを痛感する。自分が手がけた翻訳でも、後にダブルミーニングに気づいたりすると、体が熱くなるほどだ。

さて、本書に収録されている文章の種類は、文学や映画を論じたものを中心に、評論、エッセー、コラムと多岐にわたる。そこで前著がビートルズだったのに対し、今回はクイーンを意識して『ラテンアメリカン・ラプソディ』とすることを思いついた。辞書によれば、ラプソディすなわち狂詩曲とは、自由な形式により民族的または叙事詩的内容を表現した楽曲で、異なる曲調をメドレーのようにつなげたものとある。その意味でこのタイトルは本書の特徴をうまく表している気がするがどうだろう。

というのも、目次に明らかなように、ここで扱われる文学作品や映画は、正確に言えば、ラテンアメリカ発ばかりではないからだ。一例を挙げれば、スペイン文学の古典、セルバンテスの『ドン・キホーテ』も考察の対象になっている。だが、『ドン・キホーテ』がラテンアメリカ文学にとっても古典であることは言うまでもない。多くの作家がセルバンテスに言い及ぶのは、スペイン語文学にとって学ぶべき要素に満ちているからだろう。数々の企みに満ち、エンターテインメントにして純文学であるという点では、現代のラテンアメリカ文学を先取りしていたとも言える。では中上健次は？　彼がラテンアメリカ文学を意識していたことはよく知られている。フォークナーを通じてラテンアメリカの作家と共通点を持つ彼を、グローバル・サウスの作家と見なすとき、本書に登場する作家たちと共通する顔が見えてくるのではないだろうか。敗者の世界で繰り広げられるドラマ、作品に溢れる人間くささとパワー、マイノリティの側から見る世界観、そして表面的失敗を恐れず小説の方法を追求する飽くなき姿勢は、ラテンアメリカ作家の作品に窺えるものとしばしば共通している。そんなわけで、ラテンアメリカ文学のことを考えるとき、中上健次はいつも比較の対象となるのだ。

ここ二〇年ほどの間にラテンアメリカでは、アルゼンチン出身のローマ教皇が誕生する一方で、アフリカなどヨーロッパの旧植民地でカリスマ的人気を誇ったキューバ革命の闘士フィデル・カストロが亡くなった。そして彼の盟友ガルシア＝マルケスも後半生を過ごしたメキシコで亡くなっている。大きな物語が終わった。ガルシア＝マルケスがラテンアメリカのみならず世界中に「魔術的リアリズム」の読者を生んだことや、一九八二年のノーベル文学賞に輝いた二十世紀最大の作家の一人であることを知らない読者はいないはずだ。母国コロンビアでは国民が三日間喪に服しこの作家の死を悼んだという。そして今、不可能と思われていた彼の代表作『百年の孤独』の映像化を、テレビの連続ドラマではあるが彼の息子たちが受け入れ、登場人物にふさわしい配役のためのオーディションが始まっているという。この壮大なプロジェクトに、コロンビア国外で育った息子たちがどう関わるのか、あるいは関わらないのかなど、興味は尽きない。

物故者と言えば、コルタサル、バルガス＝リョサ、ガルシア＝マルケスと共にラテンアメリカ文学の〈世界的ブーム〉に自覚的で、その演出にも尽力したメキシコのカルロス・フエンテスが他界している。さらに下の世代で『野生の探偵たち』や『２６６６』といったメガノベルを残し、日本でも話題を集めたチリ出身のロベルト・ボラーニョや、環境問題に深く関わったルイス・セプルベダも故人となった。しかもセプルベダの場合は、我々がその脅威に直面し、いまだに猛威を振るい続けるコロナウイルスに感染したことによる。

このパンデミックが収束しないうちに、世界は大きな試練を迎えた。歴史の歯車を逆回転させるかのように、戦争が起き、為政者の強権による反対派への弾圧が横行し、二十一世紀とは思えない、時代錯誤の感を抱かせる。精神的によほどタフでないと、暴力と死が日常化した今の世界を凝視し、批判し続けることは難しい。

ガルシア＝マルケスの中篇小説『大佐に手紙は来ない』の主人公は、保守派の支配する社会で、敗者として究極の貧困という絶望的な状況に打ちのめされ、希望を失いかけながらも気を取り直す。この作品の新訳を最近手がけ、絶望と希望を交差させながら、葛藤に耐え続ける一人の人間の誇りと尊厳を抑えた調子で謳うドラマにあらためて心を動かされ、勇気づけられた。背景にはコロンビアの内戦があり、そこでは勝者の保守派が敗者の自由派を弾圧するという暴力が支配する状況があった。ラテンアメリカには絶えず見られる構図だが、それはアラブ諸国、そして香港やミャンマー、タイなど日本の周辺にも見られる。圧倒的に不利な状況をいかに生き抜くか。大佐の信念や生き方はそれに対する一つの回答となるのではないかと改めて思う。とはいえ、ウクライナとロシアの戦いは、今この瞬間にも多くの「大佐」とその妻を生んでいるはずだ。それを思うといたたまれない気持ちになる。

またバルガス＝リョサの大作『ケルト人の夢』では主人公の外交官が植民地主義と戦い、宗主国イギリス相手に出身国アイルランドの独立を試みる有様が描かれている。敗北が確実なドン・キホーテ的戦いでありながら、読者はロジャー・ケイスメントの孤軍奮闘ぶりを決して冷ややかな目で見ていることはできないだろう。そこには経済至上主義によって影が薄くなった理想主義やヒューマニズム、人間の卑小さと同時に偉大さが表現されているからだ。

あるいはかつて訳した『蜘蛛女のキス』において、主人公モリーナのセクシャリティを表現する日本語が限られていたため、僕は訳語を選ぶのに苦労したことを思い出す。著者のプイグはその参考にと長い注をつけたのだろう。ページの下のうねるような注の内容は、現在は普通に論じられている。だが、当時は男性同性愛者に対する呼称が蔑称ばかりで、使うのに気が引けるほどだった。ジェンダー論が華やかな今は、トランスジェンダーという言葉が使えるし、男女を二分法で分けるのとは異なる、モリーナの心情をより微細に理解する表現ができそうだ。モリーナばかりではない。既成のセクシャリティとイデオロギーに囚われたバレンティンの心理も読者は理解し、彼を解放することができる。とはいえ、批評の言葉と日常語を巧みに組み合わせ、トランスジェンダーの男性の微妙で複雑な心理を、モリーナによってアダプトされた作中映画のストーリーの改変に語らせるこのプイグの小説は、ジェンダー論を含む先駆的な作品であり、今こそ深読みされてしかるべきだろう。
このように人間の持つ多様な可能性を文学や映画は深いところから表現しうる。それをどう受け取り自分のものとするか。さらにそれを咀嚼し他者に向けて発信するか。大袈裟に言えば、本書に通底するのはそんな姿勢である。

二〇二二年晩秋　野谷文昭

初出一覧

第一章　二つの講義

深読み、裏読み、併せ読み　ラテンアメリカ文学はもっと面白い――東京大学最終講義「すばる2013年5月号」、二〇一三年四月六日、集英社

短編小説の可能性　ガルシア＝マルケスの作品を中心に――名古屋外国語大学出版会・WLAC五周年記念シンポジウム「Artes MUNDI 第5号」、二〇二〇年三月、名古屋外国語大学ワールドリベラルアーツセンター

第二章　ガルシア＝マルケス／中上健次

予告された殺人の語り方　ワイルダーとガルシア＝マルケスの小説をめぐって――「れにくさ 第9号」、二〇一九年三月、東京大学現代文芸論研究室

余韻と匂い――「新潮2014年7月号」、二〇一四年六月七日、新潮社

宿命と意思――『日曜日の随想2008』、二〇〇九年四月、日本経済新聞社

ロマンティシズムのリアリティー――劇場用プログラム『コレラの時代の愛』、二〇〇八年六月

『生きて、語り伝える』ガルシア＝マルケス著――日本経済新聞、二〇〇九年十二月十三日、日本経済新聞社

孤独な少年の内的独白　追悼 ガルシア＝マルケス――「すばる 2014年6月号」、二〇一四年五月七日、集英

社

生の歓びあふれた「純文学」　ガルシア＝マルケスを悼む――朝日新聞、二〇一四年四月二十二日、朝日新聞社

世界文学の地図を塗り替えたガルシア＝マルケス――「週刊エコノミスト 5月20日号」、二〇一四年五月二十日、毎日新聞出版

『百年の孤独を歩く』田村さと子著――宮崎新聞ほか、二〇一一年五月

中上健次とラテンアメリカ文学　路地と悪党――「國文學　解釈と教材の研究」、一九九一年十二月、學燈社

中上健次『枯木灘』――「名作はこのように始まるII」、二〇〇八年三月三十日、ミネルヴァ書房

語りが生んだ記憶の町　『千年の愉楽』『奇蹟』『熱風』――「別冊太陽　日本のこころ―199」、二〇一二年八月、平凡社

青春と成熟のはざま――『中上健次全集』（月報）、一九九六年、集英社

ノックとしての『蜘蛛女のキス』――集英社クオータリー『kotoba 第22号』、二〇一五年十二月四日、集英社

第三章　ラテンアメリカの作家／ラテンアメリカの文化

ボルヘスのユーモア――『迷宮 No.11』、二〇一五年六月、ボルヘス会

物語の変貌を知る愉しみ　マヌエル・プイグと『蜘蛛女のキス』――劇場用プログラム『蜘蛛女のキス』、二〇〇七年十一月、阪急コミュニケーションズ

対立と和解――小説から映画へ　『蜘蛛女のキス』DVD解説――DVD解説『蜘蛛女のキス』、二〇一〇年、紀伊國屋書店

密室と対話の力　マヌエル・プイグ著 戯曲『薔薇の花束の秘密』――「劇場文化」、二〇一五年十二月、静岡芸術

劇場
善のなかの恐怖　コルタサルのアクチュアリティー――『図書』、二〇〇八年三月、岩波書店
『悪い娘の悪戯』マリオ・バルガス＝リョサ著――『週刊現代』、二〇一二年四月十四日、作品社
『つつましい英雄』マリオ・バルガス＝リョサ著――日本経済新聞、二〇一六年二月七日、日本経済新聞社
『通話』ロベルト・ボラーニョ著――日本経済新聞、二〇〇九年七月二十六日、日本経済新聞社
現代キューバの作家たちと文化的環境――『東京大学文学部次世代人文開発センター研究紀要22』、二〇〇九年
ラテンアメリカとドストエフスキー――『21世紀ドストエフスキーがやってくる』、二〇〇七年六月、集英社
『世界の果ての世界』あるいは反転した『白鯨』――「れにくさ 第5号」、二〇一四年三月、東京大学現代文芸論研究室
『フリーダ・カーロとディエゴ・リベラ』堀尾真紀子著――『季論21　2009年夏号』、二〇〇九年七月、本の泉社
『フィデル・カストロ――みずから語る革命家人生』イグナシオ・ラモネ著――『ラティーナ』、二〇一一年四月、ラティーナ
『わが夫、チェ・ゲバラ』アレイダ・マルチ著――日本経済新聞、二〇〇八年六月、日本経済新聞社
「チェ28歳の革命／チェ39歳 別れの手紙」スティーブン・ソダーバーグ監督――『T』Winter、二〇〇八年、TOHOシネマズ
「低開発の記憶――メモリアス――」劇場用プログラム『低開発の記憶』、二〇〇七年五月、Action Inc.
私、あなた、彼ら――共生の可能性を求めて――劇場用プログラム『私の小さな楽園』、二〇〇三年十二月、シネカノン

父子の背中が語ること――劇場用プログラム『僕と未来とブエノスアイレス』、二〇〇六年一月、ハピネット・ピクチャーズ
「今夜、列車は走る」ニコラス・トゥオッツォ監督――日本経済新聞、二〇〇八年四月十八日、日本経済新聞社
境界線に分け入る――『キネマ旬報 11月上旬号』、二〇一二年十一月、キネマ旬報社

第四章　セルバンテス／ビクトル・エリセ

集大成の訳と、成長中の訳――朝日新聞、二〇〇七年十月二十六日、朝日新聞社
『ドン・キホーテ』新訳に挑む――東京新聞・中日新聞、二〇一六年四月十二日、東京新聞社・中日新聞社
衝突する、キホーテとサンチョの言説――『青春と読書 No.486』、二〇一七年一月、集英社
小説を読まない人生なんて！――インタビュー――『PIAZZA Vol.2』、二〇一七年九月、名古屋外国語大学出版会&ワールドリベラルアーツセンター
青いロシナンテ――『群像 11月号』、二〇一三年十月七日、講談社
騎士の才知、従者の智恵――セルバンテスの諺――「れにくさ 第1号」、二〇〇九年三月、東京大学現代文芸論研究室
エリセの聖なる映画――DVD‐BOX特別ブックレット、二〇〇八年十二月二十六日、紀伊國屋書店
そして生は続く――日本経済新聞、二〇一一年十月三十日、日本経済新聞社
ビクトル・エリセと「沈黙」の開閉――『キネマ旬報 8月下旬号』、二〇一三年八月、キネマ旬報社

第五章　私とラテンアメリカ文学

決死の飛躍――サルト・モルタル――「進学ガイダンス」、二〇一〇年、東京大学文学部
不敬な出会い――「かりら04号」、二〇一九年三月十一日、ちんとんしゃん
午前二時の神話――「かりら02号」、二〇一八年七月十日、ちんとんしゃん
スペイン語で世界を知る――「スペイン語で世界を知る」２０１６年秋号、二〇一六年九月、名古屋外国語大学出版会
書かれなかった章――『ラテン・アメリカ―文化と文学：苦悩する知識人』ジーン・フランコ著――東京大学新聞、二〇一〇年三月二十三日、東京大学新聞社
世界を包摂する本――「れにくさ 第4号」、二〇一三年三月、東京大学現代文芸論研究室
半歩遅れの読書術『ワシプンゴ』――日本経済新聞、二〇一三年十一月十日、日本経済新聞社
『老人と海』――日本経済新聞、二〇一三年十一月十七日、日本経済新聞社
『プラテーロとわたし』――日本経済新聞、二〇一三年十一月二十四日、日本経済新聞社
イーストウッドの目――『キネマ旬報 12月上旬号』、二〇一二年十二月、キネマ旬報社
語りと声――『図書』、二〇〇四年十月、岩波書店
ルビは宝石――コードスイッチングの翻訳は可能である――インスティトゥト・セルバンテス東京講演二〇一八年十月五日
ラテンアメリカ文学――翻訳の情熱、情熱の翻訳――スピーチ――日本スペイン協会会報、二〇一〇年、日本スペイン協会
「百年の孤独」訳で遊ぶセンス　鼓直さんを悼む――朝日新聞、二〇一九年七月三日、朝日新聞社
脱ラテンアメリカ主義――毎日新聞、二〇一二年九月三日、毎日新聞社

ワ行

マ行

ヤ行

ラ行

ナ行

ハ行

サ行

タ行

人名索引

ア行

カ行

野谷文昭
ラテンアメリカ文学研究者、東京大学名誉教授。訳書にガルシア＝マルケス『予告された殺人の記録』（新潮社）、プイグ『蜘蛛女のキス』（集英社）、ボルヘス『七つの夜』（岩波書店）、バルガス＝リョサ『ケルト人の夢』（岩波書店）第59回日本翻訳文化賞、等。著書に『ラテンにキスせよ』（自由國民社）、『越境するラテンアメリカ』（PARCO出版局）、『マジカル・ラテン・ミステリー・ツアー』（五柳書院）等、多数。

ラテンアメリカン・ラプソディ

二〇二三年一月十七日　初版発行

著者　野谷文昭

発行者　小川康彦　発行所　五柳書院　〒一〇一―〇〇六四東京都千代田区神田猿楽町一―五―一　電話〇三―三二九五―三二三六
振替〇〇一二〇―四―八七四七九　https://goryu-books.com　装丁　大石一雄　印刷・製本　誠宏印刷

五柳叢書 113